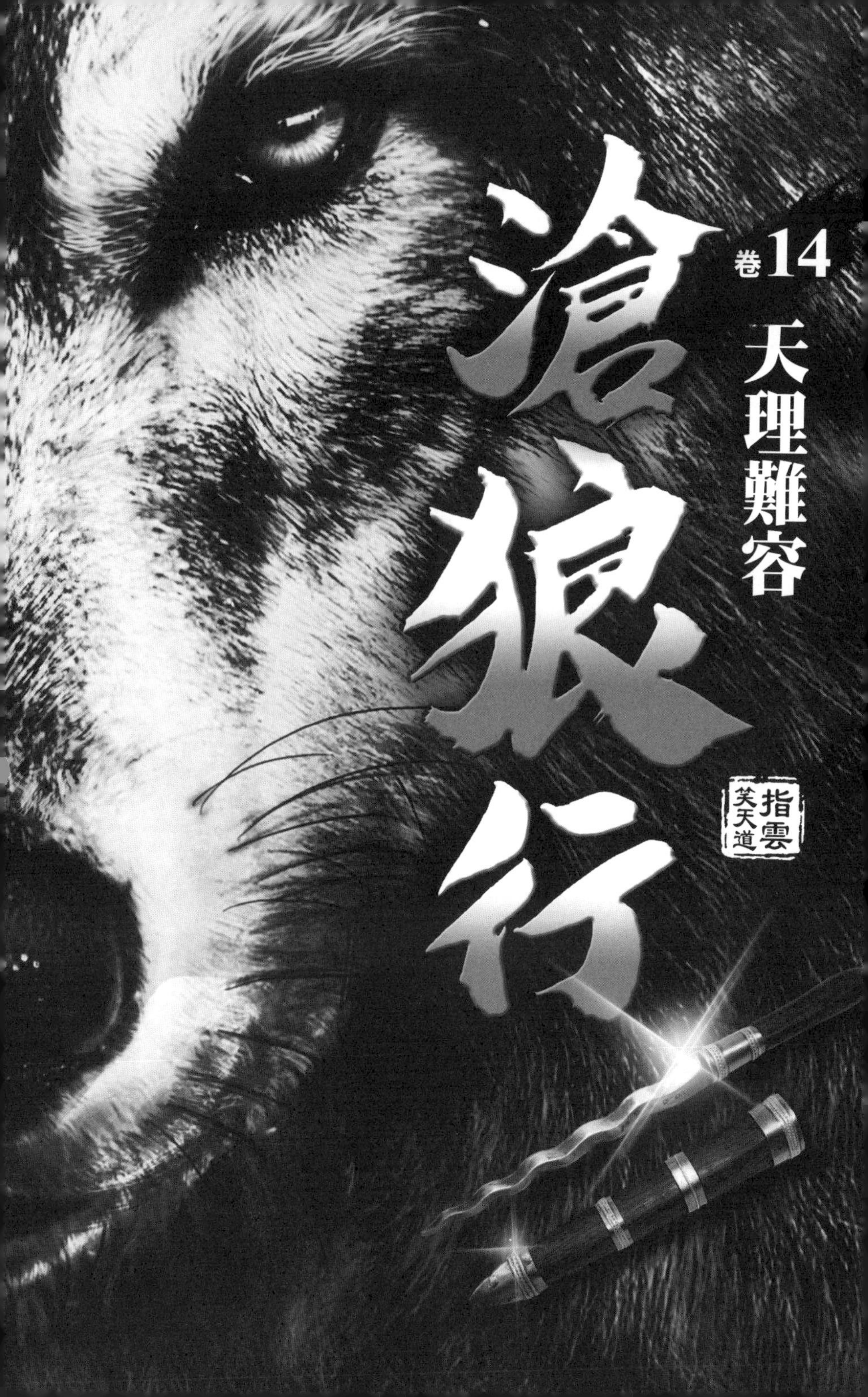
滄狼行
卷14
天理難容
指雲笑天道

目錄

CONTENTS

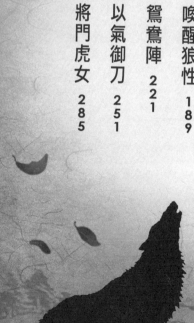

第一章

滅派之禍

「對不起，彩鳳，我沒有幫你護住巫山派，你殺了我吧。」
屈彩鳳一想到昨天的滅派之禍，便心痛得無以復加，
淚水順著眼角已經在臉上流淌成了溪流，
她痛苦地搖著頭：「師父，師父，姐妹們，
我無能，我對不起你們！」

天狼扭頭看向嚴世蕃等人，怒吼道：「你們連老人孩子都不放過，還是人嗎？嚴世蕃，誰給了你這權力讓你這樣亂殺無辜！」

嚴世蕃不屑地勾了勾嘴角：「巫山派的山寨裡，只有聚眾作亂的匪類，**不問老幼，盡行誅滅，這是皇上下的聖旨**，怎麼，陸炳沒告訴你嗎？」

天狼怒極反笑：「哈哈哈哈哈，好個狗皇帝，昏君不去想著治好國家，卻只會殘害自己的百姓，這樣的皇帝，反了也罷！」

嚴世蕃的臉色先是一變，轉而大笑道：「哈哈哈哈，天狼，這可是你說的。大家都聽到了吧，此賊竟然敢公然出此忤逆之言，那就是死有餘辜了，來人，給我將此人亂刀分屍！」

嚴世蕃身後的護衛們全都拔出了兵刃，作勢欲上，這些人雖然能看出天狼是絕頂高手，但現在的天狼已經傷痕累累，右胸的那個肌肉的內陷怎麼看怎麼古怪，而他身邊的屈彩鳳已經因為急怒攻心而昏倒在地，天狼本人又和那蒙面高手纏鬥許久，這時候就是鐵人，也經不住數百高手的圍攻。

司馬鴻突然開口道：「小閣老，這天狼畢竟是錦衣衛的副總指揮，一時急怒，有些怨言出口也是情有可緣，就算要殺，也應該把他交給陸炳定奪，現在取他性命，只怕不太好吧。」

嚴世蕃回過頭，冷冷地說道：「司馬大俠，你是不是跟這天狼打過一場，惺惺相惜，想要為他求情保命？或者是你看到巫山派這樣完蛋，也有些心生同情？」

司馬鴻的臉色一沉：「我等身為俠士，自當斬妖屠魔，只是老人和孩子有什麼罪過，也要玉石俱焚？小閣老的做法，恕司馬不能理解。」

嚴世蕃沉聲道：「這些人聚眾謀反，本就是誅九族的大罪，而這些老人和小孩也都是九族之內，放了他們是皇上的仁義，殺了他們也是依國法行事，這回皇上既然有令斬草除根，那我們自當遵循，司馬大俠若是有意見，可以向徐閣老他們提出來。」

司馬鴻恨恨地說道：「眼不見為淨，小閣老，司馬言盡於此，天狼如果死於你手，只怕你在陸總指揮那裡也不好交代，既然這裡也沒什麼事，司馬就先行告辭了！」

嚴世蕃冷冷地回道：「慢走不送！」

華山派和少林派的數百人全都跟著司馬鴻和智嗔等人返身下崗，山上只剩下了嚴世蕃身後的三百多名護衛，還有嚴世蕃師徒二人。

天狼剛才趁著這難得的機會，一直在暗地調息，現在他能用的功力不到八成，光是面前這兩大絕頂高手中的任何一個，自己都無法對付，更不用說還有那數百護衛了。

他扭頭看了一眼躺在地下，眼角掛著淚，嘴角淌著血的屈彩鳳，心中暗道：「彩鳳，對不起，都是我做事不密，導致你巫山派遭此大禍，我李滄行只有用命來謝罪了！」

那蒙面老者似乎看出了天狼的想法，雙目中精光閃閃，而兩道濃眉也糾結在了一起，沉聲道：「天狼，你現在是錦衣衛，是朝廷命官，犯不著跟朝廷的欽犯攪在一起，現在我們跟陸炳陸總指揮的關係是合作，並不想跟錦衣衛撕破臉，所以這次你暗助叛匪的事情，我們可以既往不咎，**只要你現在把屈彩鳳交出來，或者你離開此地，那這事就到此為止**，如何？」

嚴世蕃一聽，臉色一變，上前欲說話，那老者回頭瞪了他一眼，目光如閃電般犀利，嚴世蕃似乎頗為忌憚這位師父，給瞪得低下了頭，完全不復平時的囂張與狂妄。

天狼哈哈一笑，神情堅毅如鐵：「我再說一遍，從我離開浙江的那一刻起，我已經不再是錦衣衛，現在，我只是一個和屈姑娘站在一邊，忠於自己本心的人而已，你們要想動屈姑娘，先從我的屍體上過來！」

蒙面老者眼中精光一閃：「天狼，別一意孤行了，現在的情況很清楚，你這回贏不了，何苦賠上自己的一條性命呢？」

天狼的耳邊不停地傳來巫山派大寨中的爆炸聲和慘叫聲，心痛如刀絞，他的雙眼痛紅，淚光盈盈，怒道：「就算你們不動手，我也要為巫山派死於你們手上的這幾萬生靈討還公道，納命來！」

天狼猛的騰起一陣紅氣，眼珠子紅得像要滴出血來，斬龍刀橫於胸前，捲起如雪般的刀花，虎吼一聲，就向著崗下的嚴世蕃衝去。

嚴世蕃哈哈一笑：「這可是你自己找死！給我上！」

他的肥手一揮，身邊的護衛們個個兩眼放光，各執兵刃，衝向前去。

那蒙面老者冷冷地說道：「要活的！」

嚴府的護衛們都是用重金收買的各派高手，甚至錦衣衛中的一些龍組高手，也被高於錦衣衛十倍俸銀的重金所吸引，轉投了嚴府，每個人的武功都在一流高手之上，遠非尋常山寨的綠林可比。

天狼只一接手，就能試出這些人的武功極高，而且身經百戰，個個奸滑似鬼，絕不與自己死打硬拼，往往只是相交一兩招之後便卸力而退，由同伴在側面攻擊掩護自己的後撤，只等自己的內力消耗怠盡，再上前攻擊。

天狼心中焦急，幾十招下來，儘管接連打退了數十人，但也只傷到了六七人，而且都是輕傷，那幾人退下後，裹傷後還能再戰，而嚴世蕃和那蒙面老者則冷冷地站在遠處，抱著臂看著自己與這些護衛們纏鬥，神情輕鬆自若，似乎已經料定自己此戰再難得以倖免。

天狼知道這樣打下去不是辦法，今天晚上自己連番惡戰，兩儀修羅殺對內力有巨大的消耗，本來自己連用兩次，加上跑了半夜，又有脫力之感，與那蒙面老者一戰，整個人裹在那邪惡冰冷的黑氣之中。

邪門的是，自己的戰氣與內力竟然被那黑氣吸走了不少，剛才和這些人交手了幾十招後，就感覺頭暈腦脹，氣力不濟，竟然有些中毒脫力的跡象，內力的運行也漸漸凝滯下來。

天狼這一驚非同小可，自從喝過屈彩鳳的血液後，自己已是百毒不侵之身，可仍然著了那老者的道兒，**此人的武功之高，那神秘黑氣之狠厲，實在是匪夷所思，居然可以以氣逼人中毒**，難怪兩人如此淡定，在那裡談笑風生，早已把自己當成他們的囊中之物了。

天狼一咬牙，兩眼中紅光一閃，斬龍刀幻出一陣光圈，變天狼刀法為兩儀劍法，剛才還凌厲霸道的刀氣一下子變得綿長悠久，與之正對面的兩名護衛，一人使鋸齒刀，另一人則使一把亮銀長槍。

本來使刀那人眼見天狼的雙眼紅光一閃，以為他又要暴發，身形急退，而使槍之人則按常例進行掩護，抖出七朵槍花，分襲天狼的胸前與大腿處的要害，只盼將天狼生生逼退。

可是天狼用上了兩儀劍法的黏字訣，這光圈之奧義就在於可以變內勁的吐為吸，如果功力高過對手，可以將對方的兵刃生生帶過來，當年沐蘭湘在黃山之時，功力不及當時的李滄行，也靠了這劍法的奧義而將李滄行制住。

時過境遷，天狼現在使的兩儀劍法雖然不如沐蘭湘那樣正宗，但勝在其高絕的武功，給了自己足夠的內力支持，而從小浸淫的武當劍法也讓他的玄門內功有了極深厚的底子，這一下乾淨俐落，毫不拖泥帶水。

那使槍的漢子只感覺到一陣巨大的力量把自己向那個光圈裡拉，自己的身形完全無法穩住。他見勢大駭，饒是他乃一流高手，身經百戰，也沒有見過有人能在這麼短的時間內把極剛極猛的刀法變成這樣柔勁十足的劍法，事先沒有半點徵兆，再想撤招後退已經是來不及，情急之下連忙棄了自己的雪花亮銀槍，身形向後暴退。

那使槍高手剛退了不到半步，只覺得手指一亮，再一看，自己的右手三根手指仍然搭在槍桿之上，而右手掌已經是鮮血淋漓，直到這時，痛感才從手掌處傳來，他發出一生恐怖的嚎叫：「我的手，我的手啊……」

「啊」字還停留在他的舌尖，只感覺到一個閃電般的身形從自己的身邊一閃而過，肚腹之處卻是一涼，再低頭一看，卻看到噴泉一般的血液從腰間噴湧而出，**天狼那蒙面黑巾上殺氣十足的眼睛，則是他在這世上最後的記憶**。

使鋸齒刀的那名高手一下子被自己同伴之死驚呆了，他和這使槍漢子都是原來魔教的堂主級高手，也是同門師兄弟，一起加入嚴府，關係可稱莫逆，所以二人之間平時作戰也是相互掩護，早已經是心有靈犀，眼看同伴慘死，他雙目盡赤，再也顧不得自保，鋸齒刀幻出漫天的刀花，一下子劈出了四十七刀，虎虎生風，刀刀奪命。

天狼冷冷地看著這使刀漢子瘋虎一樣地撲上，他的身形如風中的柳絮一樣，在這一刀刀的縫隙之中閃動著，既不舉刀格架，也不出刀還擊，只是單純地閃避著攻擊，甚至還故意做出幾下踉蹌的樣子，似乎內力不濟。

一邊的其他護衛們一看此情形，都以為天狼這時候已經快撐不住了，這些嚴府護衛平時出手行動都是以巨額的金錢獎賞，都知道天狼武功蓋世，誰也不願意第一個上前硬碰硬，現在一看天狼被那使鋸齒刀的漢子逼得險象環生，全都認定天狼已經支持不住了，再也顧不得在後面觀望，一個個全都燃起了護體的真氣，一窩蜂地上前攻擊起了天狼。

嚴世蕃臉色微微一變：「不好，只怕這又是天狼的詭計。」

他正要出聲提醒手下們，卻被蒙面老者一把拉住，只見這老者滿意地點了點頭：「**想不到天狼不僅有勇，還如此有謀**，世蕃，你不想多看看他的本事嗎？」

嚴世蕃冷哼一聲：「這傢伙的本事我自然知道，師父，你對此人如此看重又是為什麼？他是不可能加入我們的。」

蒙面老者哈哈一笑：「**有時候，不一定要加入我們才是我們的人啊**。」

嚴世蕃的獨眼中光芒閃閃，若有所思。

正在此時，天狼的眼中本來黯淡的紅光突然暴漲，他剛才在收氣退讓，為了做得更逼真，不惜把自己的護體真氣縮到身體半尺以內，就是為了引那些護衛們上來主動攻擊自己，只有以最快的速度打倒這些護衛，避免纏鬥，今天才有一線生機。

天狼一聲虎吼，突然神出鬼沒地踢出一腳，從一個不可思議的角度攻出，正中那鋸齒刀漢子的腰間，只聽此人悶哼一聲，身子如同一個巨大的沙袋，被喝得凌空飛起，撞向了左邊，三個正在撲上的高手被這個人肉沙包撞得東倒西歪，滾了一地。

天狼的丹田處迅速地鼓起了一個巨大的氣囊，沿著手少陰心經和手太陽大腸經飛速地過渡到了左手，他眼中的紅光在褪色，而左手變得血紅一片，右手橫刀於胸前，左手的血狼爪極速地從斬龍刀身劃過，如一汪秋水般的斬龍刀一下子變得血紅一片，如同灼熱的烙鐵，讓在場所有人都感覺到一股撲面而來的巨大熱力，而那刀槽上的一汪碧血，也閃出一絲詭異的光芒，如同死神在眨眼。

幾十名衝上來的高手感覺到這可怕的殺氣，紛紛暗叫不好，哪還顧得上上前圍攻天狼，紛紛使出生平絕學，或躍或退，實在逃不了，衝在最前的則暴出最大的真氣，做出了最完美的防禦招數，就準備硬頂這一暴氣突擊。

天狼一聲長嘯，聲音如蒼狼夜吼，**這一刀凝聚了他現在幾乎所有功力的搏命一刀，能不能殺開一條血路，全賴此刀！**

斬龍刀迅速地暴漲到了五尺，而天狼的左手在注入了全部內力之後，也握到了刀柄之上，那塊刀柄的萬年寒玉透著刺骨的陰寒之氣，讓天狼狂野的殺心和發熱的頭腦保持了最後的冷靜。

他輕輕揮出一刀，然後雙臂一震，連暴三刀，一刀快似一刀，先後四道刀氣向著前方的人群衝去，正是天狼刀法的凶猛殺招：**天狼嘯月斬**！

第一道刀浪如同巨濤的前奏，很快就被後面三道一浪強過一浪的怒濤所掩蓋，而這三道刀氣先慢後快，最後居然在撞上敵群之前恰到好處地合到了一起，變成了一道摧毀天地間一切的可怕刀浪，向這批護衛襲來。

擋在最前面，以兵器插地，或者是強行雙手拄刀劍自禦的十幾個高手，就如同洪峰面前的小樹一樣，被無情地捲起，在空中便化為骨渣肉泥，連具全屍也沒有，直接給這可怕的三疊刀氣捲成了碎肉，而紅色的刀浪去勢不減，繼續奔著其他急退的人追去。

悶哼與慘叫之聲不絕於耳，跑得稍慢的高手們紛紛被刀浪追上，或斷臂，或殘腿，要麼就是乾脆給這刀刃風暴直接擊得四分五裂，肚破腸流。三十步內，寸草不深，而刀浪所經過的地面，如同被紅夷大炮轟過似的，炸出一個個的深坑。

嚴世蕃和那蒙面老者的臉色也微微一變，雙雙身形向後暴退，直到二十丈外才如兩隻黑色大鳥般停了下來，在他們的眼前，上百名護衛正拼了命地施展著輕功，從各個方向逃避著這可怕的刀氣。

一陣灼熱的烈風吹拂著嚴世蕃和那蒙面高手的臉上黑巾，兩人不約而同地伸出雙掌，黑氣從四隻瑩白如玉的掌心之中噴出，終於在離二人身前三丈左右的距離，把已經減弱到原來一半左右的那紅色刀浪給遏制住了。

得此兩大絕頂高手的出手相抗，那些嚴府護衛們也紛紛回身相禦，輕功再高，兩條腿再快，也不可能超過這飛奔的刀浪。

隨著這些高手們紛紛全力擊出，只聽「劈哩啪啦」的暴氣之聲不絕於耳，各色的內力氣功波與洶湧而至的紅色刀浪相擊，不停地震起漫天的沙塵，整個崗上一片煙霧瀰漫。

蒙面老者的臉色微微一變：「不好，**只怕上了天狼的當了**。」

他的身形一動，直接穿過了還沒有完全消散的紅色刀浪，進入了那煙塵四起，爆炸聲此起彼伏的殺場之中，嚴世蕃重重地一跺腳，周身騰起一陣黑氣，也緊隨而入。

塵埃仍未落定，滿地的屍體東一塊西一片的，血液早已經在空中被蒸發，空氣中除了強烈的火藥味以外，還有刺鼻的血腥氣，那些小血滴被這夜裡的山風吹拂，灑在蒙面老者露在外面的臉上，弄得他那兩道濃眉都掛滿了血滴。

殘缺不全的屍塊和臟腑到處都是，這裡已成一片修羅場，而蒙面老者根本顧不得這些，甚至沒有功夫擦拭臉上的血珠，直接奔到崖邊，那幾條青藤還在微微地晃動著，夜色中，崖下遠處的密林裡被吹得一片枝搖葉顫，看著像是有人穿林而過。

蒙面老者恨恨一跺腳：「上了這小子的當了，他拼命是假，其實是想突圍，我們快追，今天絕不能放走了屈彩鳳！」

嚴世蕃回頭對著身後一臉灰頭土臉的護衛們吼道：「都愣著做什麼！留三個受傷的人在這裡收屍，其他人全都給我追，那小子氣力已經不足了，再也發不了大招，誰捉到了，賞銀五萬兩！」

嚴世蕃最後的一句話讓所有人護衛兩眼放光，本來見識到天狼那一招驚天動地、屠鬼滅神的「天狼嘯月斬」，這些人都有些膽寒了，可是五萬兩銀子讓這些人一下子又成了勇夫，也不等嚴世蕃的話音落下，紛紛搶著施展輕身功夫，順著那藤條攀下。

嚴世蕃和蒙面老者對視一眼，也不走藤條，雙雙直接跳下高崖，以他們高絕的功力，只需要在崖身上幾次蜻蜓點水，稍一借力，便可以安然落地。只消片刻功夫，兩人的身影就如兩隻黑色的蝙蝠一樣落到了崖底，然後如流星閃電般地向著那片密林追去，在他們的身後，幾十條矯健的身影緊緊地跟隨著。

崖頂只留下三個腿腳受了重傷，無法施輕功奔跑的護衛，三個人眼巴巴地看著同伴們爭先恐後地去收那五萬兩銀子了，自己卻只能在這裡望眼欲穿。

一個頭上包著黑巾，出身無相寺的和尚拿著禪杖撐起了自己的身子，恨恨地向著邊上的一具屍體踢了一腳，把這具只剩下軀幹，腦袋和右腿不翼而飛的殘屍踢得在地上滾出了一條血溝，嘴裡罵道：「奶奶的，咱們怎麼這麼倒楣，還要在這裡給這些死人頭收屍，真他娘的晦氣。」

另一個滿臉凶悍的黑臉漢子，腿上給劃了兩道口子，這會兒正在撕自己的衣服裹傷，聽到這話後，也恨恨地說道：「可不是，大和尚，誰叫你衝那麼前面，害得我也跟在你後面倒楣。」

那和尚一下子火上來了：「娘的，那時候你難道沒有衝？前面的幾個傢伙直接給分了屍，咱這都算運氣了。」

最先和天狼打鬥，使鋸齒刀的魔教高手葉孟天在剛才伏身於地，又拉了兩個給他砸倒的傢伙當肉盾，加上滾到的地方正好是個小坑，居然神奇地躲過了一劫，不過，他也是所有人中傷得最重的，幾乎起不來身子。

他煩躁地吼道：「吵他娘的蛋啊，小閣老說了，把兄弟們收屍埋了，一會兒抓了那對狗男女，咱們肯定有賞的，畢竟咱是真刀真槍上去幹，比縮在那後面的人更能得賞。」

話音未落，一個冷冷的聲音響起，透著無盡的殺意：「不用了，我會讓你們儘快跟你們的兄弟們團聚的。」

三個人同時虎軀一震，吃驚地回頭看去，只見一具殘屍動了動，原來伏地朝天的軀幹翻了過來。

這屍體底下，流血的小泊裡，卻漸漸地鼓了起來，**一個渾身是血的黑色身影破土而出**，一下子躍出地中，嘴裡咬著一根空心蘆管，臉上黑布上已經被血染得通紅一片，布上的一雙眼睛裡，閃著無盡的殺意與憤怒。

他的身軀偉岸高大，右手持著的斬龍刀上，鮮血正順著血槽慢慢地滴下，**可不正是那個來自地獄的修羅使者天狼？**

三人剛才被天狼的那一招「天狼嘯月斬」早已經殺得是魂飛魄散，嘴上雖然嚷嚷著沒撈到報仇的機會，但真的直面天狼，卻是連一戰的勇氣都沒有，爬起來就屁滾尿流地向崗下逃跑。

天狼眼中殺氣一現，周身騰起一層淡淡的紅氣，原地不動，右手的斬龍刀脫手而出，如流星一般，直插入那個胖大和尚的後心，刀刃直接從他的前胸透出，這和尚奔出三步，才噴出一口鮮血便仆地而亡。

葉孟天和那黑臉漢子這下子三魂給嚇走了兩魂，分頭而逃，天狼的身形一動，一個八步趕蟾的輕功，掠過地上那和尚的屍體邊，左手一伸，斬龍刀便抄在手中，眼中殺機一現，凌空而起，在空中一招御風千里，直飛出去四五丈，從那黑臉漢子的頭頂飄過，斬龍刀一揮，那人連叫都沒來得及叫出來，一顆腦袋就從脖子上搬了家，身子仍然奔出了六七步，無頭屍身才砰然倒下。

天狼顧不得再看這個黑臉漢子，不及落地，便在空中生生地一扭虎腰，在那黑臉漢子奔出的無頭屍身的肩頭一踩，借這力量向反方向飛了過去，還有一個葉孟天，絕不能讓他跑了或者是發出消息，不然自己和屈彩鳳都逃不掉。

兩道耀眼的劍光閃亮了天狼的雙眼，十餘丈外的葉孟天一聲驚呼：「你們！」話還沒說完，天狼只看到兩把閃著寒光的寶劍從葉孟天的背面透出，一青一白，劍尖上血紅的血滴順著淌下，很快，兩把劍從他的背後消失，只多出兩道鋒刃寬度的血隙，葉孟天的身子便軟軟地癱在了地上，對面的兩個黑衣人展現在天狼的面前。

這兩個黑衣人，一個身材挺拔，如玉樹臨風，卻又透出一份強健，另一人則是身材婀娜修長，脖頸細長，兩人都蒙著面，但**天狼清楚地知道，這二人正是武當雙俠徐林宗和自己魂牽夢縈的小師妹沐蘭湘**。

可天狼一想到巫山派的慘劇，心中的怒火便不可遏制地燃燒起來，他落在二人面前三丈之處，手裡緊緊地握著斬龍刀，雙眼像是要噴出火來：

「徐林宗，這回是不是你出賣巫山派的？」

徐林宗拉下面巾，一張如冠玉般俊俏的臉上遍是悲傷之情：「天狼，你冷靜點，我現在和你一樣不好受，這次我們都是做事不密，太低估了我們的對手才會這樣。」

天狼咬牙切齒地說道：「所有分散突圍的巫山派人眾全是由你的人護送出去的，**如果不是你出賣他們的，又怎麼可能讓嚴世蕃抓了個乾淨**，連那通信方式也是一清二楚？徐林宗，就連司馬鴻和智嗔他們今天都埋伏在這裡，你敢說你對這事一無所知?!」

沐蘭湘眼中閃過一絲不忍，開口道：「天狼，如果我們真的和嚴世蕃他們一夥，現在又怎麼會在這裡喬裝救你？今天最後一批巫山派人眾出去的時候，嚴世蕃的手下和洞庭幫的人一下子出現，把他們全給扣了下來，我們也是措手不及，那洞庭幫的楚天舒拿了徐閣老的金牌，**強壓我們交人，那時我們才知道一切都是嚴世蕃這惡賊的計畫。」**

天狼心煩意亂，對著沐蘭湘吼道：「你自是幫著你的男人說話，哼，沐蘭湘，從小到大你不就是只會幫著你的徐師兄嗎？以為別人不知道是不是！」

沐蘭湘氣得一跺腳，轉過臉不說話。

徐林宗嘆了口氣：「天狼，我知道現在無論如何解釋，你都不會相信，我只能告訴你，我們沒有出賣你們，只是這次轉移的動靜太大，嚴世蕃又在我們武當這裡和你們巫山派內遍布眼線，終有此敗，我事後會在內部嚴查的。現在情況緊急，我師兄妹來這裡是想接應你們撤離，你就是想找我報仇，也請你換個時間吧，至少……至少不要耽誤彩鳳的性命。」

天狼冷笑道：「好你個有情有義的徐掌門，有了新歡，還不忘舊愛啊。你把彩鳳的山寨毀了，現在還在這裡假仁假義，算什麼東西！如果彩鳳現在醒了，只會要你的命！」

屈彩鳳的聲音突然在天狼的身後響起：「天狼，他說得對，我們現在要做的，就是迅速離開此地，留得有用之身，才能報仇。」

天狼的眉頭一皺，回過身來，只見屈彩鳳一身黑衣，霜雪般的白髮在山風中飄舞著，絕美的容顏上，滿臉都是淚痕，但這會兒已經擦乾了眼淚，神態平靜，完全不似剛才那樣心碎欲裂的樣子。

剛才天狼攻出那一招之後，就抱著屈彩鳳一起鑽入地中，當時屈彩鳳還是昏迷狀態，他急中生智，出手前抓了一把空心蘆草在手中，把草根塞在屈彩鳳的嘴裡，潛行到一具屍體的下方，等嚴世蕃師徒等人離開後才出來，沒想到屈彩鳳自己醒了，還跑了出來。

天狼看到屈彩鳳的嘴角邊仍然有血跡，知道她急怒攻心，已經經脈受損，心中一陣憐惜，正要開口，卻聽到徐林宗道：「彩鳳，對不起，我，我還是沒有完成我的諾言，保護住你們巫山派。」

屈彩鳳臉色慘白，幾乎沒有一點血色，冷冷地說道：「徐大俠，你的諾言反正從來也沒有兌現過，這次也不例外，只怪屈彩鳳自做自受，所託非人。」

徐林宗眼中盈出了淚水，一動不動地盯著屈彩鳳，嘴脣哆嗦著，卻是一句話也說不出，沐蘭湘在一邊心中有些不忍，走上前來，輕輕地拉住徐林宗的手，眼神中盡是關切之情。

天狼心中一陣刺痛，從小到大，他見慣了小師妹的這個動作，這種撒嬌的樣子，無數次讓他心痛，儘管現在明知他們已是夫妻，仍是遏制不住心中的憤怒與悲傷。

他知道自己如果再在這裡待下去，沒準怒火又會爆發，於是強忍著胸中沸騰的那把火，冷冷地說道：「徐掌門，沐女俠，後會有期，希望下次見面的時候，你能給我們一個合理的解釋。」

他猛的一旋身，一行淚水已經順著臉頰流下，迅速地走到屈彩鳳面前。

白髮魔女仍然無力地靠在一邊的樹上，顯然沒了氣力，**她一臉幽怨地看著徐林宗，儘管嘴上說多恨他，但真正見到他，還是難以自制，就和天狼一樣。**

天狼緊緊地拉著屈彩鳳的手，沉聲道：「我們走。」

屈彩鳳嬌軀一顫，卻是邁不開步子，天狼咬了咬牙，直接彎下腰，左手摟住她的纖腰，右手則抄起她的玉腿，屈彩鳳沒料到他這回如此主動大膽，甚至來不及驚呼和拒絕，就這樣被他抱在懷裡。

徐林宗見狀，身體猛的一晃，伸出手，似乎是想要上前，剛邁出半步，便停在了空中。

天狼也不回頭，冷笑道：「徐大俠，我上次就和你說過，彩鳳是我天狼的女人，有我照顧，彩鳳就不勞你費心了。」他說完，發足狂奔，兩個起落就奔出了十餘丈外，消失在遠處的密林裡。

徐林宗默默地站在原地，淚水在他的眼眶中打轉，沐蘭湘輕輕地嘆了口氣，鬆開了剛才拉著徐林宗的手，低聲道：「徐師兄，如果你要追屈姑娘，現在還來得及，過了今天，也許此生就無望了。」

兩行清淚從徐林宗的眼眶中流淌下來，牙齒緊咬著嘴唇，幾次想要邁開步子，卻始終下不了這個決心，最後一跺腳，轉身向著另一個方向飛奔而去。

沐蘭湘幽幽地嘆了口氣，輕輕地把黑布拉上，那張清秀的容顏上，只剩下兩隻憂傷的美目在外面，呢喃道：「**問世間情為何物，直教人生死相許。**」

她搖搖頭，也緊緊地跟著徐林宗的背影而去。

天狼抱著屈彩鳳，一路奔出了三十多里，山川河流和樹影在他的身後飛快地閃過，懷中的屈彩鳳一動不動，閉著眼睛，失聲痛哭，天狼置若罔聞，只覺得胸中的一口怨氣無從發洩。

本來他今晚連番惡戰，早已經氣竭，就是剛才那三名腿腳受傷的高手，若不是被他嚇破了膽，三人聯手一戰的話，只怕最後倒下的就會是自己了。

而天狼被這股子怨氣所驅使，渾身上下卻是有無盡的力量，一路狂奔不止，體內的真氣只覺源源不斷，雙腿也似乎加了風火輪一般，有著使不完的勁。

這一陣狂奔，也不知跑了多久，天狼只覺得眼前的黑暗漸漸地變得光明起來，不知不覺中，居然天色已經大亮。

天狼就這樣抱著屈彩鳳，跑出巫山，一直奔到一處小溪處，視線所及，遠處數里外有一處嫋嫋生煙的村鎮，只需再走上里餘，就可以出山了。

天狼突然覺得一陣天旋地轉，這一路下來，心力交瘁，本就是靠著一股怨憤之力支持到現在，眼見就快出山，頓感小腿如同灌了鉛一般，說不出地沉重，一下子膝蓋一彎，幾乎摔倒在地，懷中的屈彩鳳玉背磕到了他的膝蓋上，出於武者的本能，迅速地彈起，空中一個優美的旋身，乾淨俐落地落到了一丈之外。

天狼眼見屈彩鳳安然無恙，心裡一塊石頭算是落了地，再也支撐不住，單膝跪在地上，右手拄著斬龍刀，才勉強支持著身子沒有倒下來，嘴邊和鼻孔則流出血來。

屈彩鳳看天狼這樣子，一陣心疼，連忙俯下身，掏出懷中的一方羅帕，幫他擦起血來，同時說道：「對不起，我忘了你昨天一晚上消耗太大，滄行，你坐好，我幫你運功護脈。」說著就盤膝坐下，玉掌一分，就要行功。

天狼擺了擺手，接過那方羅帕，自顧自地擦了起來：「對不起，彩鳳，我，我沒有幫你，幫你護住巫山派，你殺了我吧。」

屈彩鳳一想到昨天的滅派之禍，便心痛得無以復加，閉上了雙眼，淚水順著眼角在臉上流成了溪流，她痛苦地搖著頭：「師父，姐妹們，我無能，我對不起你們！」

天狼本來也已經萬念俱灰，可看到屈彩鳳哭得這樣傷心欲絕，心下也是一陣黯然，低聲道：「彩鳳，都怪我所託非人，致有此禍，本來我應該一死了之，向你謝罪的，可是心想不能把你扔在那裡，落入嚴世蕃那惡賊之手，所以我拚命把你救出來，就是想留下你的性命，以後再圖復仇。」

屈彩鳳睜開雙眼，眼神中盡是空洞與悲愴：「**復仇？殺了嚴世蕃，殺了伏魔盟的人，我的兄弟姐妹們，那些老弱婦孺們就能復生了嗎？**滄行，你告訴我。」

天狼無言以對，只能長嘆一聲，低頭不語。

屈彩鳳輕輕地說道：「滄行，你不用太自責，如果沒有你捨命相救，我們也是逃不過這一劫的，困守山寨最後也是死路一條，至少你給過我們生的希望，我還是要代死難的姐妹和部眾們謝謝你。」

天狼的心裡稍微好受了一些，抹了抹眼中的淚水：「可是我還是沒能救下他們，彩鳳，你知道嗎，剛才我這一路跑來，眼中盡是寨中的兄弟姐妹們的臉，一張張都是那麼地清晰，想起來，我這心，我這心……」

屈彩鳳擺了擺手：「行了，滄行，現在不是悲傷的時候，你不用自責，我對你真的只有感謝，包括對徐林宗，我也相信他沒有出賣我們，他親眼見過我們寨中的虛實，斷不會為了榮華富貴下此毒手。」

天狼想到小師妹剛才那樣抓著徐林宗的手，就是一陣無名怒火：「哼，彩鳳，你莫要被舊情迷住了雙眼，連司馬鴻和智嗔都早知此事，跟嚴世蕃一起埋伏在崗上，徐林宗會一點不知情嗎？他自己也說了，有可能是他手下混進了奸細，這御下不嚴之罪，不也是要問他的罪責嗎？」

屈彩鳳嘆了口氣：「好了，滄行，你我都清楚，你現在是在賭氣，你和徐林宗、沐蘭湘從小長大，他們會不會跟嚴世蕃串通，你最清楚不過，剛才沐姑娘讓你吃醋了，所以你才故意要在徐林宗面前那樣，對不對？」

天狼眼中閃過一絲憤怒，拳頭緊緊地握了起來：「不要提他們，這輩子我都不想聽到沐蘭湘這三個字。」

屈彩鳳不再說話，抓起天狼的左手，春蔥般的玉指搭在了天狼的脈門上，秀眉微蹙：「天狼，你的經脈受傷不輕，要趕快找個安全的地方調理一下，不然會落下病根的。」

天狼搖搖頭，突然震動起了胸膜，暗語道：「現在這裡還是是非之地，不可久留，彩鳳，你接下來有什麼打算？」

屈彩鳳有些意外，也震起胸膜，回道：「走一步算一步吧，你說得對，只有留下有用身，才能復仇，這筆血債，我一定要向嚴世蕃父子討回，不過現在巫山派總舵已滅，我無力向他復仇，只有先避鋒芒。滄行，我還是會和上次商量的那樣，暫時去天山，不過這回我要在那裡積蓄勢力，準備復仇，只有報此血海深仇，我才會出世。你為什麼不說話，要這樣暗語？」

天狼勉強擠出一絲笑容：「胸口有點悶，說話有點痛，還是這樣的好，既然如此，事不宜遲，你先走吧，我在這裡調息一會兒再上路。」

屈彩鳳搖了搖頭：「不，要走一起走，我為你療傷。」

天狼斷然地擺開了屈彩鳳的手，捂著胸口說道：「不行，彩鳳，這裡是非之地，他們是衝著你來的，即使我落在他們手裡，也不會有性命之憂，你快走，如果有可能的話，我還會給你引開追兵呢。」

屈彩鳳咬了咬牙，站起身道：「你小心，我會等你。」說完，決絕地一轉身，飛奔而出，一頭瀑布般的銀髮被初升的陽光照著，有如水銀瀉地，說不出的嫵媚，幾個起落，便不見了人影。

天狼嘆了口氣，站起身，轉身進了身後的樹林，雙眼中突然冒出萬丈的怒火，冷冷地說道：「跟了一路，還躲著做什麼？出來！」

一邊的草叢中，慢慢地直起了一個嬌小的身影，沖天的馬尾，烈焰般燃燒的朱唇，臉上戴著一副金色的蝴蝶面具，緊致的夜行衣把那豐滿的身材襯托得錯落有致，可她的眼神中分明透出了一絲幽怨，**可不正是消失了半年多的鳳舞？**

鳳舞輕輕地嘆了口氣：「你的武功又精進不少，我記得以前你是發現不了我的跟蹤的，即使你現在身受內傷，又抱著那屈彩鳳，也能跑這麼快，實在是出乎我的意料之外。」

天狼冷冷地說道：「與你們父女給我帶來的意外相比，這些實在算不得什麼。鳳舞，在崗下的時候，我就察覺到你的存在了，你是不是這回還要向你的父親，還有你的好丈夫去告密，徐林宗和武當派跟反賊也有聯繫，好讓你爹再加官晉爵？」

鳳舞緊咬著嘴唇：「**難道在你心裡，我爹就是那利欲蒙心，不講道義之人嗎？我就是那種只想出賣你和利用你的人嗎？**」

天狼大聲道：「不錯，你就是這種人，這不是你自己說的嗎？在雙嶼島上你就說過你一直是在利用我，當時我還以為你是一時氣話，但現在的事實勝過雄辯，鳳舞，你爹真的是厲害，這麼多年來一直把我耍得團團轉，當然，離不開你這個出色的道具，陸家還真的是世代為官，無論男女都這麼會演戲！」

鳳舞的身體微微地晃了晃：「我爹，我爹說什麼了？」

天狼不怒反笑，語氣中充滿了譏諷：「怎麼，你連你爹跟我說過什麼也不知道嗎？其實這也不奇怪，**你也不過是你爹的一枚棋子罷了**，只不過你這枚棋子比我要聽話許多，要你做什麼就做什麼。讓你嫁嚴世蕃，你就嫁，讓你接近我裝著愛我，你也能裝得那麼像。」

鳳舞突然尖叫了起來：「不，天狼，我對你的愛是真的，絕沒有作假！」

天狼冷冷地說道：「收起你這份把戲吧，**我不會再上當，女人，個個都是騙子，無論是你，還是沐蘭湘，都只會用眼淚和演戲來騙人**。從今往後，我再也不會信你半個字。鳳舞，你一路跟蹤來此，不就是想捉住屈彩鳳，回去請功領賞嗎？哼，知道我為什麼要留在這裡了吧。」

鳳舞兩行淚水從眼睛裡淌了下來：「天狼，**想不到你我最後居然會是這樣的結局，更想不到，你現在居然是這樣看我**，難道我以前為你做的一切，你都覺得是在演戲嗎？你也不想想，在那崗下，我如果真的有意捉屈彩鳳，直接發信號讓嚴世蕃他們回來就是，何必這樣大費周章一路跟來？」

天狼哈哈一笑：「你若是發了信號，當時面對我，徐林宗，還有她三個人，你還有活路嗎？鳳舞，**你和你爹一樣，最大的天賦就是保護自己**，如果不是我的輕功超水準發揮，你這一路上跟來必須全力施展，氣息無法掩藏，給我聽了出來，這會兒你恐怕就是在等著我和彩鳳分開的機會，然後再趁機下手吧。」

鳳舞痛苦地閉上了眼睛，拼命地搖著頭：「天狼，你對我的誤會實在是太深了，我爹早就給我飛鴿傳書，要我在這裡配合你行事，壞了嚴世蕃的事，如果，如果這次你早點來找我，怎麼會出現這樣的慘劇？」

天狼一把扯下了臉上的面巾，咬牙切齒地說道：「你覺得我還會信你爹，還會信你的鬼話嗎？你們一直在利用我，從來沒有一句真話，你爹說是要跟嚴世蕃作對，但只怕更想是要搶功吧，如果消滅巫山派這幾萬人的功勞由他獲得，自然在皇帝面前可以加官晉爵，我敢肯定，**如果我找了你，那一定只會讓這些人死得更慘。**」

鳳舞不自覺地向後退了半步，幾乎要摔倒在地，她的眼圈泛紅，飽含著熱淚，喃喃地道：「天狼，**你真的忘了我們在一起的誓言了嗎，真的這麼絕情嗎？你說過，你會娶我，我寧願為你而死，又怎麼可能這樣算計你，害你？**」

天狼冷笑道：「行了，鳳舞，不要再跟我演戲了，你的花言巧語全是假的，從雙嶼島開始，不，從那更早的金陵城外開始，一切就是你爹和嚴世蕃安排好的計畫而已，你們要做的，**就是要我不停地演戲給徐海他們看，然後讓徐海把注意力放在我身上，忽略了嚴世蕃的動作，你敢否認這點？**」

鳳舞咬咬牙道：「那是我爹的安排，我也只是在出海前才臨時接到指令，如果我早知道要和嚴世蕃合作，我是死也不會接這個任務的。」

天狼冷冷地說道：「你還要撒謊到何時？你回寧波的船上，早就和嚴世蕃勾結到了一起了，然後又一路隨他來這巫山派，以作為你爹和他合作的連絡人，鳳舞，你撒謊的水準可是越來越差了啊，你跟嚴世蕃在一起待了半年，我怎麼也沒見你自殺？」

鳳舞一張嘴，一口殷紅的鮮血吐了出來，落到黑土地上，是那麼地鮮豔奪目，天狼本來心中一動，但忽然想到此女詭計多端，滿嘴謊言，心馬上又硬了起來，站在原地，動也不動。

鳳舞的眼中盡是淚水，抬起手擦著嘴角邊的血跡，幽幽地說道：「天狼，不管你信不信我，我都要說，其實，我一直是有苦衷的，以後我一定會找機會跟你解釋，只是現在我們父女都被嚴世蕃控制，只能受制於人，你一定要相信我。」

天狼哈哈一笑：「嚴世蕃哪控制得了你爹啊，你爹對皇帝這麼忠心，幫他東平倭寇，南滅巫山，連那個心腹大患的太祖錦囊也一起消滅了，這下讓皇帝的位置穩固，他再也不用做夢害怕有人來奪他的江山皇位了，立下如此大功，錦衣衛都容不下你爹了，只怕入閣為相或者出鎮一方，甚至封個異姓王也未嘗不可吧。」

鳳舞痛苦地搖著頭：「天狼，是不是要我死在你面前，你才肯信我？」

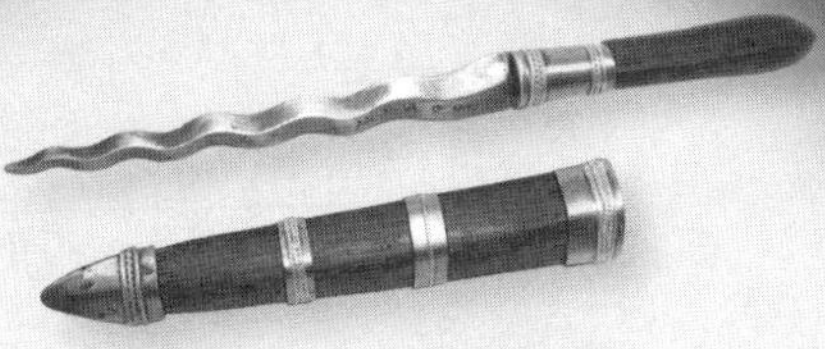

第二章

天理難容

陸炳道：「天狼，你竟然敢當著胡總督的面出此悖逆之言！
徐海和汪直所殺軍民數以十萬計，
如此滔天罪惡，不去清算才叫作天理難容，
身為錦衣衛，不去維護朝廷，卻幫著叛賊家人逃跑，
這就是你忠於國家的舉動嗎？」

天狼沉聲道：「又想在我面前玩自殺是嗎？收起你這套把戲吧，我再也不會上當了。你的演技太好，沒準把自己也騙得相信自己了。這回你是死是活，我都沒興趣。好了，冤有頭，債有主，這回畢竟我沒有看到你參與了消滅巫山派的行動，這也是我現在能站在這裡跟你說這麼多話的原因，不然我一定會親手取你性命，為屈死的幾萬生靈報仇！」

鳳舞慘然一笑：「天狼，你在這裡願意和我說這麼多話，不就是想給屈彩鳳爭取脫身的時間嗎，你這一通罵，不僅讓自己的怒火得到發洩，這會兒也讓她足夠撤到安全的地方了，對不對？」

天狼一下子給鳳舞說中了心思，挺胸正色道：「不錯，若非如此，你以為我還願意跟你再說一個字？鳳舞，認識你是我這生永遠抹不去的痛，不過我還是要謝謝你，**是你教會了我女人那嬌滴滴的外表下是如何的蛇蠍心腸，是你教會了我你的甜言蜜語下，是如何的冷血無情，我還得多謝謝你才是，你們父女教會了我錦衣衛究竟是什麼樣的，打消了我對這個朝廷的最後一點幻想。**」

鳳舞一直在搖頭，她的手緊緊地捂著自己的心口，顫聲道：「天狼，你，你真的不要多心，我爹和我都是有苦衷的，如果我們真的有意想要害你，你現在哪還會有命？」

天狼冷冷地說道：「你們當然捨不得害我，我對你們有用，可以幫你爹大殺四方，為你爹，為他後面的皇帝去消滅一個個的心腹之患，不過現在巫山派已滅，我也沒什麼利用價值了，就算有，也只是留下來繼續幫著你爹來對付嚴世蕃罷了，鳳舞，你們父女打的算盤可真是不錯。留下屈彩鳳也是同樣的打算，對不對？」

鳳舞長嘆一聲，痛苦地閉上了眼睛：「罷了，你我之間已經誤會太深，你不可能再相信我了，天狼，我最後一次懇求你，留在我們錦衣衛，我會嫁給你，也會按照我之前承諾你的，把一切對你和盤托出，到時候你是走是留，是不是要殺了我，我都無怨無悔。」

天狼哈哈一笑：「鳳舞，**你要是我，現在還會娶你嗎？娶一個滿嘴謊言，嘴上說愛我，卻一直在利用我的女人？**行了，鳳舞，我不想跟你再在這裡浪費時間，現在彩鳳已經走遠，你再也害不了她，而我也要走了，你我後會無期。」

說完，冷冷地一轉身，邁開大步，就要前行，卻聽到身後的鳳舞幽幽地說道：「等一下，我還有話。」

天狼也不回頭，聲音中冰冷而不帶一絲感情：「有話就說，我還急著要上路。」

鳳舞的聲音中帶著低低地抽泣：「你，你這是要去哪裡，去找屈彩鳳嗎？」

天狼冷笑道：「這不關你的事，不過我警告你，別再企圖跟蹤我，要是我再發現你跟在後面，到時候別怪我不客氣。」

鳳舞搖了搖頭：「罷了，我不問這個，其實我清楚，就是你現在去找屈彩鳳，最後也要去浙江，**以你的為人，已經眼睜睜地看著巫山派滅了，自然也不想看到徐海和汪直落到同樣的下場，對不對？」**

天狼的心猛的一沉，其實在巫山派的這幾個月裡，他一直擔心的也是這事，跟汪直和徐海經歷過生死，又幾乎是由自己一手促成的招安，他以前雖然恨極這些為禍東南，勾結倭人的海盜，但看到他們肯棄惡從善，還是想要給他們一條生路，只是那次陸炳親自跟自己說的皇帝必除汪直徐海的話，加上胡宗憲那張鐵面，始終讓自己不寒而慄，而他這一去，確實也是想奔回浙江，早早地安排徐海和汪直出海，以躲過這一劫。

天狼讓自己說話的口氣儘量平穩，以免被鳳舞看出虛實：「我去哪裡是我的事，汪直和徐海不過是倭寇，他們該死，朝廷想怎麼處罰他們都可以，我以前還說過要娶你，現在不照樣作廢，鳳舞，你以為我說什麼就一定要做到？」

鳳舞幽幽地說道：「天狼，你不是我，你的心地永遠是光明的，你說過要救徐海，就一定會救他，本來這事，我爹嚴令我不許向你透露，但我知道，如果你救不了徐海，一定這輩子都無法原諒我們的。」

天狼猛的一回頭，眼神犀利如電，逼視著鳳舞道：「你什麼意思，你爹現在就要對徐海下手？」

鳳舞點了點頭，嘆道：「你可知為何我爹這次沒有來巫山派？他可沒有那麼強的信心，指望你一個人真能對付得了嚴世蕃，只不過浙江那邊的事情更加緊急，要收拾汪直手下的幾萬兄弟，可不是一朝一夕的事。」

天狼的心又是一陣刺痛，本以為汪直手下眾多，這十萬之眾加上毛海峰，一時之間能讓朝廷投鼠忌器，不敢這麼快就對上岸的二人下手，可是**有了錦衣衛的陸炳，一切皆有可能。**

天狼厲聲道：「你什麼意思，**你爹已經把汪直的手下全部收買了？**」

鳳舞輕啟朱唇，看著天狼的一雙大眼睛裡，波光閃閃：「汪直的雙嶼島已毀，手下部眾只能散居各島，加上沒了錢，所以我爹和胡宗憲這幾個月一直在暗中調運餉銀，去收買汪直的各路手下，挑撥其互相內鬥。」

天狼冷笑道：「汪直那裡的情況我清楚，他的手下們都是忠心耿耿，哪可能會為了點錢而自相殘殺！」

鳳舞嘆了口氣：「天狼，你還是太天真了，汪直手下本多是無賴和給他收編的海盜，那次來馳援雙嶼島，與其說是為了忠心，不如說是擔心自己留在雙嶼島上的分子錢丟失，後來雙嶼島一失，這些海盜首領們在一起幾乎要火拼，汪直和徐海當場出手殺了幾個鬧得最凶的海盜頭子，才算勉強控制了局勢，加上汪直許諾招安之後朝廷會負責軍餉，才勉強讓這些人來寧波。

「天狼，你自己想想，汪直何等狡猾之人，寧波招安那次，又怎麼會捨得自己和徐海，還有毛海峰一起只駕一條船入港，這不是送羊入虎口嗎？他這個舉動不是為了向朝廷表示誠意，而是做給那些手下們看的，要他們跟著他一起投降，朝廷自然少不了這好處。

「可是汪直的想法，胡宗憲和我爹又怎麼可能看不出來，我爹早就在倭寇中有了耳目，對這些情況一清二楚，所以胡宗憲只招安汪直和徐海，卻讓其他人都回去，而所有的餉銀，卻歸了毛海峰，就是故意想挑起這些倭寇頭子對汪直的不滿，以埋下他們叛亂的火種。」

天狼一下子明白了過來，接口道：「然後你爹就一邊軟禁汪直和徐海，一邊去重金收買那些海盜頭子，讓他們跟毛海峰火拼，對不對？」

鳳舞搖搖頭：「具體的情況我也不是太清楚，但毛海峰本身是個粗人，並無領導才能，困守雙嶼島，能自保就不錯了，哪能鎮得住手下這些海盜頭子，總之，幾個月下來，各海盜集團大小戰不斷，汪直一手打造的海上帝國，已經算是完蛋得差不多了，除了毛海峰還帶了幾千人守著雙嶼島外，其他海賊紛紛自立，不再受汪直集團的號令了。

「我前幾天剛接到消息，那個浙江省御史王本固上書皇上，說是汪直乃是海上巨盜，自立為王，圖謀不軌，胡宗憲是受了他的賄賂才要將他包庇。這個王本固是那些清流派大臣的人，此奏摺一上，其他言官也紛紛跟進，而嚴黨的人則一言不發，坐看胡宗憲被攻擊，胡宗憲無法，只好再次設下宴席，當場將汪直拿下，裝在囚車裡，連同汪家上下一百四十多口人，一起解送京師，只怕這一去，難逃作為謀反叛亂的凌遲之刑了。」

天狼氣得一掌擊出，直接在地上打出一個直徑尺餘的深坑，怒道：「背信棄義，必遭天譴！難道胡宗憲連在雙嶼島上當人質的夏正的命也不要了嗎？」

鳳舞嘆了口氣：「天狼，胡宗憲剛強的外表下，是一顆鐵石般堅硬的心，那毛海峰知道汪直被押往京師後，大哭三天，把夏正大卸八塊，率領幾千部眾離開了雙嶼島，占據了另一處易守難攻的島嶼，名叫岑港，繼續作亂，現在朝廷各路官軍，俞大猷所部、盧鏜所部、戚繼光所部都已經包圍了岑港，正在圍攻之中。」

天狼默然無語，半天才說道：「**你們這是逼反已經投降招安的倭寇們**，殺一個汪直容易，殺那十萬倭寇有那麼容易嗎？只怕這樣一來，東南將永無寧日。罷了，為了這等昏君奸臣，我一個人擔心也是無用。鳳舞，現在我只想知道，汪直完了，徐海現在如何，胡宗憲準備怎麼對付他？」

鳳舞一動不動地凝眸於天狼的臉上，輕輕地說道：「天狼，你是聰明人，上次胡宗憲留了陳東、麻葉和上泉信之不殺，就是為了對付徐海的，徐海的老婆就是那個伊賀天長，為了保護徐海，把從東瀛接來的上千部眾都隨著他們夫婦二人一起住在寧波港外，所以徐海不是一個光桿將軍，但胡宗憲不想違背當初不殺他們的誓言，所以這種事他準備交給陳東他們幹，你明白了嗎？」

天狼當初從陸炳的嘴裡就聽到過這個借刀殺人的計畫，咬牙切齒地說道：「好毒的計策，先讓陳東他們殺了徐海，然後再把陳東等人當成倭寇正法，哼，還真的是不負徐海不負君啊。」

鳳舞幽幽地嘆了口氣：「我知道你和徐海的關係不錯，不管你信不信，這次殺徐海的事情，我爹完全沒有參與，**全是胡宗憲和嚴世蕃的所為**，本來我不應該告訴你這些事，但我不希望你因此又誤會我爹，所以……」

天狼突然心中一動，急問道：「你說什麼？**這事跟嚴世蕃又有什麼關係？**」

鳳舞搖搖頭：「你難道不知道嗎？**那個上泉信之，早已改名叫羅龍文，投靠嚴世蕃了**，而嚴世蕃也早通過此人的關係，和島津氏搭上了關係。收買汪直的衛隊中那些倭人和西班牙人，也是通過上泉信之在中間牽線搭的橋。」

天狼恨恨地一跺腳：「我就知道這個王八蛋不會這麼簡單，原來他早就跟嚴世蕃這狗賊扯上關係了。」

他突然冷笑道，「鳳舞，你爹不是要穩定東南嗎？與其說他是穩定東南的局勢，只怕更多的是想穩定自己這個獨自擒下汪直徐海的大功吧，又怎麼會讓嚴世蕃來搶他的這份功勞？是不是他準備親自對徐海下手了？」

鳳舞幽幽地道：「天狼，別問我，我不是我爹，並不知道這些，只是我爹通過飛鴿傳書把此事告訴我，雖然他沒有明確下指示，但我知道他是希望我通過各種辦法把這件事情告訴你，現在他不方便出手明著阻止嚴世蕃一黨，能做這事的，只有你了。」

天狼哈哈大笑，聲音洪亮，震得林中一片枝搖葉顫：「弄了半天，**你們父女還是想要利用我啊，利用我對嚴世蕃的仇恨，再去壞了他的事，以讓你爹得到更多的好處**，對不對？」

鳳舞低下了頭：「只怕我爹確實是這樣想的。」

天狼收起笑容，冷冷地說道：「你們真是把我吃得透透的，算準了我一定會去救徐海，明知是個坑，也會毫不猶豫地向裡跳，這回又讓你們算準了，也罷，我這就去浙江，我親眼看到了巫山派的毀滅，不能再坐視徐海夫婦的屈死，你現在可以告訴你爹，我這就上路，此外，我還有不少帳，這次要跟他一併算。」

鳳舞一下子大驚，上前一步：「你，你要和我爹動手嗎？」

天狼面無表情地道：「不知道，也許見了他後我會忍不住，被他這樣利用，玩弄了這麼多年，就像做了個夢，一覺醒來才發現自己只是個傻子，我想要追求的什麼也沒追到，我想要守護的最終也沒守成，鳳舞，換了你是我，能這麼輕易地一笑置之嗎？」

鳳舞的眼眶中再次盈滿了淚水：「天狼，我爹確實對不起你，你，你能不能看在我的份上，放過他這回？」

天狼眼中寒芒一閃，上前一步，狠狠地瞪著鳳舞：「你錯了，最對不起我的不是你爹，而是你，**你是你爹最鋒利的寶劍，幫他刺穿人心，要不是靠著你的虛情假意，我又如何能這麼快地上鉤，失去判斷？**你和我第一次見面開始，就處處模仿那人，你明知我不可能對她忘情，卻又千方百計地想把我對她的感情轉移到你身上，鳳舞，**我最恨的不是你爹，而是你。**」

鳳舞哭得如帶雨梨花，突然嚶嚀一聲，縱身上前，想要抱住天狼，天狼眉頭一皺，一個側身閃了開去，冷笑道：「連她最喜歡用的這招你都學得這麼像，鳳舞，現在我沒空找你算帳，他日我一定會向你問清楚你和她之間的事情，你還有多少事情瞞我，最好到時候想好了謊話，不要被我輕易地戳穿。」

天狼轉過身，一咬牙，身形凌空而去，幾個起落，就落到了二十丈以外。

鳳舞哭得癱倒在地上，突然想到了什麼，咬了咬牙，站起身，似乎想要追上去，一個陰沉冷酷的聲音從後面響起：「鳳舞，你想做什麼，你就是追了上去，又能做什麼？」

黑袍蒙面老者的身形如鬼影一般，無聲無息地從鳳舞身後的草叢中出現。

鳳舞的身軀一震，回頭看著這人，彷彿見到了鬼：「你，你一直在？」

蒙面老者點點頭：「如果你給愛情沖昏了頭腦的話，我會出現阻止你的，鳳舞，是不是你以為追上了天狼，摘下面具，露出你的本來面目，他就會接受你了？」

鳳舞咬著牙道：「我不知道，但不這樣無法讓他接受我的誠意，那之後他要怎麼做是他的事，只是我心裡終於可以放下了。」

蒙面老者哈哈一笑：「是麼？**既然要徹底地向他坦白，何不把那個晚上武**

當山上的事也跟他說個清楚？你看他到時候是會找你，還是會回頭找他的小師妹！」

鳳舞突然尖叫起來，雙手捂住自己的耳朵：「你，你不要再說了，你這個魔鬼，你的話我一個字也不想聽！」

蒙面老者咂了咂嘴：「鳳舞，時間過得越久，你對他的愛就越深，也越怕那件事情被他發現，一旦他知道了事情的真相，永遠也不會原諒你，放心吧，憑我和你爹這麼多年的關係，我又怎麼可能看著你吃虧呢！」

鳳舞放下了雙手，咬牙切齒地說道：「你別再花言巧語了，怪只怪我當年一時鬼迷心竅，聽了你的鬼話做了那事，現在悔之晚矣。你想要的全都得到了，能不能別再折磨他，他這一生太可憐了，你又怎麼忍心這樣對他？」

蒙面老者的眼中突然神芒暴閃，刺得鳳舞心中一凜，不自覺地後退兩步：

「小小女娃兒，你懂什麼！**天狼是我精心培養出來的利器，為的就是奪取天下**，若他總是這樣抱著那些不值錢的大義蒼生為念，又怎麼可能變身復仇天神，去實現我們的大計！」

鳳舞被說得半晌無語，久久才擦去了眼淚，幽幽地說道：「我一直不明白，**你明明有了嚴世蕃這樣厲害的徒弟，無論是武功還是心智都是極品，更是不用教**

就是天生的狠毒心腸，最適合當你奪取天下的道具，為何又要找上天狼？」

蒙面老者哈哈一笑，震得鳳舞臉上的蝴蝶面具「叭」地一聲從中斷落，而飛過二人頭頂的一隻飛鳥更是在空中悲鳴一聲，直接被這笑聲震碎了內腑，生生落到了兩人中間的地上。

一張絕美而熟悉的容顏暴露在蒙面老者的面前，只是花容失色，鳳舞連忙從懷中掏出一塊面巾，蒙上了自己的臉：「你，你這是做什麼，要是給他看到怎麼得了！」

蒙面老者冷冷地說道：「他人這會兒已經在十里之外，去救他的倭寇朋友了，哪有空回來看你。鳳舞，世蕃雖然武功才智都屬頂尖，**但他跟天狼相比，差了最重要的一樣東西，你知道是什麼嗎？」**

鳳舞倒吸一口寒氣，不自覺地退了兩步，美麗的杏眼圓睜：「難道，難道是……」

蒙面老者點了點頭：「**若非他身具龍血，我又何必如此煞費苦心！**鳳舞，現在你知道我和你爹為何要這樣多年計畫了吧，就是要把天狼訓練得血冷心硬，鐵石心腸，丟掉人間一切的感情，這樣才能走上那條路，而你，我向你爹保證過，到時候一定會成為他的皇后，哈哈哈哈哈。」

鳳舞看著那蒙面老者狀如瘋狂的大笑，呆若木雞，喃喃地說道：「怎麼會這樣。」

十天後，寧波港外的一處莊園。

這裡離港區足有十餘里，遠離了塵世的繁華，就像一個被人遺忘的世外桃源，大門正對著陸地，園中一處四層高樓上，換了一身富商員外打扮的徐海，正攬著王翠翹已經如水桶般的腰肢，俯著身子，右耳貼著王翠翹的腹部，臉上是掩不住的喜色。

王翠翹那絕美的容顏上卻看不出任何的喜悅，輕聲道：「這回都是我拖累了你，若不是我正好大了肚子，我們一個月前就可以出海了。不然你先帶著伊賀的人連夜去南洋，我找地方先躲躲。我在南京城還有些關係，躲上幾個月，等孩子生出來了，我就去找你。」

徐海臉上的笑容漸漸地消退了，嘆了口氣，緩緩地站起身，看著遠處的大海，說道：「娘子，我們當年結髮時就立下過誓言，生死相依，不離不棄，要我扔下你一個人逃命，那我後半生只會生不如死。現在汪船主已經被胡宗憲抓了，他一定也不會放過我們的，只是他現在還沒有出手，倒是出乎我的意料之外。」

王翠翹低下了頭，星眸中淚光閃閃：「海，都怪我，相信那個天狼的話，相信了胡宗憲的話，一再勸你招安，卻不料是這個結果。」

徐海擺擺手：「胡宗憲不可信，但天狼和我們一樣，也是上了他們的當，我的兄弟回報過，那天招安之後，天狼就跟陸炳大吵一場，然後負氣而去，現在在浙江的天狼，只不過是陸炳派人假扮的一個傀儡罷了，並非天狼本人，我想他現在一定在想辦法救我們。」

王翠翹眼中閃過一絲喜色，又轉瞬即沒，長嘆一聲：「就算天狼是俠義之士，但畢竟勢單力孤，他又怎麼可能鬥得過位高權重的陸炳和胡宗憲呢？我倒希望他不要衝動地來救我們，那樣只會賠上自己的一條命。」

徐海欣慰地道：「娘子這樣想，我就放心了，我也不希望天狼做這種無意義的營救，現在汪船主的舊部在海上已經星散，連海峰都無法繼續在雙嶼島立足，我們就是出了海，也不可能找到容身之處了，怪只怪我們當年罪孽深重，今天被人背信棄義，也只能說是報應。本來我答應過要和你一世相守，給你幸福，只怕，只怕我是做不到了。」

說到這裡時，徐海的神色黯然，而王翠翹更是已經泣不成聲，投入徐海的胸膛，只是搖著頭，卻是說不出話來。

徐海扶住王翠翹的香肩，正色道：「娘子，你聽我一句話，大明有律法，即使是謀反之罪，只要懷了孕，你也可以保得一命。而且他們的目標是我，我向胡宗憲求情，就說你是給我搶到島上的女子，並無婚約，胡宗憲若還有一絲天良，就不會為難你，至於你的族人，天狼會想辦法盡力保全，我束手就擒，想必官軍也不會為難他們。」

王翠翹抬起頭，神色堅毅：「不，這輩子我生是你的人，死是你的鬼，就算一起上刑場吃那千刀萬剮，我也無怨無悔。」

徐海嘆了口氣，想要開口再勸，突然看到遠處的海平面上揚起了一陣帆影，莊園外臨時搭建的一個小型碼頭上的莊丁們也起了一陣小小的騷動。

王翠翹驚喜地說道：「海，你快看，船來了，打的是汪船主的旗號，一定是海峰，是海峰知道我們的處境，來救咱們了！」

徐海一直緊鎖的眉頭也舒展開來，他手搭涼棚，仔細地看了眼越來越近的那些海船，嘴角邊露出一絲笑容：「哈哈，翠翹，你說得還真沒錯，這些不是官軍那些笨重的平底大沙船，而是咱們集團的武裝快船，我就說嘛，海峰是好兄弟，一定會來救咱們的，如果胡宗憲想抓我們，用不著多此一舉從海上來，調幾千官軍在陸上就可以拿下我們了。翠翹，你且在這裡稍等，我集中兄弟們去迎接海峰。」

王翠翹這回才是真正地破涕為笑，臉上的脂粉已經被眼淚沖出一道道的溝渠，她回身拿起一件大紅色的披風，給徐海披上：「去吧，海邊風大，別著了涼。」

徐海捧起王翠翹的頭，輕輕地親了一下：「等我！」

半炷香之後，徐海帶著幾百名手下，在碼頭邊列隊而候，刀劍都收在鞘中，他換回了原來倭寇時期的那套無袖短打扮，那身大紅披風則披在身上，被海風吹得高高揚起。

徐海身邊的一個精明強幹的手下，正是上次在雙嶼島時就常伴左右的心腹劉鳳全，上前低聲道：「頭領，來船真的是毛爺的嗎？為何毛爺不在船頭呢？咱們是不是也要做些防備？」

徐海的臉色一沉，叱道：「鳳全，你胡說些什麼，除了海峰，官軍哪有這種武裝快船？你是不是在陸上待得腦子進水了，連自家的船也認不出來了呀！」

劉鳳全勾了勾嘴角：「頭領，防人之心不可無啊，你看這些船都要進港口了，甲板上一個人都沒有，不太對勁啊。」

徐海臉色微微一變，突然聽到這些船上響起一陣緊密的梆子聲，心猛的一沉，高聲叫道：「**不好，中計了，是敵人！**」

話音未落，正在進港的七八條船的船頭擋板突然放了下來，幾百名手持火槍的槍手們的火槍已經對準了岸上諸人，火槍上的火繩全在「嘶嘶」地燃燒著，在他們的身後，上泉信之一臉獰笑，站起身，高舉的右手猛的向下一揮：

「射擊！」

一陣震天動地般的槍聲響聲，這些快船瞬間被濃濃的煙霧所覆蓋，徐海還沒來得及轉身，身上就被轟出幾十個血洞，血液就像被打穿的沙包中的沙子一樣，從每個傷口裡噴湧而出，他的表情仍然帶著驚疑之色。

這麼近的距離，即使武功高如徐海，也不可能逃脫火槍的攢射，他的嘴角動了動，艱難地迸出「翠翹」二字，身子便軟軟地倒下，落下了水裡。

遠處的高樓上，王翠翹正倚欄而望，「哇」地一口鮮血噴出，慘叫道：「阿海，阿海！」眼前一黑，竟然就要暈死過去。

昏迷之間，突然感覺到一雙有力的大手拉住了自己的玉臂，一個熟悉的聲音在叫著自己：「徐夫人，徐夫人！」

她吃力地睜開眼睛，天狼那張剛毅的臉映入她的眼簾，這個男人眼窩深陷，鬍子拉碴，一臉的風塵之色，身上濃烈的汗臭味撲鼻而來，渾身上下幾乎濕透，顯然是不知奔跑了多久才趕來。

天狼看著遠處的一切，眼睛裡幾乎要噴出火來：「**想不到我還是來遲了一步**，徐兄，我對不起你啊！」

天狼那日在巫山聽到鳳舞說胡宗憲有意剿滅徐海之後，心急如焚，一路之上不眠不休，先是一路狂奔到江陵渡口，然後坐船順江東下，直到金陵，然後一路人不解衣，馬不卸鞍地趕到杭州，本想親自勸說胡宗憲和陸炳，可留在杭州府的徐文長卻告訴他二人已經去了寧波，出於朋友之誼，他向天狼透露了徐海的所在。

天狼一路飛奔，未料還是慢了一步，眼睜睜地看著徐海被亂槍打成篩子，卻是無能為力。

天狼狂吼一聲，雙目盡赤，拔出斬龍刀，就準備衝上去為徐海報仇。

王翠翹一把抓住天狼的胳膊，瞪大了眼睛：「天狼，你要做什麼？」

天狼恨聲道：「夫人，我遲來一步，沒能救下徐兄，現在就算拼了這條命，也要為他報仇！」

王翠翹緊咬著嘴脣：「天狼，這時候千萬不能意氣用事，賊人是有備而來，你這樣去硬拼，只有死路一條。我與阿海有約定，現在我有了他的骨肉，請你帶我衝出去，先把孩子生下來，再找機會報仇。」

天狼一看王翠翹的肚子，眼見已有八九個月大，即將臨盆的樣子了，暗嘆了口氣。

上次在雙嶼島與她動手時，竟然不知她已有了身孕，將近半年下來，王翠翹竟然快要生產了，大概正因為大著肚子，因此徐海無法帶她逃亡出海，只能在這裡坐以待斃。

天狼咬咬牙，低聲道：「得罪了！」

他蹲下身子，王翠翹吃力地爬上了他的背，天狼把斬龍刀縮到一尺，塞進懷中，雙足一頓，從另一邊的窗子飛了出去。

只聽到身後的倭寇們在大叫著：「追啊，休要放走徐海的女人！」

上泉信之喊道：「徐海的女人是出了名的漂亮，就算大了肚子，一樣可以等生了娃後給你們快活，都聽好了，小閣老和胡大人有令，哪個捉住了王翠翹，就分給他當小老婆，哈哈哈哈。」

他的話讓天狼心中一團火在燃燒，可是一想到背上的王翠翹，就覺得有千斤之重，他在進入莊園前，探查過地形，莊園東面臨海，南邊和北邊都是光禿禿的海灘，無可遁形，只有西邊是一片密林，只要衝進這片林子裡，也許還能借著林木的掩護，衝出一條生路。

天狼心念已定，健步如飛，背著王翠翹，如履平地，一連越過了兩道院牆，出了莊外，即使是這樣帶著人施展輕功，也比那些海賊們快了許多，很快，那些嘈雜的倭寇的喧囂之聲便漸漸消失，他的身形則沒入那片密林，驚起一片飛鳥。

王翠翹靠在天狼的肩頭，她的淚水把天狼的肩頭濡得一片透濕，天狼心中一陣酸楚，他知道一個女人眼睜睜地看著自己的丈夫在自己面前死去，是何等的心痛！**為了保護腹中的孩子，她卻要忍辱負重，既不能為他馬上報仇，甚至不能和他死在一起。**

奔出五六里外，到了一處小山岩處，竟然奔到一處絕壁，他心中暗叫不好，剛才入林時，就隱隱覺得林中有高手埋伏，一直在後面偷偷地跟著自己。

他意識到自己還是上了胡宗憲和陸炳的當，只怕他們兩人早知道王翠翹或是徐海會從這密林裡逃脫，所以在這裡早早地布下了重兵，這一路下來，就是要有意地把自己逼上絕路。

眼前的懸崖高達百餘丈，又沒有上次巫山那裡的青藤，這樣跳下去，自己靠著絕世輕功也許能保得一命，但帶著行動不便的王翠翹，一定是死路一條。

天狼一咬牙，轉過身，只見對面的樹林裡一陣枝搖葉動，大批戴著鐵面具，穿著大紅官袍的錦衣衛高手各執兵刃，結成戰鬥小隊而出，為首幾十名，胸前赫然繡著龍紋，竟是龍組高手，粗略一數，足有六七十人之多，看來今天陸炳是把看家的老底全拿出來了，務必要置徐海夫婦於死地而後快。

鐵面龍紋的龍組高手之後，是幾百名虎組和鷹組高手，他們圍成了人牆，一身大紅官袍的胡宗憲則騎著高頭大馬，在陸炳的陪伴下緩緩走出，立在人牆之後，十餘名虎組高手飛跑過來，舉起了盾牌，護住胡宗憲和陸炳的身子。

胡宗憲一揮馬鞭，撥開眼前的盾牌，對著遠處幾十步外的天狼叫道：「天狼，徐海已死，你已經被包圍了，不用作無謂的抵抗，放下兵器吧，我保證，朝廷不會追究你的罪過。」

天狼把背上的王翠翹放下，讓她坐在一塊大石頭上，然後放聲大笑，笑聲中充滿了滄桑與悲憤，震得林中鳥飛獸走。

他看著胡宗憲的雙眼中幾乎要噴出火來：「罪過？胡總督，**你背信棄義，先招降，後殺降，這才是罪過，我天狼何罪之有，徐海和王翠翹又何罪之有？**」

陸炳的臉色一沉，喝道：「天狼，你腦子壞掉了嗎？竟然敢當著胡總督的面出此悖逆之言！徐海和汪直為禍東南多年，所殺軍民數以十萬計，如此滔天罪惡，不去清算才叫作天理難容，皇帝陛下英明，出奇計將這些倭寇分化瓦解，讓其走投無路後投降朝廷，可是這些賊人卻是心懷不軌，人在陸上，卻暗中讓其黨羽繼續為禍海上，難道你不知道，夏正夏指揮已經被那毛海峰殘殺了嗎？身為錦衣衛，不去維護朝廷，卻幫著叛賊的家人逃跑，這就是你忠於國家的舉動嗎？」

天狼心中火起，怒道：「陸炳，你這個厚顏無恥的小人，若不是你們背信棄義，捉拿已經誠心歸順的汪直，毛海峰又怎麼可能降而復叛！**若非你們跟嚴世蕃那狗賊串通一氣，自以為聰明地收買汪直的手下，讓其互相攻殺，又怎麼可能讓已經平靜下來的東南沿海重起戰火**，為了討皇帝的歡心，不惜把東南大事毀於一旦，你們跟嚴世蕃一樣，都是真正禍國殃民的敗類，蛀蟲！」

陸炳被天狼當著眾多手下這樣一通大罵，臉上掛不住了，黑臉漲得通紅，怒道：「瘋了，瘋了，你這個叛徒，是想要造反嗎?!」

胡宗憲擺了擺手，低聲對陸炳說道：「只怕令嬡已把我們的計畫全盤向天狼透露了，不然他怎麼會現身此地，又對我們的計畫這麼清楚！」

陸炳咬著牙，恨恨地說道：「娘的，女心向外，回頭看我怎麼收拾這個臭丫頭。不過今天不管怎麼說，一舉消滅徐海集團，也算是奇功一件了，只是這王翠翹……」

胡宗憲眼中殺機一現：「斬草不除根，春風吹又生，這女人懷了徐海的孩子，必是禍患，就算留她一命，也得把那孽種做了才行。」

胡宗憲對天狼喊道：「天狼，你引汪直和徐海來降，為朝廷立下了大功，本官已經和陸總指揮一起把你的功勞上奏，皇上必有封賞，不要為了這個叛賊的女人，自誤大好前程啊。」

天狼一肚子氣無從發洩，看到胡宗憲，更是氣不打一處來，冷笑道：「胡總督，我原來還以為你是一心為國，真心平倭的好官，可惜我錯看了你，本質上，你跟嚴世蕃和他手下的貪官汙吏沒有任何區別。」

胡宗憲冷冷地說道：「你很清楚，那汪直和徐海滿手的血債，招安他們不過是一時的權宜之計，最後肯定還是要跟他們清算，以儆效尤，這點本官在杭州的時候就跟你說得很清楚，你在去雙嶼島前並沒有異議，可去了一趟雙嶼島後，回來就開始為他們求情，哼，天狼，你敢說你這樣是出於公心嗎？」

天狼朗聲道：「胡總督，天狼在雙嶼島上看到了許多出乎意料的事，深知海上這十萬倭寇非汪直不能制，汪直和徐海的罪惡確實當死，但既然已經招安，就應該信守承諾，饒其性命，一來是人要言而有信，殺降不祥；二來，殺了他們，這些海上的倭寇群龍無首，只會失控地攻擊打劫沿海各城鎮，最後苦的還是沿海百姓，你胡總督幾年的心血，也會毀於一旦。」

胡宗憲嘴角勾了勾，沉聲道：「倭寇不過是一幫流寇而已，以前之所以能成禍患，不過是因為有汪直徐海這樣的首領來組織，現在巨寇已經伏法，他們自然只會自生自滅，我水師現在威武雄壯，上次的海戰中，一舉消滅了陳思盼的集團，戰力足可以收拾這些小股的倭寇，天狼，你不用過分擔心。」

天狼恨恨地一跺腳：「胡宗憲，上次海戰若不是有汪直和徐海指揮，我軍占了地利，又是突襲，怎麼可能大勝，這點你不是不知道，卻在這裡強詞奪理，分明就是給皇帝所逼，非要殺汪直徐海不可，還要找這些理由嗎？」

胡宗憲臉色一變，厲聲道：「天狼，本官看在你曾經孤身入虎穴，為朝廷立下大功的份上，對你一再地客氣，忍讓，你不要不識好歹，既然你也知道，剿滅汪直和徐海是皇上的意思，那還有什麼好說的，我等臣子只能執行皇上的旨意才行。」

天狼咬了咬牙，徐海已死，現在再怎麼跟胡宗憲作口舌之爭也是無用了，唯一的指望就是能保下王翠翹和她肚子裡的孩子，也算是為徐海留下一點骨血，以後再慢慢地向這些仇人們復仇。

想到這裡，天狼低聲對王翠翹說道：「徐夫人，為今之計，只有暫時委屈求全，只要活下來，保住孩子，以後再作打算。」

王翠翹慘然一笑：「天狼，我已經全都聽明白了，謝謝你為我們做的一切。」

她勉強地站起身，搭著天狼的肩頭，向著胡宗憲行了半個萬福，但因為身子太重，蹲不下去，只做了個樣子，這一路在天狼的背上顛得夠嗆，也多少動了點胎氣，即使這樣程度的下蹲，也讓她眉頭微皺，香汗如雨。

天狼連忙扶住她，她直起了身子，運起胸腔中的內力，說道：「賤妾自知亡夫罪孽深重，只是螻蟻尚且偷生，賤妾此生別無他求，只願落髮為尼，遁入空門，還請胡大人成全。」

胡宗憲的濃眉一皺，面沉如水：「王翠翹，你不僅是徐海的女人，還幫他出謀劃策，就連以前汪直徐海與朝廷間往來的公文，也多是你經手親筆書寫的，你敢說不是嗎？」

王翠翹咬牙道：「胡大人，那時候你幾次三番地派人混在商販中來勸說我，甚至讓女錦衣衛化妝成賣脂粉的婆子來與我接觸，這些事情你忘了嗎？當時你說要我勸徐海深明大義，回頭是岸，我完全按你說的去做，現在怎麼又成了罪過？」

胡宗憲臉上微微一紅，咽了泡口水，辯稱道：「此一時，彼一時也，那時候要爭取你們歸順，自然不能按教條行事，只是現在都得按王法來追究汪徐集團多年來的罪過，你作為徐海的妻子，也是他的左膀右臂，平日裡也做了不少惡事，比如將擄來的貨物與百姓賣往東洋與南洋，這其中你也有份參與，所以對你來說，不適用那種孕婦免責，遁入空門也不允許。」

王翠翹身子晃了晃，幾乎要摔倒在地，幸虧天狼眼疾手快，一把扶住，她秀目一轉，說道：「胡總督，我不當尼姑了，請允許我生下這個孩子，不管怎麼說，孩子是無辜的，就算以後你要按大明律治我的罪，也等我先把孩子生下。翠翹沒有別的指望，就這點最後的要求，還希望你能成全。」

胡宗憲面沉似水，聲音中透著一股冷酷：「不行，這孩子是你和徐海的孽種，徐海聚眾謀反，當夷九族，即使是嬰兒，也罪在不赦，念在你曾經對徐海有所勸說，對朝廷也有過功勞的份上，本官可以執行朝廷給我總督特權，赦你一命，等你產下這孩子後，將你嫁給有功將士為妻，免你沒入掖庭或者教坊司之苦，如何。」

王翠翹銀牙咬得格格作響：「胡總督，你是鐵了心不讓這孩子活，對不對？」

胡宗憲點點頭：「不錯，非如此不足以震懾天下的反賊！」

王翠翹突然仰天長笑，聲音淒厲，聲聲泣血，誰都能聽出她心中無限的悲傷與憤怒，天狼站在一邊默默地看著她這樣狀若瘋癲，一頭烏雲般的秀髮完全披了下來，在風中亂舞，從髮梢開始，一頭秀髮竟漸漸變白，**只一瞬間的功夫，滿頭青絲居然像屈彩鳳那樣，變得如同霜雪一般**。

天狼連忙說道：「徐夫人，你的頭髮？」伸出手想要扶王翠翹。

王翠翹一把甩開天狼的手，後退兩步，直接站在崖邊，幾塊山石被她的繡花鳳履踩下山崖，砸得崖下的草木一片窸窣之聲。

天狼大驚失色，不敢上前，生怕把王翠翹一個不留神弄掉下去，急得滿頭是汗，說道：「徐夫人，你千萬別亂來，你還有事要做，你，你還有伊賀的兄弟們要管。」

王翠翹慘然道：「天狼，你不用勸我了，我的兄弟們已經跟著我的夫君盡數死在碼頭上，本來我已經全無生念，若非為了肚子裡這個孩子，早就衝上碼頭與徐海死在一起了。既然狗官冷血無情，連這孩子也不會放過，那我又何必向他低頭！」

王翠翹抬起頭，咬破嘴唇，絕色的面容上盡是鮮血，連對面的錦衣衛們也都紛紛低下頭，不忍再看這位絕世佳人的模樣。

她伸指入口，把右手的食指和中指弄得盡是鮮血，然後直指對面的胡宗憲，杏眼圓睜，柳眉倒豎，發下重重的詛咒：

「胡宗憲，你這個狗官，跟你的昏君一樣，背信棄義，我王翠翹信了你的話，才引得徐海走上這條不歸路，你以為你能靠這功入閣拜相嗎？我呸，做你娘的春秋大夢吧！你這狗東西，必遭天譴，**我王翠翹以血為誓，詛咒你胡宗憲同樣被人背叛，不得好死，你胡家女子世世為娼，男子代代為奴！**」

胡宗憲聽得臉部肌肉直跳，怒吼道：「大膽潑婦，竟然如此不知好歹，來人，速速給我將她拿下！」

可是他連喊了兩遍，卻沒有一個人敢上前。

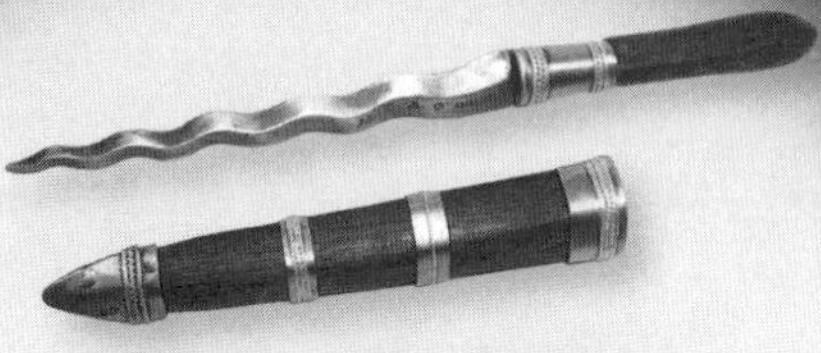

第三章

大開殺戒

今天，我要大開殺戒！
用這些錦衣衛的血來洗淨這個渾濁的世道，
為巫山派那些老弱婦孺，為徐海夫婦復仇！
剛才他以徐海擅長的削骨刀法殺掉大力金剛任全，
就是這場血腥殺戮的開始。

王翠翹詛咒完胡宗憲後，放聲大哭，伸出兩隻手指，一下子戳到自己的眼睛，在所有人的驚呼聲中，生生把一雙鳳目給摳了出來，擲於地下，吼道：「都怪我有眼無珠，誤信奸人，阿海，我來了！」

她的身子迅速地向後倒去，天狼大吼一聲，飛身上前，想要拉住她，卻只抓到她的裙底一角，「嘶」地一聲，半把黃色的裙子在他的手中，王翠翹的身影直落下這百丈高崖，落進崖下的急流之中，只冒了個泡，便再也不見。

天狼失魂落魄地趴在這塊大石上，耳邊只有呼嘯的山風和山下奔騰的流水聲，他看著手上的那一縷黃裙，虎目中熱淚滾滾，恨恨地一拳打在岩石上，打得碎石紛飛，手上鮮血淋漓，也只有這樣的痛苦，才能讓他的心裡稍稍好受一點。

胡宗憲還沒有從剛才那個惡毒的詛咒中回過味來，饒是他殺人無數，也沒有見過有如此女子以血為誓，對自己下過如此狠毒的詛咒，這會兒也是一陣心虛，連握著馬韁的手掌心也微微地滲出汗水來。

陸炳見狀道：「汝珍兄，一個瘋婦在這裡胡言亂語，不必當真，要是這種詛咒作數，我陸炳不知道給咒死多少次了。今天我們畢竟把徐海集團一網打盡，只要消滅了躲在岑港的毛海峰殘黨，便可大功告成了。」

胡宗憲回過神來，點點頭：「這次有勞文孚（陸炳的字）助力於我，才能立此萬世之功。現在這會兒，陳東和麻葉的人還在徐海的莊子裡擄掠，我得帶兵馬過去把他們拿下，用完他們殺掉徐海後，也該送他們上路了。」

陸炳臉上露出一絲詭異的笑容：「正當如此，只要把徐海，陳東，麻葉三個的腦袋跟著汪直的活人一起送到京師，皇上必定會龍顏大悅的，接下來還會讓您在這東南繼續追剿殘匪，完成善後工作，此間事畢，汝珍兄一定會入閣執政，陸某提前恭喜了。」

胡宗憲看著遠處仍然跪在大石上的天狼，嘆了口氣：「他說得有理，這次若非皇上親命催逼，加上嚴世蕃從中作梗，我也不願意這麼快就對汪直和和徐海下手，這兩天俞大猷和戚繼光、盧鏜三將所部圍攻岑港，本以為可以一鼓而下，可打了一個多月，損兵折將，連島都沒有踏上一步。而汪直的十餘萬手下現在星散各島，要想一個個剿滅，還不知道要到猴年馬月呢。」

陸炳安慰道：「汝珍兄，其實皇上並不太關心東南的餘匪，他的心思你不是不知道，只要敢挑戰皇權的汪直死了，剩下些殘匪，是剿是撫，還不是你一句話的事！就像天下的綠林這麼多，朝廷哪來的精力一個個剿滅?!只要把為首作亂，欲行不軌的巫山派總寨消滅也就可以了。」

胡宗憲似乎還想說什麼，話到嘴邊還是收住了，搖搖頭：「文孚，前方軍情緊急，我還得早點移營岑港，督促諸將各軍攻島之事，這裡的事就交給你了。天狼雖然衝動了點，但他是難得的人才，稍加懲戒就可以了，莫要把他逼得太狠。」

陸炳臉色一變，不悅地道：「這是我們錦衣衛的家事，我可以不跟他講國法，但他一再地違反家規，這是無法容忍的，今天我要教他怎麼做錦衣衛，你莫要插手此事。」

胡宗憲嘆了口氣，撥馬而回，千餘名林中的伏兵跟著他一下走了個乾淨，只剩下數百名錦衣衛的高手仍然原地不動，眼中隱隱地透著興奮與殺氣，盯著對面的天狼。

這幾年天狼在外面的名頭越闖越大，也讓這些錦衣衛的高手妒嫉之火越燒越旺，今天見有機會下手，己方又有這麼多人，不少人已經暗中盤算一會兒如何下陰招廢了天狼，好把這塊絆腳石徹底給搬開。

陸炳清了清嗓子，下了馬，分開面前眾多錦衣衛，走向天狼，天狼仍是虎目含淚，跪在地上一言不發。

陸炳嘆了口氣：「你這又是何苦，徐海的結局早就註定，我上次就和你說過，胡宗憲這回也不是主動出賣徐海，而是迫於皇命，不得不為，天狼，你這次做得很好，巫山派和倭寇兩個大患給徹底根除，你為什麼一點都不高興呢？」

天狼緩緩地站起了身，冷嘲道：「高興？高興我又幫著你們做下這種喪盡天良，背信棄義的事情，活活地逼死一個棄惡從善的男人，和一個身懷六甲的女人？」

陸炳沉聲道：「徐海死有餘辜，而那王翠翹，胡宗憲本來已經饒過她一命，只是她自己非要留那個孽種，這崖也是她自己跳的，能怪誰？」

天狼哈哈一笑，笑聲中盡是無盡的憤怒，空氣都被他的聲波所扭曲，震得那些錦衣衛高手們也都個個衣袂飄搖，耳膜鼓蕩。

不要說虎組鷹組的殺手，就是那些龍組高手們一張張的鐵面具下，也皆是驚愕之色，這些人沒有料到天狼的武功竟然高到如此地步，原先想以多為勝的想法都收了起來，開始盤算起一會兒要是真打的話，如何才能出工不出力，躲過這一劫了。

陸炳的大紅披風被天狼的笑聲震得像大旗一樣直接在空中飄起，他的三縷長鬚也隨風亂舞，他瞇起眼睛，身形如標槍一樣地挺拔，一動不動，冷冷地看著對面的天狼。

「你鬧夠了沒有，天狼，上次你負氣出走，我不攔你，就是想讓你看看，你一個人的能力是多麼地渺小，你一個人的任性和意氣用事又是多麼地可悲，你去了巫山派也救不了那山寨的幾萬人，跑回這裡也救不了徐海夫婦，天狼，你自以為可以按自己的意志行事，其實**離了錦衣衛，沒了幫手，你只是匹獨狼，什麼事也做不成，到了現在，你還執迷不悟嗎？**」

天狼的笑聲停了下來，盯著陸炳，眼中沒有任何生氣，彷彿兩個無底的黑洞：「執迷不悟？我確實執迷不悟，明知你們錦衣衛只不過是皇帝的鷹犬爪牙，做的就是殘害忠良，分化武林的事，卻還信了你陸炳會是忠良，這些年一直助紂為虐。我真傻，還以為可以跟著你陸大人澄清宇內，拯救這個黑暗的世道，可是你骨子裡為的不是國家，而是你陸家的富貴。

「你沒有原則，沒有操守，內心知道什麼是正義，可是一旦涉及到你陸大人的榮華富貴，一切都可拋棄，萬千百姓的性命，**人間的公理道義，在你看來，只不過是彈指一揮的塵埃，沒有什麼是不可以放棄的。真正該自挖雙眼的是我，而不是可憐的王姑娘。**」

陸炳被說得臉上肌肉跳動不已，低吼道：「天狼，你昏了頭嗎？為了一幫反賊，真的想和朝廷作對?!**你是官，他們是匪，這個道理不明白嗎？**」

天狼譏刺道：「官匪？陸大人，我看你才是披了一身官服的匪，而你所效忠的**那個坐在龍椅上的皇帝，就是這天底下最大的匪**，你們這些披著官服的合法強盜不除，天下永無寧日！」

陸炳身後的錦衣衛們一陣騷動，這些人不知道天狼平時就是這樣和陸炳說話的，一個個都放開嗓子喊叫了起來。

「大膽天狼，竟然出此悖逆之言，找死！」

「總指揮，此人反跡已現，還請速速下令將他拿下！」

「天狼，你好大的膽子，連皇上都敢罵，老子跟你拼了！」

更是有些人摩拳擦掌，擼起袖子，甚至鼓起周身的真氣，作勢欲衝，卻是沒有一個人真正的踏出半步。

陸炳咬了咬牙，低聲道：「你在這麼多人面前說這話，讓我也沒法袒護你了！」

天狼臉色平靜，但話語聲堅毅如鐵：「陸炳，你聽著，我不需要你的袒護，從今以後，**我會盡我的一切所能來打倒你，打倒你背後的那個狗皇帝**。我言出如山，今天你要不就取了我性命，否則我一定會做到的！」

只聽陸炳那金鐵相交般的鏗鏘聲音，一字一頓地從他嘴裡說出來：「好，好，我親自教出來的好天狼，真是有出息啊，你很有能耐了嘛，跟白髮魔女和徐海混久了，居然混成反賊了，天狼，你這樣離經叛道的行徑，你師父知道嗎？」

天狼冷冷地看著陸炳，半步不讓：「我師父如果知道你是個放棄原則，只求榮華富貴的小人、若是知道狗皇帝是如此無道昏君，他是絕對不會讓我加入錦衣衛的！這些年在錦衣衛裡你傳我武功，但我也一直被你利用，做了這麼多錯事，**現在是我天狼正式退出錦衣衛的時候**，這個還你！」

他從懷中摸出那塊錦衣衛的金牌，眼中寒芒一閃，在空中扔還給陸炳。

陸炳伸手一抓，看也不看，怒道：「你可想清楚了，若不是我錦衣衛的人，我便只能以國法治你，你在這裡狂言無忌，早已是滅族之罪，連我也護不了你。」

天狼冷冷地回道：「我天狼孤身一人在這世間，無父無母，無家無族，你滅我族也不過是殺我一人罷了，陸炳，我還沒娶你的寶貝女兒，放心吧，牽連不到你身上，也不會妨礙你今後的步步高升。」

陸炳再也忍不住了，吼了起來：「不找死就不會死，天狼，你以為你離了錦衣衛，就會有千軍萬馬來助你謀反？別他娘的做夢了，就算你今天能保一條命，江湖上的正邪兩道想要殺你的人不知凡幾，又有誰會跟著你謀逆？屈彩鳳和汪直徐海就是下場，你是不是真的昏了頭想學他們？」

天狼咬了咬牙：「那是我的事，不勞你費心了，陸炳，你有本事就今天殺了我，不然，我以後一定會讓你後悔的！」

說完，大踏步地從陸炳身邊走過，看也不看他一眼，彷彿陸炳在他的眼中已經是個死人，很快，就走到了陸炳和那些錦衣衛之間，距雙方大約各二十步的距離。

陸炳回過身，面沉似水，聲音中透出一股威嚴：「錦衣衛聽令，天狼謀反，又叛出錦衣衛，著即將其拿下，聽好了，只能生擒！」

諸多錦衣衛早就等陸炳的這個命令了，一聽到陸炳下令，全都撲了出來，他們雖然知道天狼武功蓋世，但今天錦衣衛幾乎是精英盡出，沒有人會以為天狼能一個人對付這幾百高手，而且陸炳就在這裡，如果表現積極，以後想必可以升官發財，甚至頂了天狼的那個副總指揮的位子，也未可知。

一道凌厲的刀風呼嘯而至，而天狼則靜靜地站在原地，一動不動，甚至連周身也沒有騰起任何防禦的紅色真氣。

攻出這一刀的乃是一個虎組高手，名叫馮三立，出身嶺南馬家莊，一口凌風破竹刀法頗有名氣，那些戴著鐵面具的龍組高手們一個個都見識過天狼的本事，沒有妄動，倒是這些鷹組虎組的殺手紛紛搶前，而他又是衝得最快的一個，只想著先攻一招，給陸炳留下一個好印象再說。

「嘶」地一聲，天狼的胸口衣衫被這一刀的刀氣劃破，發達的胸肌和濃密的胸毛一下子露了出來，而在他古銅色，傷痕累累的肌膚上，一下子多出了一條深達寸餘的血印子。

那馮三立一擊得手，自己也不太敢相信，這一招他只用了六分的力量，本能地攻出之後就抽身後退，躍向後面的過程中，他分明看到天狼的胸口傷處開始冒血，心中開始懊惱為何不全力一刀，直接把他開膛破肚，好搶得頭功呢。

緊跟著，一支流星錘又重重地砸中了天狼的小腹，天狼倒退三步，「哇」地一聲，張口吐出一口鮮血，而血中分明還有些細小的肉塊，看起來內臟已受傷。

天狼這樣硬頂兩招之後，其他眾錦衣衛都不知道是何原因，紛紛停下了腳步，而身後的陸炳吃驚地睜大了眼睛，驚疑道：

「天狼，你，你究竟在搞什麼鬼！」

天狼擦了擦嘴邊的血跡：「你們錦衣衛不是有家規嗎，學了十三太保橫練的錦衣衛，想要離開，得硬受同門三招。陸炳，雖然你一直在利用我，但我畢竟當過錦衣衛，也會遵守你們這規定，硬頂三招，也算還了我在錦衣衛這些年你對我的情，只是你記住，三招之後，我便要大開殺戒，血洗此地，你們最好能下一招結果了我，不然，一個也別想活！」

一個戴著鐵面具的胖大和尚吼道：「好狂的傢伙，天狼，佛爺不信你是銅皮鐵骨，能硬得過佛爺的禪杖！」

此人乃是出身蒲田南少林的叛徒，號稱「**大力金剛**」的任全，外功一流，力量驚人，擅使一把重二百八十斤的巨大禪杖，一聽這話，就搶了出來，想要爭這個擊斃天狼的大功。

身邊的兩個龍組高手眼中殺機一現，也想躍出，卻不約而同地收住了腳，暗想這天狼乃是陸炳的紅人，若是真的打死了，還不知道陸炳會怎麼事後收拾自己，這個頭功，還是讓這無腦的大力金剛去得吧！

任全哈哈一笑，碩大的禪杖高高地舉過了頭頂，轉得就像個風車一樣，渾身上下的白色氣霧一通狂暴，震得他身上的那件繡了金龍的大紅勁裝片片撕裂如粉，露出一身牛腱子般的疙瘩肉，而圓圓的胖臉上，那鐵面具也給這一下震得落到地上，露出一張滿是橫肉，油光晶亮的大臉，光禿禿的腦門上，寸草不生。

在場眾人都是高手，識得厲害，這種頂級的外家高手，一旦讓他完全起勢，即使是一流的內家高手也難以抵擋，任全這一下看來用上了全力，罡風四溢，不要說給他砸中，就是磕碰到一點邊，也是有死無生，所以兩邊的錦衣衛們紛紛向一旁躍開，給他讓開一條通道。

任全咬牙切齒的怒吼聲在林前迴蕩著：「佛爺送你上西天！」重重的禪杖捲起萬鈞雷霆，帶著風雷之聲，罡風勁氣封住了天狼向各處的退路，而杖頭的月牙鏟則向著一動不動立在原地的天狼兜頭砸下。

天狼冷冷地看著任全張牙舞爪地向自己攻來，眼中沒有絲毫的畏懼與退縮，他的身形則是在原地一動不動，似乎真的不準備做出任何反應。

陸炳臉色一變，抬手一揚，一枚暗器帶了破空之聲，直奔那任全的右手肘曲池穴，只聽「叭」地一聲，任全只覺得右手肘上一麻，禪杖再也把持不住，帶著風雷之聲重重地砸下，偏過天狼的身子，帶起的罡風把天狼整個右肩到右肘的勁裝黑袖都撕了個乾乾淨淨，露出肌肉壘塊的右臂出來。

任全的禪杖打到地上，生生砸出個一尺深的大坑，這一招「泰山壓頂」本來勢如千鈞，如果砸中了天狼本人，一定會把他打成一堆肉泥，可是被陸炳這樣一攪和，偏了一些。

那任全咬了咬牙，他不敢跟陸炳計較，但又不想放過打死天狼的功勞，把心一橫，大不了弄死天狼後轉投嚴世蕃去，於是改砸為掃，一招怒蕩千軍，拖起地上的禪杖，直接衝著天狼的腰間過來。

天狼眼中閃過一絲殺意：**「三招已過，全都得死！」**

他的身形快如閃電般的一動，眼中紅芒一閃，不知何時，斬龍刀已經抄在他的右手，任全只覺得一陣輕風帶著死意扯面而來，暗道一聲：「糟了！」

再想舞杖哪還來得及，慌忙間胖大的身形暴退，右手撤了禪杖，左手去抽腰間的一把寬大戒刀，看不出他這麼一個胖大和尚，動作倒是極快，可稱動若脫兔。

然而任全剛退出兩步不到，只覺眼前白光一閃，他的左手剛剛把戒刀抽出一半，就覺得肚子上一涼，一直涼到腰後的背上，再就是感覺有什麼東西在向外流，低頭一看，只見戒刀在空中連著刀鞘給劈成兩段，自己的上半身還在後退，兩條腿帶著半個腰卻留在了原地，頹然倒下，腸子和內臟正在嘩嘩地從自己的上半截向下流出來。

任全發出恐怖的吼聲「啊啊啊！」最後一個字還停留在舌尖時，就見一抹紅光閃過，自己上半截血肉橫飛，奇的是，速度如此之快，卻感覺不到任何的疼痛，很快地眼前一黑，便永遠地離開了這個世界。

所有的錦衣衛目瞪口呆地看著天狼有如一個冷血殺神一般，在任全飛在空中的半截屍體上瘋狂地劈砍，他渾身騰著火熱的紅氣，那些飛濺的血滴與碎肉全都被護體的真氣所阻擋，落在他的腳下。

這個紅色的可怕身影圍著任全的身子滴溜溜地轉了三圈，出刀的速度快得不可思議，等到任全的屍體落到地上的時候，整個身子從脖頸以下，腰部以上，已經被砍成一副血淋淋的骨架，再也沒有半點血肉附在上面，爛肉碎皮則在骨架外落得到處都是，卻沒有半點沾在天狼的身上。

所有人都被天狼這恐怖凶殘，卻又如此藝術的殺人法驚得一動不動，睜大了眼睛，陸炳則面沉如水，看著滿天的血肉紛飛，一言不發。

天狼一把拉下了臉上的面巾，露出戴著人皮面具的臉，他散去了護體的真氣，閉上眼睛，仰頭向天，漫天的血雨淋得他滿臉都是，強烈的血腥氣刺激著他的嗅覺，把他心底那個一直被壓抑的沖天殺神釋放出來。

今天，我要大開殺戒！用這些錦衣衛的血來洗淨這個渾濁的世道，為巫山派那些老弱婦孺，為徐海夫婦復仇！

剛才他以徐海最擅長的削骨刀法殺掉第一個想取自己性命的大力金剛任全，就是這場血腥殺戮的開始。

錦衣衛們終於回過神來，也不知是誰發了一聲吼：

「大夥並肩子上啊，廢了他！」

幾百名虎組和鷹組的殺手全部抽出兵刃，揉身而上，而那幾十名戴著鐵面具的龍組高手，則個個握緊了手中的兵刃，卻是原地一動不動。

天狼放聲長嘯，聲音如同蒼狼怒嚎，透出無盡的殺意與戰氣，斬龍刀暴漲到五尺長，雙手持刀，衝著衝上來的人群飛奔過去。

斬龍刀中的刀靈不知道何時又開始說話：「哈哈哈哈，太好了，血，高手的血再多來點，主人，我會給你無盡的力量！」刀身上的那一汪碧血變得耀眼起來，如同死神的眼睛，一閃一閃。

天狼在心底說道：「今天我會讓你喝個夠！」

他衝進人群中，刀刀見血，血肉橫飛，只有那種刀鋒入體，斷骨切肉的感覺，才能讓他心中的那個嗜血狂魔得到最大的快感。

虎組和鷹組的高手們在江湖上至少是二流以上的高手，可是天狼經歷過多少驚天動地的生死之戰，現在看這些鷹組和虎組高手，如插標賣首之人，他們的動作，在他看來就像是師兄弟間拆招時的慢動作，根本不需要以兵刃格架，閃過即可。

天下武功，惟快不破，高出一個甚至兩個層次的高手之間的差距，除了內力的雄厚外，就在於這個「快」字，天狼腳下使出各種輕功的步法，九宮八卦步，浮萍訣，梯雲縱，神行百變，龍行虎步，許多刀劍從他的身體間寸餘處險險地穿過，刀風劍氣把他身上的黑色勁衫劃出一道道的口子，露出裡面的肌膚，可就是無法在他的身上留下半道傷痕。

天狼的反應和嗅覺變得超乎尋常的敏銳，他心中的恨意如滔滔大江，內力卻是源源不斷，今天他沒有暴氣攻擊，一炸一片，全是用精妙的刀法傷人，只要一出刀，必定會是一聲甚至幾聲的慘叫，緊接著便是屍體撲倒在地的聲音。

現在面對的對手太多，他也根本無暇再使出那種削骨刀法，以最快，最便捷的方式殺掉眼前之敵，然後就是下一個。

天狼被數百名高手圍在一個方圓兩三丈的小圈之中，整個圈子隨著天狼的閃轉騰躍而不停地遊動著，後面的人始終只能乾瞪眼，卻是接戰不到，能和天狼交手的，始終只有圍著他的那十餘人，死傷一個後，屍體就會被後面的人迅速地拖下，又有一個新人補上。

小圈中，呼喝聲連連，血雨殘肢紛飛，小半個時辰下來，天狼已經手刃六十多人，可是外圈的生力軍仍是源源不斷地補上，只是照天狼這樣的殺法，當面無一人是三合之敵，非死即傷，一開始還戰意高昂，爭先恐後地上來格鬥的錦衣衛們，這會兒也都不敢再隨便上前。

在錦衣衛的眼裡，眼前這個嗜血怪物實在太可怕，打了這麼久，一點內力衰退的跡象也沒有，這時候主動上前，實在是找死。

雖然大家都清楚這樣打到最後，累也能把他累死，可現在去搶功，只會拿自己的命為他人作嫁衣，所以圍著天狼的眾多高手，全都擺開了防守架式，只守不攻，實在給天狼主動找上的，那也只能自認倒楣了，畢竟錦衣衛軍令如山，臨陣後退者死得只會比這樣陣前被殺慘上百倍。

天狼狠狠地一刀揮過，又是一顆人頭直飛上天，他飛起一腳，把這個持著雙刀的屍體踢得凌空飛出十餘丈外，從眾人的頭頂上直飛過去。

這一輪的殺戮讓他心中的戰意更盛，內力卻不覺有任何衰減，甚至像前幾次那樣血戰之後的虛脫感也沒有半分，**天狼自己也覺得頗為奇怪，想必是斬龍刀中的刀靈發揮功效，讓自己有了源源不斷的力量。**

他更加信心百倍，照這樣下去，完全可以殺光這幾百鷹組和虎組高手，再以暴氣與那些龍組高手一搏，就算今天戰死於此，能拉上陸炳的全部家底陪葬，也算死得其所了。

陸炳臉上肌肉跳了跳，兩道劍眉一揚，沉聲道：「天狼，夠了，你今天殺了這麼多兄弟，心裡就沒有一絲不安嗎？」

天狼哈哈一笑：「陸炳，**這些人聽你的命令，想把我亂刀分屍的時候，又何曾當我是兄弟過？**我早跟你說過，誰殺我，我殺誰，不要說你的這些爪牙，就是你，或者是狗皇帝，都是一樣！」

陸炳氣得說不出話來。

人群中突然響起一個陰惻惻的聲音：「誰殺你，你殺誰，好大的口氣，也不看你有沒有這斤兩！」

錦衣衛們全都面面相覷，這聲音彷彿從地底傳出，一會兒像是在東邊，一會兒像是在西邊，根本無從得知這聲音由誰發出，而大家你看我，我看你，卻是無一人張口。

天狼怒道：「哪個藏頭露尾的王八蛋，有種就給我出來！」

那個聲音再次詭異地響起：「出來給你殺嗎，你當我跟你一樣傻啊，嘿嘿，別看你現在威風，你就是鐵打的金剛羅漢，架得住我們這麼多人圍攻嗎？最後還不是死路一條。」

天狼心中一動，他聽說江湖上有一門邪功，類似腹語術，名叫「**追魂魔**

音」，是以胸腔的振動把聲音在空氣之中傳播，練得厲害的人，可以讓這聲音忽東忽西，難以捉摸，一些江湖中下三濫的邪人，就會在群架之時以這種方式亂人心神。

天狼哈哈一笑：「我死之前一定會先弄死你，你信不信？」

追魂魔音這會兒從南邊響了起來：「哼，大家上，弄死他！」

這個「他」字剛出來時，天狼突然放聲大吼：「去死！」

他本就會以胸腔振動的腹語術，剛才他一直想辦法激那人開口，捕捉他胸腔振動的頻率，由於天狼的內力遠高於此人，一下子把他的最後一個字生生地震回胸中，連同他的五臟六腑和胸膜一起震了個粉碎。

只聽「哇」地一聲，後排一個白臉漢子仰天噴出一口鮮血，身邊的錦衣衛紛紛向一邊急讓，這人手捂胸口，踉蹌著走進圈內，每一步都在大口吐血，從他嘴裡吐出的則是內臟碎片，眼見是不能活了。

錦衣衛們竊竊私語道：「這不是『暗劍追魂』的李多作嗎，他居然會腹語術！」

「哼，老子最看不得這種小人了，被天狼吼死，真是自作孽。」

李多作掩著胸口，嘴角鼻中鮮血長流，不敢置信地說：「你，你怎麼會破我的魔音?!」

天狼冷哼道：「震動胸膜說話又有何難，李多作，你內力稀鬆，卻玩這種把戲，早該死了！」

李多作雙眼翻白，栽倒在地，氣絕身亡，後面幾個同伴忙上前把他的屍體拖走。

天狼豪氣沖天，眼中紅光一現，斬龍刀縮到四尺左右的長度，單手持刀，再次躍向左邊一個持刀的漢子，一招「天狼龍顏突」，幻起血紅色的刀光，直削他的手腕而去。

那人本能地舉刀格擋，可凡鐵哪擋得了斬龍刀的一擊，只覺手腕一涼，抓著刀的右手便和刀一起落下，還沒來得及叫出來，便被天狼的左掌一下擊中面門，頓時一張臉變成一團模糊的血肉，屍體向後飛出，砸得六七個人都跟著倒地。

天狼這下突襲出敵不意，右刀左掌，泛著紅氣的天狼刀法和閃著金光的屠龍二十八式連環而出，如行雲流水，一氣呵成。

他不想在這些人身上浪費太多時間，開始使出消耗內力頗大的屠龍掌法，掌風一片片地橫掃，直接與他對掌的無不骨斷筋折，口血狂噴，即使是站在丈餘外的人，給他掌風掃到，也往往是東倒西歪，站立不住，根本無暇抽空上來偷襲。

刺鼻的血腥氣不停地刺激著天狼的殺意，讓他整個人的功力隨著殺戮的繼續而不斷地增長，而被他主動找上的虎組和鷹組殺手們，卻是個個倒了大楣，進退不得，只能硬著頭皮上，三招之內，便成亡魂。

一張大網突然從空而降，罩住了天狼和周圍十幾個錦衣衛，七八個持著大網一端的錦衣衛們則興奮地大叫：「罩住了，大家快上啊！」

天狼眼中殺氣一現，話音未落，紅色刀光一閃而過，這張由蠶絲結成的堅固大網，一下子被斬龍刀砍得四分五裂，四面拉著網繩的那幾個人，瞬間仰面朝天地摔了個狗吃屎。

天狼冷笑道：「雕蟲小技，還想困我?!」左手掌心噴出兩個金色的龍頭，頓時便把離得最近，給罩在網中的三個錦衣衛打得狂噴鮮血，倒地而亡。

兩聲破空之聲從身後響過，天狼眉頭一皺，對方用暗器並不奇怪，剛才就有人幾次使暗青子招呼過自己，但這兩下卻不是衝著自己的身體來，而是刻意地從自己的腰間穿過，他原地不動，鼓起護體紅氣，把那兩件暗器震得偏了些，仍然從自己的腰際掠過。

這下天狼才看清楚，那是兩根粗逾手臂的精鋼鏈子，自己面前的四個錦衣衛棄了手中的刀劍，抓起了這兩根鏈條，興奮地吼道：「再來！」

又是兩條鏈子從天狼的身前和身後飛過，四條鏈子呈一個井字形，把天狼困在中央，拿著鏈子的二十幾個錦衣衛則兩眼放光，用力一拉，四條精鋼鐵鍊便在天狼的腰間纏了四五道，隨著他們的來回帶動，天狼居然有些腳步不穩，跌跌撞撞地，幾乎要摔倒在地。

一個錦衣衛高聲叫道：「天狼給困住了，大夥兒上前亂刀分屍啊！」

原來一直縮在後面的幾百名錦衣衛立即來了勁，能自由活動的天狼是可怕的殺神，現在被鏈子纏住，無法自由活動，任他武功再高也無法發揮，他們舉起兵器，爭先恐後地湧上前來，刀槍棍棒並舉，誓要把天狼斃於當場。

天狼哈哈一笑，雙眼突然變得血紅一片，大吼道：「來得好！」周身上下變得紅氣流動。

剛才在激烈的戰鬥中，他打那些縮在後面的錦衣衛，雖然幾招可以殺一人，但是越打越費力，內力也隱隱有遲滯的感覺，如何迅速地解決這幾百名鷹組和虎組殺手，是他一直在思考的問題。

這些人都是高手，自己如果暴氣使出「天狼滅世斬」或者「天狼嘯月斬」之類的大招，一時間氣力不濟，很難對付後面的龍組殺手和陸炳本人，所以只有誘得這些人放棄防守，爭相進攻，才可以最小的代價取得最大的戰果。

天狼腰間猛的一震，那四條粗逾人臂的精鋼鏈條如同融化的烙鐵一般，變得通體灼熱，持著鏈條的十幾人只覺得手心如被火燒，慘叫一聲：「哎喲」，那鏈子卻是再也拿不住，落了一地。

可天狼腰間繞著的那幾圈鏈子，卻被他的天狼真氣融化，震成一塊塊的碎段，透著灼熱，天狼原地一個旋轉，斬龍刀迅速地一揮，空中這上百段碎鏈條便化作千百枚滾燙的暗器，向四面八方激射而出。

這下子暗器飛濺，打得所有撲上來的錦衣衛們全都措手不及，衝在最前面的數十人見勢不好，功力高的凌空而起，差一點的就地打滾，只是苦了後面的人和功力稍差、來不及逃開的，在只有幾丈的距離內被這些灼熱的暗器打得身體洞穿，紛紛仆地而亡。

剛才還來勢洶洶的人潮一下子就倒下了四五十人，後面的人也因為前排的摔倒而陷入短暫的迷茫之中，有些人還想衝，有些人已經收住了腳準備後退，陣形已經完全散亂開來，一片混亂。

天狼要的就是這個機會，剛才這些人圍著自己，前排的人全都是嚴陣以待，打到後來更是有不少人舉著盾牌頂在前面，也使得自己要殺一人得花費比開始多四五倍的力氣，久戰下去，即使能擺脫這些虎組和鷹組殺手的纏鬥，只怕也無力再戰了。

所以天狼想了這個辦法，誘敵來攻，然後以暗器突襲，打亂其陣形，現在這個機會到了，衝上來的前排殺手們死了一片，剩下的也都混亂不堪，正是自己大開殺戒的好機會。

他虎吼一聲，全身的紅氣一現，左手變得通紅，迅速地把內力注入到斬龍刀中，然後縱身一躍，跳進了右邊的人群裡，地上的一個傢伙正準備起身，卻被天狼生生地踩中了心口，連哼都沒來得及哼一聲，便胸骨盡折，口血狂噴而亡。

左邊一個倒地的黑衣大漢一看形勢不妙，也不敢起身，腰部一扭，兩腿一個旋子直蹬天狼的胸口，手中的鋼刀則帶起一陣塵土，想要偷襲天狼的左腿，左手則重重地在地上一拍，想要借這一下發力身形急退，他不指望這兩下攻擊能真的傷到天狼，只求自己能借機逃得一命。

天狼哈哈一笑，左手一探，在空中就抄到了這人的小腿，那人只聽到「喀喇」一聲，小腿感覺像是踢中了一塊萬斤巨石，頓時碎成兩段，右手的鋼刀則如願地砍中了天狼的左腿，劇痛中的他一陣狂喜，剛要開口叫，卻只聽得「叮」地一聲，鋒銳的環首刀不僅沒有砍下這條狼腿，反而空中斷成兩截。

這黑衣漢子的身形在向後疾退，他的腦子飛快地旋轉著，怎麼也沒想明白為何一刀砍到對方的腿上，斷的是刀而不是腿，只覺得眼前一花，原來是天狼的左腿一個鴛鴦拐，腳踝一動，把那半截斷刀沿著腳踝一旋，然後用腳一踢，那半截刀尖在空中直飛出去，不偏不倚，正好插在黑衣漢子的心口，把他的身子生生地釘在了地上。

天狼殺掉這兩人，也就是電光火石的事，他右手那柄通體紅透的斬龍刀，則一刻也沒有停下，**這下是真正的狼入羊群，放手大殺**，虎組和鷹組殺手們剛才個個都爭先恐後地上來搶攻，完全沒有陣形，甚至連武林人士格鬥時起碼的閃轉騰躍的空間也沒有，天狼只要一刀揮出，就會有六七人一刀兩段。

一切都如同天狼的預料，進入那種他最拿手的殺戮模式，內力占了絕對上風的天狼，兼有斬龍刀之利，沒有一個人可以擋他一刀，人頭滾滾，殘肢漫天，空中都飛舞著噴泉也似的血雨，濺得天狼渾身都是，讓他的殺心戰意更加強烈，動作也更加的凶殘迅速。

斬龍刀似乎也飽飲了這些高手的血液，刀靈給天狼提供著源源不斷的力量，只一炷香不到的功夫，就給他殺掉了近三百多高手，剩下的殺手們也是人人色變，哪還顧得了錦衣衛的軍令，個個抱頭鼠竄，屁滾尿流。

陸炳看著天狼這樣凶殘地放手大殺，臉上的肌肉都在抽搐著，卻是一句話也說不出來，而那些戴著面具的龍組高手們，眼中也盡是恐懼，不自覺地向後微微地後退起來。

天狼又是狠狠地一刀揮過，站在他面前的最後一個使雙槍的殺手，左右兩臂被洶湧的刀氣生生卸下，還沒來得及慘叫，天狼的左手一探，抓住了他正在下落的右臂，眼中殺機一現，那隻握著短槍的斷臂「噗」地一下，反過來插進了殺手的胸膛。

那人搖了搖，身體還沒有完全倒下，天狼提著刀，緩緩地走過他的身邊，輕輕地一拍他的肩頭，那人的身體才綿軟無力地癱到了地上，混在幾百具殘缺不全的屍體中間。

天狼的面前還有四五百名虎組與鷹組的殺手，只是人人臉色慘白，不停地哆嗦著，哪還敢上前半步，若非陸炳在此，這些人早就一哄而散了，每個人的心裡除了極度的恐懼外，就只剩下一個念頭：離這個可怕的殺神遠點，越遠越好。

陸炳見狀道：「天狼，你這樣殘殺自己的同伴，心中可還有一絲一毫的內疚？」

天狼抹了抹眉毛上沾染的血珠，滿頭的鮮血已經開始模糊他的視線，而剛才這一通放手大殺，這一停下來卻隱隱地有一些脫力的感覺，畢竟斬龍刀的力量也不是無窮無盡，是時候考慮撤離了。

但越是如此，越是不能讓陸炳和錦衣衛看出自己的虛弱，他冷冷地道：「陸炳，你錯了，從小到大，我天狼沒有像今天這樣爽快過，你這些年對我的欺騙，利用，控制，我以這樣的方式償還給你，如何？」

陸炳的拳頭緊緊地握著，周身的戰氣也時騰時滅，顯然，他在權衡是否要親自出手，天狼是他一手培訓出來的，但今天的天狼表現出的沖天殺氣和武功，大大地出乎他的意料，如果自己出手也無法把天狼拿下，那以後在錦衣衛這麼多年積累起來的威嚴盡失，只怕這個總指揮使也做不下去了。

可是如果把天狼就這樣放走，傳出去自己也是顏面無光，就是皇帝知道了自己把他這樣放走，肯定也會下令讓自己全力追殺天狼的，是戰是放，他陷入了兩難的境地。

天狼冷笑一聲，他很清楚陸炳的打算，眼下那三四百名虎組與鷹組殺手雖然已經嚇破了膽，不復再戰之力，可是龍組高手和陸炳本人卻完好無損，再打下來多半輸的還是自己，如果能儘早脫身，實在是個問題。

一聲清脆的叫聲突然打破了殺場中的沉默：「總指揮，天狼走火入魔了，您，您千萬不要跟他一般見識。」

天狼不用回頭，也知道一定是鳳舞趕來了，這一路上，鳳舞馬不停蹄地尾隨著自己，但總差了半天左右的路程，終於讓她在這裡追上了自己，只怕這修羅場一樣的景象，以及她父親現在掩飾不住的殺氣，讓這個女人真正地慌了神。

陸炳怒道：「鳳舞，天狼說話分明極有條理，他沒有瘋，只不過反行已露，要叛出我們錦衣衛了，你閃開一邊，我今天非要親手廢了這個叛徒！」

鳳舞從懷中摸出一塊金牌，遞給陸炳，低聲道：「總指揮，有旨意，不得繼續攻擊天狼，放他走。」

陸炳身子微微一震，拿過那塊金牌，仔細地看了看，方才確定這塊金牌不假，一臉疑惑地道：「皇上怎麼會知道此事？又如何派你來傳令？」

鳳舞嘆了口氣：「這些待稍後再向總指揮大人回報，現在還請總指揮大人放天狼離開。」

陸炳咬了咬牙，恨恨地道：「天狼，今天算你運氣好，皇上放你一條生路，只不過今天的事還不算完，總有一天，我會親自向你討還這筆帳。」

天狼頭也不回，大踏步地向前走，他的話卻順著風遠遠地飄過來：

「陸炳，我等著你！」

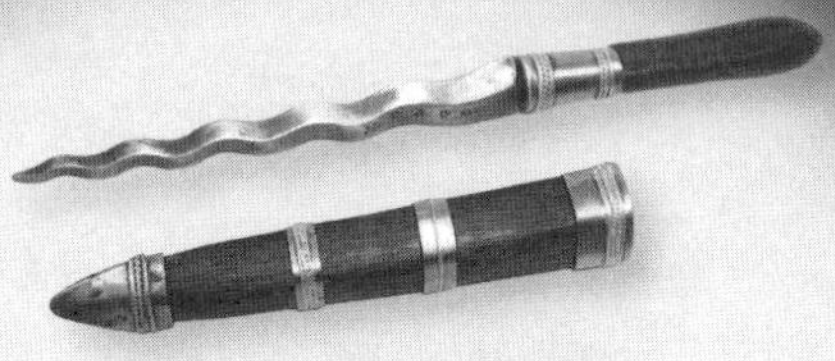

第四章

純血王子

「滄行，你並不知道自己的真正身分，
看看你的右腳吧，是不是有七顆北斗七星樣的痣？」
天狼身子一顫：「你，你是怎麼知道的！」
黑袍蒙面老說道：「因為當年你娘
把你親手交到了我的手上，桂王殿下！」

天狼就這樣一個人在山林中漫無目的地走著，極度刺激的殺戮之後，帶給他的卻是無盡的空虛與失落，即使剛才手殺數百名錦衣衛高手，那一時的興奮過後，徐海和王翠翹的死仍然讓他無法釋懷。

他又開始痛恨起自己的無能，無法守護住這些自己想要守護的人，自己這下子出了錦衣衛，蒼茫大地，不知道該何去何從。

突然間，天狼感覺到一股陰森的氣息前所未有的強大，透著一股難言的詭異，他不禁停下腳步，這股可怕的氣息好像無處不在，緊緊地籠罩著自己，讓自己透不過氣來。

天狼生平只有三次碰過這種可怕感覺的經歷，一次是當年黃山被火松子以六合如意刀法困在當中，一次是蒙古大營裡被嚴世蕃困住攻擊，再一次就是不久前在巫山時碰到的那個神秘的蒙面高手。

時過境遷，現在無論是讓他對上火松子還是嚴世蕃，都不可能再被那樣困住，只有那個神秘的蒙面老者，他事後日夜思考，若不是那次自己用了御刀術，只靠現在的功力，是無論如何也沒法從他手中脫困的。

天狼的額角沁出了汗水，剛才面對上千錦衣衛殺手，自己皆是無所畏懼，可是這個隱藏在暗處的可怕對手，卻能以這種極陰極邪的魔功完全抑制住自己霸氣猛威的天狼刀法，今天自己已經耗費了極大的真氣，在這裡與他一戰，必死無疑！

一個熟悉的聲音從背後響起，透出一股可怕的自信：

「天狼，你真是出乎老夫的意料，沒想到你可以以一己之力擊殺這麼多錦衣衛殺手，連功高絕世的陸炳也不敢對你出手，**今天一戰，可入武林傳奇了。**」

天狼冷冷地道：「如果我在這裡殺了你，更會添上一筆天狼擊斃終極魔功傳人的傳奇。」

那個蒙面黑袍老者緩緩地從林間的草叢中走了出來，仍然只有一雙精光四射的眼睛露在外面：「你真以為靠你斬龍刀裡的那個刀靈，就能給你足夠與我一戰的本事？你現在內息已竭，這裡又沒這麼多的血去餵你的刀靈，你現在和我打，只怕連一百招都撐不過去，何必在這裡吹牛。」

天狼默然不語，這個可怕的對手能從自己的呼吸與腳步中看出自己此刻的狀態，顯然也是跟了自己很久，直至現在才現身，便是有了絕對的把握，自己根本無法騙過他的雙眼。

天狼把心一橫，轉過身，直面對手，沉聲道：「既然如此，你還等什麼，動手吧，我不會任你宰割的。」

蒙面老者笑著擺了擺手：「天狼，你這是做什麼？巫山的時候我就沒取你的性命，現在更不會，我有什麼非殺你不可的理由嗎？」

天狼微微一愣：「你是嚴世蕃的師父，會不想取我性命？」

蒙面老者搖搖頭：「世蕃想要你的命是他的事，我是他的師父，但不是他的爹，如果我是他爹，那也會勸他收手，明明可以做朋友的，為何要結死仇？」

天狼哈哈一笑：「怎麼，你是看我叛出錦衣衛，想借機拉我入夥了？我告訴你，別做夢了，天狼就是死，也不會和嚴世蕃這個奸賊同流合汙的。」

黑袍蒙面老者眉頭一揚：「我是說你我合作，跟嚴世蕃沒有關係，天狼，你應該弄清一件事情，他是他，我是我，我傳他功，他認我為師，除此之外，我和他互不干涉。」

天狼心中越發疑惑起來：「如果你不管他的事情，為什麼上次要在巫山幫他？你是終極魔功的傳人，江湖間無論正邪，都會對你攻擊，你這樣現身露功，又是為了什麼？」

黑袍蒙面老者的眼中閃過一道寒芒：「那次在巫山，我的目的只有一個，就是幫你逃走。世蕃早已經布下了埋伏，**你以為那天沒我的幫助，你能逃得掉？**」

天狼沉聲道：「你和嚴世蕃明明是給我騙過，下崗追擊了，現在卻說是放我走，真不要臉！」

黑袍蒙面老者道：「你當時以土行之法躲在一具屍體下，靠兩根蘆葦桿呼吸，我在煙霧中看得一清二楚，世蕃功力不夠，被你騙過，但你想騙過老夫，起碼還得再練五年。若不是我為你打掩護，一再地追擊，世蕃也早就會中途折回了，你當後來只有鳳舞一個人跟著你嗎？」

天狼腦袋轟地一聲，不覺地後退一步，這黑袍蒙面老者的可怕，遠遠超過他的想像，**有生以來，他第一次感覺到那種無邊的恐懼，似乎所有的事都盡在此人掌握之中。**

天狼定了定神，沉聲道：「說，你究竟想要什麼？」

黑袍蒙面老者的眼中閃過一絲冷冷的寒意：「天狼，現在普天之下，你最恨的是誰？那個武當派的內奸？嚴世蕃？陸炳？還是皇帝？」

天狼厲聲道：「你究竟知道我多少事情！」

黑袍蒙面老者哈哈一笑：「李滄行，你以為我不知道你的身分嗎？若不是知道你的一切，我又為何要如此苦心孤詣地布置一切，與你合作！」

天狼咬著牙，說道：「**你就是那個武當的內鬼，對不對?!**」

黑袍蒙面老者「嘿嘿」一笑：「區區武當我還沒放在眼裡，天狼，我跟你要談的是大事，與我要談的事相比，你所在意的那些，實在算不得什麼。」

天狼冷笑道：「大事，難不成你還想造反不成？」

黑袍蒙面老者的眼中突然閃出一絲奇異的光芒：「你說對了，**這個黑暗的世道，一切的根源就在於現在的這個昏君**，只有你手中掌握了權力，才能洗清這個世界，實現你心中的理想。」

天狼哈哈大笑起來：「原來還真是個反賊啊，只是你有個權傾天下的寶貝徒弟，不去教唆他謀反，找我做什麼？」

黑袍蒙面老者的眼中光芒閃現：「嚴世蕃是我看走了眼，我一手扶他父子上位，可他們卻只圖安逸，想當個人臣就算了，根本沒有奪取天下之心，就是明知皇帝遲早要對自己下手，仍然心存僥倖，對這種人，我有什麼好說的。」

天狼厲聲道：「你這個見不得人的野心家，陰謀家，為了一己的私利，就想置萬千生靈於不顧，就算你奪得了天下，只會比現在的昏君更壞，我就是死，也不會幫你的！」

黑袍蒙面老者雙目如炬，聲調也漸漸高了起來：「滄行，你並不知道自己的真正身分，**看看你的右腳吧，是不是有七顆北斗七星樣的痣？**」

天狼身子猛的一顫：「你，你是怎麼知道的！」

黑袍蒙面老者一字一頓地說道：「因為當年你娘把你親手交到了我的手上，**桂王殿下！**」

天狼聞言如遭雷擊，怔怔地站在原地，一下子沒有反應過來，木然地問道：「我娘？桂王？」

黑袍蒙面老者點點頭：「不錯，**你是不是一直奇怪為什麼身具龍血？**滄行，**這就是你身為皇室貴冑最好的證明，若非你是太祖皇帝的血脈，又怎麼能夠駕馭斬龍刀與莫邪劍？**」

天狼不信地搖著頭：「不可能的，我不會是皇子，我不會是帝王之後，你在騙我，你一定是在騙我！」

黑袍蒙面老者冷笑道：「**你是正德皇帝的嫡親血脈，你的母親乃是蒙古公主，蒙古大汗達延汗的妹妹**，當年正德皇帝率軍與蒙古大軍作戰，曾經以總兵官朱壽的化名去塞外偵察，與同樣想混進大同偵察的你娘相遇，兩人一見鍾情，私訂終生，後來就有了你。你父皇極愛你娘，但她畢竟是蒙古人，以當時大明和蒙古的關係，不可能娶她為正妻，所以你父皇爭不過大臣們，一氣之下就任用奸宦，讓劉瑾為首的八虎得勢，世人都道你父皇乃是個昏君，卻不知你父皇才是個重情重義之人。」

天狼對正德皇帝的印象都來自於世間對他的議論，這位荒唐的皇帝建豹房，不理朝政，成天與一幫奸臣小人鬼混，視國家大事如兒戲，最後一生無子，又在三十歲的壯年而亡，死後才由重臣合議立了現任的嘉靖皇帝為君，可以說在無論是在朝野，名頭都是極差，天狼做夢也沒有想到，自己居然是他的骨肉。

天狼不信地說：「不，你胡說，我怎麼可能是正德皇帝和蒙古公主生下的，我不信！」

黑袍蒙面老者目光炯炯：「你若不是正德皇帝的兒子，怎麼可能身有龍血？如果你不是蒙古公主的兒子，又怎麼會身形體態與尋常中原人不一樣？天狼，你見過有哪個中原漢人像你一樣，毛髮如此發達？」

天狼驚得倒退一步，從小到大，他身上多毛是不爭的事實，那一胸雄獅般的胸毛更是威風凜凜，自幼就給師弟們佩服不已，自己也偶爾會覺得奇怪，給這黑袍蒙面人一說，他面如死灰，額角冷汗涔涔：「不會的，不會的，我不是蒙古人，不是。」

黑袍蒙面老者眼中神光暴閃：「滄行，**你的一半是中原的真龍天子，另一半是大漠的霸者**，而蒙古大汗，也是前朝的真龍天子，**兩股龍血的混合，讓你更加強大，龍血之純，直逼開國的雄主**，不要說你的父皇正德皇帝，就是成祖爺的血也未必有你這麼純，本朝能在這龍血上跟你一較高下的，也就只有洪武皇帝了！」

天狼喃喃地道：「那，那我娘又去了哪裡，我又怎麼會流落民間？」

黑袍蒙面老者道：「你父皇想立你娘為皇后，可是那些老臣們卻拼死反對，大明和蒙古自從當年的土木堡之變後，就勢成水火，你父皇頂不過這些老臣，本想用劉瑾這些太監來收拾朝臣，卻不料那劉瑾起了謀反之心，所以你爹最後心灰意冷，只好如朝臣所言立了皇后，可在京郊建了豹房，明說是每天看飛禽走獸，聲色犬馬，實際上卻是為你娘建了一處可以與他長相廝守的住處。」

天狼咬牙道：「這麼說，我娘就是在豹房裡生下我的？」

黑袍蒙面老者點點頭：「不錯，你娘對你父皇也是用情極深，本來她的汗兄小王子，也就是達延汗，希望她能借此機會打探大明的邊關虛實，好引蒙古兵入關，可她卻真的愛上了你父皇，後來小王子知道了拐走他妹妹的人，正是大明皇帝，怒不可遏，率大軍犯邊，你父皇提兵應戰，親自與那小王子陣前相會，最後小王子灰溜溜地率軍北撤，只是朝中的舊臣們卻趁你父皇不在的機會，重金收買了江湖殺手，突襲豹房，當時你娘剛剛生下你，無力還手，就死在這些殺手的手中，你師父拼死把你帶出豹房，從此流落江湖。」

天狼厲聲道：「不對，我父皇既然這麼愛我母親，又怎麼可能讓她這麼容易就給人害死，我不信！再說了，**如果我師父真的把我救了出來，又怎麼可能事後不回去找皇帝，而是帶我上了武當？你剛才說我娘把我交給了你，又說是我師父救我出來，到底哪句是真?!**」

黑袍蒙面老者哈哈大笑起來：「滄行，這些年你真的把你自己訓練得很好，乍逢如此驚變，你居然還能這樣冷靜思考，不錯，不錯！」

天狼斬龍刀一橫：「別打岔，今天你不把這事說清楚，我就是死也要跟你拼了！」

黑袍蒙面老者的眼中寒芒如電：「事到如今，我也不瞞你，**我的一個身分是終極魔功的傳人，另一個身分，則是建文帝的後人！**」

天狼張大了嘴巴：「什麼，你就是那個建文帝的後人？」

黑袍蒙面老者道：「你看這是什麼？」

說到這裡，他探手入懷，取出一道有些發白的詔書，當著天狼的面緩緩展開。

天狼睜著雙眼，以天狼在黑夜中也可見十丈之外的眼力，詔書上的每一個字他都看得清清楚楚，與屈彩鳳說過的太祖錦囊的內容分毫不差，明明就是在說免除天下軍戶的軍籍，許其自由為民。

天狼咬牙道：「你是建文帝的後人，那就是和出自成祖一脈的正德皇帝是死仇了，你應該想的是奪取他的天下，又怎麼會帶走他的皇子？」

黑袍蒙面老者仰天大笑：

「**天意，一切都是天意**，我苦心策劃多年，天下太平日久，起兵奪位越來越不可能，大內皇宮中防守嚴密，我想要盜取太祖錦囊或者是刺殺皇帝都很困難，所以我前半生苦練武功，機緣巧合下，讓我學成終極魔功，本來想靠著這本事潛入大內，奪取太祖錦囊，然後與我手中的詔書合二為一，起兵奪位。

「可是天助我也，有了更好的機會，那天我聽說朝中重臣們重金收買了各派的高手，準備趁著正德皇帝不在，突襲豹房，我便混在這些高手之中，準備入豹房伺機奪取那太祖錦囊。只可惜人算不如天算，那太祖錦囊被正德皇帝隨身攜帶，我撲了個空，等我回頭找到那蒙古公主，也就是你娘的所在時，她已經身受重傷，奄奄一息了，出手襲擊她的幾個殺手，則被她斃於刀下。

「你娘看到我時，還以為我是想殺她的人，我當時尋錦囊不成，突然想到了一個好辦法，也許我把你抓在手上，以後便能以此要脅正德，逼他退位，於是我向你娘說明了來意，你娘知道已經無法再保護你，所以在臨死前把你託付給我，希望我照顧你的安全。」

天狼的眼中盈滿淚水，咬著嘴脣，說道：「你雖不是殺我娘的凶手，但也沒安好心，**把我帶出宮後，你就跑去慫恿寧王起事**，對不對?!」

黑袍蒙面老者哈哈一笑：「真聰明，不錯，寧王野心勃勃，多年來一直蓄養死士，我本來一直也在猶豫要不要和他合作，因為如果寧王真的奪得天下，那更不可能把江山拱手給我，但天不負我，讓我有了你這枚棋子，即使寧王起事成功，我仍然可以奉你起事，再次起兵。」

天狼怒道：「你這個陰謀家，為了一己私利，竟置萬民於水火之中！」

黑袍蒙面老者眼中殺機一現，怒道：「你懂什麼！朱棣當年起事，奪了先帝的天下，**難道這筆血海深仇能這麼容易算了嗎？我們建文帝一族，若不是為了這個復仇的信念，又如何能堅持到現在？**」

天狼不想和此人繼續打嘴仗，想儘快弄清楚自己的身世，於是沉聲道：「那你說**我師父送我上武當，又是怎麼回事**？你難道和我師父早就認識？他可是錦衣衛的人，只會忠於新皇帝，不可能忠於你的。」

黑袍蒙面老者哈哈一笑：「天狼，你實在是機靈，也罷，今天我就跟你說個明白，**你師父澄光早在加入錦衣衛之前，就已經是我們建文帝一脈的人了，他是我的三弟！**」

天狼驚得倒退兩步，聲嘶力竭地吼道：「不，不可能，我師父怎麼可能是你們這樣的野心家，又怎麼會是你的三弟?!」

黑袍蒙面老者冷笑道：「難道屈彩鳳沒有從林鳳仙那裡聽到後告訴你嗎？我們建文帝一脈，一向是嫡子繼承，庶子只有當護衛的命，我三弟成年後便與我們主家分手，想辦法進了錦衣衛，就是想找機會掌握這個特務組織。

「當年先帝被逆賊奪位，最重要的一個原因就是太祖廢了錦衣衛，皇帝缺少了對藩王大臣們的監控，這血的教訓歷歷在目，所以三弟機緣巧合，與陸炳同一師門，結為生死之交。後來寧王兵敗，正德皇帝又戲劇性地英年早逝，嘉靖就這麼稀里糊塗地上了位，陸炳也跟著榮升，沒兩年就成了錦衣衛總指揮使，只能說時也，命也。」

天狼嘲諷道：「這麼說，我在你手上毫無用處了，你又為何不殺了我，而是要我師父帶上武當？」

黑袍蒙面老者道：「寧王兵敗之快，出乎我的意料，本來我還指望寧王可以借著多年的經營與謀劃，即使沒有太祖錦囊，也能奪取半壁江山，至少形成一個南北朝的局面，到時候我可以等你長大一點後，利用你來要脅正德皇帝。

「可沒想到王陽明這廝實在是厲害，居然矯詔發兵，壞了寧王的全盤計畫，

當時我措手不及，無法帶著還在襁褓中的你逃亡，只是當時陰錯陽差，正德皇帝死後，繼任的嘉靖皇帝對江湖各派武林人士大規模地幫助寧王起事極為不滿，暗中命令錦衣衛打入各派探查，你師父正好被派往武當，於是我將計就計，讓他帶你上山，皇夫不負有心人，三十年後，你果然變得如此出色，實在是大大地出乎我的預料之外，也不枉你師父拼了命來保護你。」

真相居然是如此的殘酷，讓天狼一時間無法接受，長嘆一聲：「那陸炳知道我的身世嗎？」

黑袍蒙面老者搖搖頭：「他是嘉靖皇帝的死黨，如果知道了你的身分，一定會全力除掉你的，所以多年來，你師父一直在全力保護你。你師父死後，我本來想把你領回來，可是發現你在各派磨練得很不錯，加上陸炳也非常看重你，有他暗中相護，我無需親力親為。」

天狼反問道：「就算你說的都是事實，可是我是成祖皇帝的後人，也是你的死敵，你不殺我，還把我的身世告訴我，難道還指望我跟你合作不成？」

黑袍蒙面老者「嘿嘿」一笑：「李滄行，你實在是太聰明了，所謂此一時，彼一時，當年你父皇在位時，我們自然是不死不休的仇人，可是現在，你我卻是同病相憐。你不要以為當年是我扣了你，你才失了皇位，即使正德皇帝一直在，你也坐不得這天下，他連把你娘接入宮中的能力都沒有，只能建個豹房與你娘相會，又怎麼可能讓你當上太子？」

天狼冷笑道：「我對皇位沒有半點興趣，倒是你這野心家，為了自己的私欲，處心積慮謀劃這麼多年，現在更是和嚴世蕃這樣的奸黨勾結，我是無論如何也不會成全你的野心的。」

黑袍蒙面老者雙目如炬地道：「不要提嚴世蕃了，他太令我失望了，我看他骨骼清奇，是百年難得一見的習武奇才，加上當時嚴嵩已經身居禮部尚書，入閣是遲早的事，我才收他為徒，本想借他們嚴家的勢力來為奪取天下助一臂之力，可是現在我卻看出嚴家根本只是安於現狀，只想保自己家的地位而已，不可能助我成就大事。」

天狼哈哈一笑：「這就是了，嚴世蕃只想當他的貪官，花天酒地，根本不想奪取皇位，所以你的野心和你的身分也不敢向你的這個寶貝徒弟透露，只是我不明白，**你又何來的自信，認定我會幫你這個忙？**」

黑袍蒙面老者笑道：「有兩個原因能讓你會和我合作，第一，也就是當年我和寧王談的條件，那時我練終極魔功不得其法，傷了腎經，所以一生無子，本來他答應奪取天下後以我為君，他當太子，但我信不過寧王，所以此事就此作罷，我也沒把太祖遺詔給他，現在想來，實在是幸運。」

天狼冷笑道：「當年你也就三十上下，卻要五十多歲的寧王當你的太子，真是可笑之極，你是不是想，現在你膝下無子，讓我認你為父，當你的太子，以後傳我大位？」

黑袍蒙面老者毫不諱言地道：「這是你應得的，如果我親手奪取天下，想讓你當太子，誰也不敢說半個不字。這個條件你不滿意嗎？」

天狼慨然道：「**我對權勢沒有半點留戀，你就是現在讓我當皇帝，我也沒有興趣！**但我知道，**戰事一開，兵凶戰危，苦的只是天下的黎民百姓**，就算你手上有太祖的遺詔，加上太祖錦囊，也不可能讓天下所有的軍戶都站在你這一邊，別說是你，**就是當年的成祖起兵，也不是兵不血刃奪取天下，而是歷經無數苦戰，九死一生之後才險勝，天下死於戰火的百姓何止百萬，這樣的天下，我不想要。**」

黑袍蒙面老者道：「很好，你可以不想要天下，這也符合你的性格，但有一樣是你無法釋懷的，**那就是你的小師妹。**」

天狼臉一沉，厲聲道：「不錯，我是到現在也忘不了我小師妹，但那又如何，她已經成了徐師弟的妻子，武當的掌門夫人，我愛她就得遠離她。」

黑袍蒙面老者一陣怪笑：「滄行，你什麼時候能為自己考慮考慮？沐蘭湘嫁給徐林宗是為了什麼？還不是因為大敵當前，魔教的壓力太重，讓他們只能依靠朝中徐階等人的力量來對抗，如果魔教隨著嚴氏父子的垮臺而分崩離析，徐林宗只怕會立即扔下武當掌門的位子，去找他的屈彩鳳，到那時候，你的小師妹還怕不回到你的懷抱嗎？」

天狼從沒有想過這種可能，一下子愣住了，他使勁地搖著頭：「不，不可以這樣，我不能這樣拆散他們。」

黑袍蒙面老者的聲音變得冰冷起來：「你沒拆散誰，是徐林宗生生地拆散了你和你的小師妹，為的不過是保他的武當，你當他很愛你小師妹嗎？你也應該很清楚，他心裡念念不忘的還是屈彩鳳吧。」

天狼狠下心道：「就算如此，我也不會為了我個人的感情而助你奪位，別做夢了。」

黑袍蒙面老者聽了道：「滄行，**就算你可以狠心斷情絕愛，但能坐視巫山派和徐海汪直的大仇不報嗎？**你很清楚現在的皇帝是個什麼樣的昏君，只要他在位一天，天下萬民就會處在水深火熱之中，他對成仙的興趣勝過當皇帝，有他在，嚴世蕃這樣的貪官汙吏就會盤剝百姓，最後民怨沸騰，更多的人上山下海，走上汪直和屈彩鳳的老路，**你以為你不出手，這大明的天下就能千秋萬代嗎？**」

天狼這下說不出話了，在他的心裡，很清楚昏君奸臣在位，天下萬民水深火熱的道理，可是**一想到那些戰亂而導致的末世景象，他又猶豫起來，尤其是眼前這個蒙面老者，是個徹頭徹尾的野心家，自己真的能夠信任此人嗎？**

黑袍蒙面老者眼見天狼有些心動，趁熱打鐵道：「滄行，你要知道，我起兵是為了奪回屬於我們這一脈的皇位，完成先帝的心願罷了，所以我想要的，自然也是一個完好無損的天下，而不是一個七零八落的破碎山河，若是把百姓都打得死光了，那我要這江山又有何用？」

天狼道：「皇位只有一個，你如果起兵，其他人也會跟著順勢而起，你點了第一把火，這燎原的火勢就不是你能控制得了的，到時候天下大亂，不知幾人稱帝，幾人封侯，大明光是各地的藩王趁勢而起的便不會少，更不用說外面的蒙面和倭寇都是野心勃勃，若是弄得外夷入寇，神州淪陷，你就是天字第一號的罪人！」

黑袍蒙面老者勸道：「滄行，不要這麼死腦筋，當年朱棣起兵，弄得天下大亂了嗎？會不會弄成亂世，會不會引得外夷入寇，歸根到底是看你的本事，你是正德帝的血脈，而我是建文帝的後人，純正的太祖血脈，手上又有太祖錦囊和詔書，可謂名正言順，怕什麼有人跟風？」

天狼突然哈哈大笑起來，笑得上氣不接下氣地蹲到地上，那黑袍蒙面老者冷冷地看著天狼如此狂笑，眼中閃過一絲怒火：「天狼，你搞什麼鬼，我是在和你說正事。」

天狼收起了笑容，直勾勾地看著對面的這個黑袍蒙面老者，意味深長地說道：**「狐狸尾巴終於露出來了吧，你根本不是想要如何培養我，與我聯手，你想要的，無非是那太祖錦囊而已**，只有詔書而無錦囊，你便沒有起兵的大義名分，就算起事，也不過是無人響應的反賊而已，別說一個月，就是連三天都活不過去，對不對？」

黑袍蒙面老者被天狼說中心事，眉頭緊鎖，眼中本來凌厲的光芒也略微發虛，不復剛才的強硬了，他乾咳一聲道：「這是理所當然的事，不然你憑什麼與我合作？這個起兵的大義名分本就是錦囊與詔書缺一不可嘛，要不我還不如直接跟嚴世蕃合作來得直接。」

天狼站起了身，直言道：「行了，你的意思我已經很清楚了，說一千道一萬，你就是想從我這裡騙到那個太祖錦囊，讓我跟你一起起兵，**如果我交出太祖錦囊，只怕你不會立我為太子，而是會馬上取我性命。」**

黑袍蒙面老者老羞成怒地道：「李滄行，你怎麼這樣想我，如果我真的想取你的性命，你又豈能活到現在？以前你不認識屈彩鳳的時候，又不知道她的太祖錦囊的下落，我那時候對你下手了嗎？**我看中的是你這個人，愛惜你的才能，敬佩你的品德，而不是像陸炳那樣只會利用你罷了**，復國奪位是我們祖先傳下來的遺訓，身為建文帝子孫，必須去做，我已經年近七旬，時日無多，就是奪了這皇位，又能坐上幾天？」

天狼心中暗忖道，此人這麼積極地讓嚴世蕃滅了巫山寨，根本的目的就是為了把屈彩鳳逼得走投無路，最後一怒之下取出那太祖錦囊，只是自己在巫山寨中勸住了屈彩鳳，讓她不要拿出太祖錦囊作無謂的反擊，這一點徹底出乎此人的意料。

當年他把自己從豹房中偷出，絕非安了好心，這從他剛才的話裡可以得到印證，他把自己扔在武當，也是不想給自己添累贅罷了，只不過沒有想到澄光竟然在跟自己相處的這幾十年中，會跟自己情同父子，也沒有料到他會有前世今生這番奇遇，居然可以練成天狼刀法，達到如此高的武功。

此人一意奪位，手段無所不用其極，心狠手辣，幾萬人的生命在他眼中不過草芥，而且比起胸無大志、只想著富貴的嚴世蕃，此人野心勃勃，真的要是起兵奪位的話，給天下造成的危害，只會比一心貪錢的嚴氏父子大上百倍千倍，自己就是拼了一死，也絕不可助紂為虐。

只是現在自己武功不如此人，如何脫身才是首要之務，當下一味死頂蠻抗，萬一惹惱此人，去為難屈彩鳳，更是件頭疼的事，所以當務之急是穩住此人，以後再徐圖良策。

天狼主意既定，於是說道：「你這麼對我藏頭露尾的，讓我如何相信你？我不想跟一個連面都不露的人打交道，更不用說是謀取天下的大事了。」

黑袍蒙面老者哈哈一笑：「李滄行，只要你拿出錦囊，我自然會拿下面具，露出真面目！只是你還沒承諾和我合作，所以我這張臉暫時還不能露出來，不要說你，就是在嚴世蕃面前，我也從沒有露過真面目。」

天狼點點頭：「既然如此，我也沒有做好立刻就交出太祖錦囊的準備，眼下我剛剛離開錦衣衛，目標太大，陸炳也好，嚴世蕃也罷，都會追殺我，中原我無法待了，只能遠走異域，躲過風聲再說。」

黑袍蒙面老者盯著天狼，沉聲道：「滄行，你很聰明，不過也不要把老夫當成傻子，你這不過是緩兵之計罷了，你以為能拖到猴年馬月？還是你以為你可以擺脫老夫的追蹤？」

天狼搖搖頭：「我知道，以你的本事，多年來一定已經經營了龐大的勢力，甚至落月峽之戰後的幕後黑手，只怕也多半是你所為，我天狼孤身一人，無論走到天涯海角，只怕也不可能擺脫你的追蹤。」

黑袍蒙面老者滿意地說：「知道就好，就算你易容改扮，我也有辦法逼你出來，滄行，你很聰明，不要逼我做我不願意做的事。」

天狼心中一陣刺痛，知道他是在拿小師妹和屈彩鳳來威脅自己，但現在憤怒是沒有意義的，面對豺狼的軟弱與無力只會讓他更加得意。

天狼想了想道：「這點我自然清楚，我說過，我也恨極了當今的狗皇帝，跟你聯手造反，我並沒有太大異議，只不過，就算我取出太祖錦囊，也會立馬被他人所劫，你未必拿得到，就算你拿到了，冒著整個組織和勢力暴露的風險，值得嗎？」

黑袍蒙面老者的眼皮跳了跳：「那你要怎麼辦？」

天狼微微一笑：「今天你跟我跟我說了這麼多，老實說，我就像是在做夢一般，換了你是我，會因為這個故事，就把太祖錦囊交給一個敵友不明的人嗎？」

黑袍蒙面老者怒道：「你若是不相信我，我可以出示你師父給我的信物，你信不過我，總會信過你師父吧。」

天狼擺擺手：「不必了，真相我自己去找，你說我娘是蒙古公主，可是我的舅舅又是誰？俺答汗的父親嗎？」

黑袍蒙面老者搖搖頭：「不，俺答是韃靼部的首領，**你的舅舅，是成吉思汗的子孫，名叫巴圖猛克，又名達延汗，意思就是大元大可汗，乃是被大明所滅的元朝的皇室後代，我們漢人叫他小王子。你娘名叫華仙**，你如果去蒙古大漠，應該就知道我所言非虛。」

天狼點點頭：「好，那我就去蒙古，躲過這幾年的風聲後，我便會考慮與你合作之事；另一方面，我也得確認我的身世，證明你並不是騙我。」

黑袍蒙面老者眼中精光一閃：「你還年輕，你等得起，可我已經老了，也不知道還能活幾年，不可能無休止地陪你等下去。」

天狼反駁道：「難道你今天拿到了錦囊，明天就能起兵嗎？兵馬未動，糧草先行，寧王準備了幾十年，聯絡了全江湖的義士，請問你做到了他的地步嗎？」

黑袍蒙面老者微微一愣：「江湖的力量太小，起兵奪天下是大事，靠江湖做什麼？」

天狼嘆了聲：「枉你一心想要起兵奪取天下，連這些事情都不去想想，你想奪天下，**以為只靠一紙放天下軍戶以自由的詔書就行了嗎？如果這道詔書真這麼**

管用，當年成祖起兵還用得著打得這麼艱苦嗎？」

黑袍蒙面老者眼中寒芒一閃：「你的意思，只靠這詔書還不行？」

天狼心中竊喜，看來這個建文帝後人一輩子都在搞陰謀詭計，只用心於武學之上，對於軍事政治還真是一竅不通，就算給了他錦囊起兵，只怕連寧王都不如，不過這樣也好，給了自己充分的機會。

天狼點點頭：「天下的軍戶裡，確實大多數是世代受苦的冤大頭，但也有不少是世代為將為軍官的，這些人幾百年下來，已經把那些軍戶變成了自己的家奴家僕，你要恢復天下軍戶的自由之身，那就是要了這些人的命，而普通軍戶的父母妻子都在老家當人質，又怎麼可能隨著你的一紙詔書，而陣前倒戈？

「你想想當年成祖朱棣起兵靖難的事，他是早就在北平經營多年，有了自己可靠的部下之後，然後才拿出這詔書，非但沒讓跟著他的部下們四散，反而允諾一旦攻下南京，就給這些人更大的利益和好處，這才讓包括蒙古人的朵顏三衛在內的十餘萬部隊跟他起事，後來建文帝派大軍征討，他根本沒拿出這詔書讓人家的大軍陣前四散或者是倒戈，而是真刀真槍地打進南京城，最後登基為帝的。你把這奪取天下的過程想得太簡單了。」

黑袍蒙面老者咬了咬牙：「那你說怎麼辦，難不成我畢生追求的太祖錦囊就成了無用之物？既然如此，那歷代皇帝又為何如此擔心此物，必欲奪回？」

天狼冷笑道：「這東西的作用沒你想的那麼大，但也不是一紙空文，畢竟它能給人好處，如果讓起兵之初的軍士們看到這些東西，再許以重利，允諾以後天下軍戶解散後空出來的那些軍餉和軍田歸他們所有，的確是可以在開始起兵的時候迅速地招攬幾萬甚至十幾萬起家的部隊，如果開頭幾戰打得出色，順利擊敗朝廷的招討大軍的話，響應的人就會越來越多。」

黑袍蒙面老者聞言：「你說得很有道理，可是這個起家的部隊如何掌握？要用錢去收買衛所兵嗎？」

天狼搖頭：「成祖和寧王起兵，是因為他們是王爺，按大明律，王爺是可以有最多三個以護衛為名的合法軍隊的，而你只不過是個平民百姓，又哪來的軍隊可用？」

黑袍蒙面老者咬牙切齒地說道：「老夫經營多年，還是頗有些勢力的，各大門派都有我的人，一旦起事，拉出三五萬勁卒不成問題。」

天狼哈哈一笑：「你說的那些不過是江湖人士，這些人不是軍隊，個人武技尚可，但缺乏實戰，不懂陣列，而且只有兵器，沒有護甲，也沒有騎兵和弓箭，碰到精兵銳卒，那是完全無法作戰的，所以當年白蓮教主趙全手下已經有了數萬部眾，仍然要依靠蒙古的外援才能成事，就是因為他清楚自己是無法單獨奪取天下的。」

黑袍蒙面老者怒道：「難道我這一生的心血就這樣付之東流了嗎？哼，李滄行，你休想騙我，就是那些倭寇，幾十人幾百人都可以打到南京城下，當年寧王起兵，只憑數萬江湖人士，就可以幾乎占據半個天下，我難道還不如他們嗎？」

天狼這下信心更足，越來越確定這個黑袍陰謀家實在是不通軍事，徒有野心而已，於是正色道：「倭寇那次，是因為他們人數太少，不成規模，一路也沒碰到大軍圍剿，而寧王起兵，不照樣也是很快給王陽明矯詔消滅了嗎？我大明的精兵銳卒歷來是在九邊的重鎮，內地本就空虛，可就是這樣，也沒讓寧王成功，而且現在東南倭亂剛平，朝廷為了對付倭寇，可是很下了番氣力地練了不少精兵的，對付那些臨時招來的烏合之眾綽綽有餘。」

黑袍蒙面老者的眼中瞳孔猛的收縮了一下：「說了半天，你就是在找各種理由不想起事，對不對？行，你若是不想牽連自己，就把錦囊交給老夫，老夫自己去做大事，就算失敗了，也絕對不會牽連到你身上。」

天狼心中好笑，**這個黑袍蒙面老者看來是想做皇帝想瘋了**，竟然已經失去理智，於是假意道：「我們現在是一條繩子上的螞蚱，你敗了對我又有什麼好處。

不是不能起兵，只是不能這樣倉促起兵，我們還需要時間做好準備。」

黑袍蒙面老者疑惑地道：「準備？準備什麼？」

天狼微微一笑：「**要成大事，三樣東西缺一不可，一是兵員**，你說你手下已經有數萬之眾，但他們是烏合之眾，需要訓練，更需要武器與裝備。」

黑袍蒙面老者聽了說道：「裝備好辦，可以自行打造，只是需要錢。至於訓練，我可以找些軍官來對他們暗中加以訓練，以武林門派的形式為掩護。」

天狼道：「**第二，就是錢**，雖然你有個富得流油的徒弟，可是嚴世蕃為人既貪婪又敏感，不可能一下子把這麼大筆錢給你，你還是得想辦法自己去弄來至少兩三千萬兩的銀子，以作起兵的資本。」

黑袍蒙面老者立即否決了：「這數目太大了，一兩年內也難以湊全。」

天狼心中一驚，沒想到這黑袍蒙面老者居然有這麼大的本事，撈錢的能力快趕上汪直了，也不知道哪來的門道，不過想來並非吹牛，便繼續說道：

「這第三嘛，**就是需要外援**，連趙全都知道，要成大事，得引蒙古兵入關，而成祖當年能靖難成功，也是靠了朵顏三衛的蒙古騎兵，沒這些人，你也難以戰勝九邊的明軍主力。」

黑袍蒙面老者道：「你不是要去蒙古嗎？前兩件事我來辦，這件事交給你，如何？」

天狼哈哈一笑：「好，**那我們就以三年為期吧，三年後，我在大漠與你正式商談起兵之事，如何？**」

黑袍蒙面老者滿意地點了點頭：「很好，這三年內，你不得恢復李滄行這個身分，還是要以天狼這個名頭行事，三年之後，我會找你的，**記住，我叫黑袍！**」

他說完，身形一動，天狼只覺眼前一花，黑袍的身影就憑空地消失在光天化日下，這會兒，心力憔悴的天狼終於支撐不住，膝蓋一軟，癱在了地上，他的心裡則默默地說道：

「李滄行，把握這三年，建立起自己的勢力，蕩平妖魔，澄清宇內！」

大漠的夜晚，夜涼如水。

平安客棧外的凜冽寒風，把客棧的窗戶吹得不停地搖晃，門口的風鈴也不時地脆響，透過窗戶縫吹進來的一陣陣夜風，更是把用油紙罩著的燈火吹得晃動不已，弄得房間內的燈光也是一陣詭異地搖曳。

李滄行的思緒從陳年的往事中拉回現實，這三年來，他紮根這大漠的平安客棧，以天狼的名義，一次次地遠赴大漠，打聽自己的身世，同時借著當殺手的行當，替人解決恩怨仇殺，很快就在大漠南北闖出了名頭。

一年半前，他終於找到了傳說中的蒙古黃金部落，在那裡碰到了母親的族人，以蒙古部落獨特的滴血認親之法，終於確認那個神秘的黑袍人所言非虛，自己真的具有蒙古血統。

自從自己的舅舅小王子達延汗英年早逝後，諸子混戰，結果反而讓韃靼部趁機崛起，奪取了整個蒙古部落的大權，若是在中原，也算得上改朝換代了，現在的俺答汗，就曾經是達延汗的部下，後來趁機自立，而達延汗的部落，則在戰敗後分崩離析，分散併入多個部落，正是因此，李滄行整整查探了兩年多的時間，才算弄明白自己的身世之謎。

這三年中，黑袍一次也沒來找過自己，可是李滄行自從與這個可怕的黑手深談之後，卻沒有一天能睡得安穩，他知道這個可怕的傢伙一定在密謀策劃謀逆之事，此人的武功心智極其可怕，到時候再找上自己，自己不可能再用三年前的那個藉口來推脫，那時，便是自己與這個深藏的黑手一決勝負之時。

李滄行這幾年來晝思夜想，那個潛伏在武當的黑手是不是這個神秘的黑袍，那天在樹林裡，他口出狂言，說自己根本看不上一個區區的武當，從他的行為判斷，此人似乎在嘉靖帝登位後，便把注意力轉向培養嚴世蕃這個傳人的上面，只怕無心也無暇成天待在武當做壞事，所以可見武當的黑手另有其人。

自己現在面臨的最大威脅，就是黑袍的三年之約，光靠自己一個人是不可能鬥過這個黑袍的，唯一的辦法，就是利用這個時間建立起自己的勢力，暫時與這黑袍再拖上一段時間，等到羽翼豐滿之後，再向其全面反擊。

這些年來在江湖上的經歷，也讓李滄行明白，**獨來獨往，單打獨鬥的做法是鬥不過這個已成氣候和勢力的可怕對手的**，無論是陸炳，還是魔教，或是那個神秘可怕的黑袍，都有著明裡暗裡的龐大勢力，遠非自己一個人可以應付得來，**只有同樣建立起一個龐大的組織，才有可能與之對抗**。

只是李滄行思來想去，自己在江湖上這麼多年來一向特立獨行，也不積累財富，無法像英雄門和洞庭幫那樣，用重金收買的方式廣招天下英傑加盟，而且那樣的動靜太大，也會引起敵對勢力的注意，所以李滄行這兩年一面透過天狼的身分當殺手，在蒙古和西域賺取錢財，一面在等待一個合適的機會，名正言順地尋找幫手，又不至於讓人心生警惕。

一年前，這個機會終於讓他等到了，陸炳來到平安客棧找到自己，陸炳絕口不提三年前那次決裂，也不提要他回錦衣衛的事，只說這些年俺答汗一直在祖護白蓮教的趙全等人，妄圖再次以其為先導，攻入中原，加上上次趙全逃過制裁，在蒙古境內招降納叛，漸成氣候，非除不可。

李滄行意識到**這是一個絕佳的機會，可以名正言順地借收拾趙全和白蓮教來聯絡以前在江湖上的朋友助陣**，他這回決定要找的幫手，一定是要脫離伏魔盟之外，非正非邪，但重情重義的人，思來想去，他便答應陸炳的合作，要求陸炳的錦衣衛為自己傳信，尋找裴文淵、歐陽可、鐵震天、錢廣來、不憂和尚和柳生雄霸這六人。

錦衣衛的情報和搜人能力果然不是蓋的，不到半年的功夫，這六人就被全被找到，甚至連遠在東洋的柳生雄霸也接到了邀請，這些李滄行早年行走江湖時結下的生死之交們，二話不說，無論遠近，紛紛趕來助陣，著實讓李滄行感動不已。

三年的時間不長不短，就在李滄行在塞外默默地積蓄力量的同時，中原武林也發生了不少大事，伏魔盟和魔教在巫山短暫地合作了一次之後，又重新開戰，連年的大戰下來，互有損傷，一年多前魔教內亂，總護法慕容劍邪以及鬼聖、郝青花等老一輩長老們聯手反叛，卻被冷天雄以迅雷不及掩耳之勢鎮壓，慕容劍邪死在冷天雄的吸心大法之下，而鬼聖和郝青花、老六指等人卻逃出了魔教，遠赴塞北，轉投赫連霸的英雄門。

伏魔盟也趁著魔教內亂之際，大舉攻擊了魔教的湖廣分舵，冷天雄的大弟子「托天巨人」宇文邪於此役戰死，湖廣分舵的精英十不存一，只有那「花花太歲」傅見智帶著少數親信突圍而出。

可是伏魔盟大勝之後，卻樂極生悲，迅速平定了內亂的冷天雄，裝出一副虛弱不堪的樣子，向來特立獨行的華山派掌門司馬鴻與師弟展慕白，以為這是直搗魔教的大好機會，不顧其他三派的反對，孤軍深入，企圖以華山一派之力獨挑滇池的魔教總壇，結果在黑木林遇伏，**一代劍俠司馬鴻被冷天雄、東方亮、司徒嬌、上官武這四大高手圍攻至死，華山派因此群龍無首**，大敗虧輸，展慕白拼死殺出重圍而去，**華山派元氣大傷，一蹶不振**。

早有入主中原武林之心的英雄門，趁勢對華山派進行了突襲，集合門中數百高手，分批潛入關內，並在華山派元氣大傷之時，於華山瀉瀑峽集結，大舉進攻華山派總舵。展慕白措手不及，非但手下四大弟子戰死，連本人也當了俘虜，只有身在恆山的楊瓊花與程靈嬌二人躲過一劫，這也誤打誤撞地讓楊瓊花出塞找李滄行幫忙救援，引出了後來一連串的事。

沙漠裡的白晝來得特別地早，五更剛過，天邊就泛起了一絲魚肚白，李滄行一夜無眠，腦子裡像是演電影一樣，把過去的事情都回憶了一遍，心中感慨萬千。

這三年來為錢殺人，冷血無情的殺手生涯，已經把他訓練的十分成熟，皇族的血液漸漸地在他的體內復蘇，得悉自己身世後，他救國救民、澄清天下的抱負不可遏制地更加熱切，**既然此生在感情上無法得求，不如轟轟烈烈地做一番事業，以不枉此生。**

李滄行眉頭皺了皺，對著窗外沉聲道：「鳳舞，以後不要再這樣偷偷摸摸地躲著偷聽了，我不喜歡你這樣，而且你也不可能瞞過我。」

窗口一動，鳳舞黑色的身形閃入屋內，今天她一身夜行衣打扮，戴著全黑頭罩，只有兩隻美目露在外面，淡淡的菊花香氣一下子盈滿了整個房間。

李滄行自顧自地繼續喝著酒：「你爹又有什麼事情要找我？」

鳳舞眼中透出一絲無奈：「天狼，你為什麼總覺得我只是為我爹而活？人家想來看看你，不可以嗎？」

李滄行搖搖頭，看都不看鳳舞一眼，把面前的酒一飲而盡：

「好了，我李滄行可受不起你這恩惠，你不是說了麼，從頭到尾就是在利用我，這點你爹也承認的，這回我們又合作消滅了趙全，拿著他的腦袋回去覆命，你爹一定又可以加官晉爵，光宗耀祖了，我也算完成了當年一樁未了的心願，放心，這回我是心甘情願地被你們利用，沒什麼不情願的。」

鳳舞咬著嘴唇，道：「天狼，我知道當年是我不好，傷了你的心，但請你相信我，我是真的愛你，而且，這幾年我一直沒有理會嚴世蕃，我爹跟他也沒有什麼合作。」

李滄行眼中寒芒一閃：「沒有合作？**沒有合作，那沈鍊沈大人是怎麼死的?!楊繼盛楊大人又是怎麼死的？**」

前錦衣衛經歷沈鍊和上疏彈劾嚴嵩父子的楊繼盛，也在這兩年被嚴世蕃設計殺害，對身在詔獄的楊繼盛，嚴世蕃使了個花心眼，把楊繼盛的名字和兩個失守領地的官員一起上報，嘉靖一時糊塗，稀里糊塗地勾了朱，楊繼盛死時，京師萬人空巷，爭先恐後地來送別這位鐵骨錚錚的男兒。

而沈鍊則是當年得罪嚴世蕃後，被發配大同充軍，到了大同後，仍然不改對嚴嵩父子的痛恨，每天和兒子一起騎馬射獵，在草靶上寫上嚴嵩父子的名字，此事被嚴世蕃知道後，心生毒計，暗中勾結白蓮教的趙全，讓他派一黨羽入關，被時任大同總督的嚴黨幹將許綸查獲，白蓮教徒聲稱此來是尋找沈鍊接頭，因此嚴嵩憑著這次的誣陷，將沈鍊斬殺，連他的兩個兒子也一併殺害，是為斬草除根。

當時李滄行人在漠北，聽到消息後，馬不停蹄地想要趕來營救沈鍊，可惜遲了一步，只救下沈鍊的三兒子，一個只有十四歲的少年，算是為沈家留下唯一的血脈。

這個少年，也被他秘密地通過另一條途徑轉移給錢廣來，以錢家的財力人力以及身後丐幫的力量，掩護一個忠良之後，自是不成問題。

第五章

同病相憐

柳生雄霸道：「現在你的刀法多了一份決絕與狠辣，
我自認不是你對手，看來你是真的被這個女人傷得不輕啊，
這樣也好，男人只有放下心中的牽絆，才能成就一番大事，
用你們中原的話來說，我們也算是同病相憐了。

鳳舞委屈地道：「天狼，你真的對我們誤會太深了，這兩件事都是嚴世蕃做的，尤其是沈鍊，他怕我爹會全力保護沈鍊，直接瞞著錦衣衛給皇上上的密奏，當時朝廷銀錢緊張，需要用嚴黨的趙文化去收江南鹽稅才能勉強維持收支平衡，所以皇上不得不對他們作出讓步。

「我爹為了此事，還跟嚴世蕃大吵一場，事後參了趙文化一本，把他在收鹽稅時趁機中飽私囊的事給抖了出去，皇上得了錢之後，也不再給嚴世蕃面子，下旨由我爹親自把趙文化給拿下，我爹在路上就把他弄死了，肚破腸流，死狀極慘，也算是為沈大人和楊大人報了仇。」

李滄行譏諷道：「**不去想辦法守護忠良，卻以為整死一個嚴黨就算一報還一報，天底下還有比這更可笑的事嗎？**嚴黨那裡空出一個官位，自然會有趨炎附勢的小人頂上，而沈鍊、楊繼盛這樣的忠臣，卻是死一個少一個。不過你和你爹向來如此，做這些事情一方面不過是求個心安，另一方面也是要向皇帝顯示自己和嚴黨不是一路人，立身保命罷了。」

鳳舞聽了，憤怒地道：「天狼，就算我們父女以前有對不起你的地方，但過了這麼多年，我爹也誠心向你道過歉，這回更是全力助你滅了趙全，你以為我爹希罕這個功勞嗎？不過是想找個臺階讓你回錦衣衛罷了，你那次殺了那麼多錦衣衛的同伴兄弟，可知我爹事後花了多少精力才把這事壓下來？要不然你早就給朝廷下旨追殺了。」

李滄行不屑地勾了勾嘴角：「上次的事，我早就做好了心理準備，你們就是繼續派殺手來，也無非是給我送人頭罷了，關外已經不是你爹能為所欲為的地方，就算是他親臨至此，也未必能殺得了我，要不你讓他現在試試？」

鳳舞咬牙道：「難道，你為了自保，還會投靠蒙古人不成？」

李滄行冷冷地道：「這幾年我一直在學習如何生存，學習如何殺人，學習如何能像你爹那樣，血冷心硬，不擇手段！學習如何為了保命，或者說家族的存續，而去跟魔鬼合作。所以我悟出一個道理，想要立身於世，堅持自己的教條原則是不行的，無論如何都得想辦法活下去，如果你爹和嚴世蕃真的想取我性命，那我和蒙古人也沒什麼不可以合作的，反正是相互利用而已。」

鳳舞吃驚地看著李滄行，彷彿看著一個陌生人，久久不能說話，半晌之後，才不信地搖搖頭道：「不，我認識的天狼不是這樣的人，不是的，你一定是故意騙我，想刺激我才會這樣說，對不對？」

李滄行劍眉一挑：「你也看到了，這次我和赫連霸互相間雖然是勾心鬥角，但合作起來也是有模有樣，無非就是各取所需罷了，他需要我殺了趙全這個在俺答汗面前與他爭寵的中原武人，而我也需要借此完成多年心願，所以一拍即合，這一點上，跟與你爹合作是沒有區別的，反正現在俺答汗也不復重入中原的雄心壯志，英雄門也不再具有為蒙古大軍打前陣的作用，只不過是一個塞北的武林門派而已，和他們合作，更是沒有什麼不可以的。」

鳳舞長嘆一聲：「天狼，我真的快要認不出你了，剛見到你的時候，我便感覺到**你和以前很不一樣，果斷，狠辣，沒有以前殺人時的猶豫不決，但這樣的你讓我感到害怕，我喜歡的，是以前那個宅心仁厚，可以包容我，守護我的錦衣衛天狼，而不是現在這樣的冷血殺手。**」

李滄行哈哈笑道：「拜你們父女所賜，我最後一點懦弱與無用的善良，也在你爹殺徐海夫婦的時候丟掉了，這個世界就是這樣的殘酷，人善被人欺，馬善給人騎，想要不給人當成棋子使，就得有主宰一切的力量才行，說起來，我還得謝謝你爹，是他教會了我怎麼做人。鳳舞，我的時間有限，天亮後還要去跟我的兄弟們商議大事，沒多少時間跟你在這裡瞎扯，有什麼事，你就直說吧，不用拐彎抹角。」

鳳舞眼中淚光閃動：「天狼，你真的不念舊情了嗎，真的對我一點愛戀也沒有了嗎？我們重新開始好不好？我保證，這回不管發生什麼事，我再也不會騙你傷你了。」

李滄行不為所動地說道：「我早就不在錦衣衛了，而且我說過，以後我就是李滄行，不是什麼天狼；至於對你，我從沒有愛情過，娶你只是對你父親的承諾罷了，因為我當時傻到相信你爹會遵守這個承諾，放巫山派一條生路，還會幫我查出武當的內鬼；傻到相信你爹會真的一心為了國家，外平強虜，內清奸臣，直到你爹親手把我的理想擊得粉碎！鳳舞，我在巫山時就說過，再不會相信你們父女，但這並不妨礙我們之間基於共同利益的合作，比如這次。」

鳳舞的眼淚順著眼角默默流下，卻無心去擦拭，心碎地道：「原來在你心裡，從來沒有愛過我。」

李滄行冷酷地道：「**你幾次捨命救我，我很感動，但那不是愛！**如果你們父女沒有騙我的話，我會依承諾娶你，時間處久了，也許會有感情，但現在做什麼假設已經沒有意義了，**你我之間今生無緣，只會是公事公辦**。說吧，你爹讓你來找我是為了什麼事！」

鳳舞幽幽地嘆了口氣，拭了拭眼角的淚水，聲音也變得冷酷：「李滄行，你這個自以為是的傢伙，別以為我真的會一直追著你，你若是這樣冷酷無情，我又何必執著。這次是我個人的事，跟我爹一點關係也沒有，信不信由你，你跟你的好朋友們慢慢聊吧。告辭！」

說完，站起身，一轉身，準備飛出窗外。

李滄行突然開口道：「等一下。」

鳳舞眼中閃過一絲喜色，儘量平靜地道：「你還有別的事嗎？」

李滄行伸了個懶腰，看著鳳舞的背影，冷漠地說：「這回你爹滅了趙全，也算立下一件大功，而且俺答汗經過此事再無南侵之意，你爹的目光只怕要轉向南邊的倭寇了吧？」

鳳舞微微一愣，無比失望地說：「你什麼意思，又想回南邊了？」

李滄行道：「這次我肯出手幫你爹消滅趙全，一半的原因，是因為當年消滅白蓮教時讓趙全逃脫，這是我心頭的痛，這次總算彌補了。而我人生另一樁憾事，就是當年本來要親手解決倭患，卻因為你爹要討好皇帝和嚴世蕃，誘殺了汪直和徐海，逼反他們的手下，他手下的近十萬倭寇非但沒有被各個擊破，反而無休止地打劫沿海各地，從浙江到廣東全都不得安寧。」

鳳舞轉過身，點點頭道：「不錯，我爹說起此事，也是悔青了腸子，本以為倭寇之所以強悍，全是因為有汪直的組織和徐海的善戰，除掉這二人之後，倭寇不可能再掀起風浪，結果沒想到毛海峰占據岑港作亂，不過區區三千多倭寇，朝廷數萬官軍，其中不乏俞大猷、盧鏜、戚繼光這樣的名將，居然大半年無法拿下，死傷士卒上萬，直到第二年的冬天，才趁著黑夜漲潮的時候攻上島去，可還是讓毛海峰帶著幾十個人乘那艘黑鯊號逃脫了。」

李滄行「哼」了聲：「我早就跟你們說過，倭寇極其善戰，其戰艦輕快凶悍，絕不是官軍能應付得了的，殺了汪直，他手下這些人無人制約，只會重操舊業，這幾年，我雖然人在漠北，但也知道東南的戰火一直無法停息，朝廷每年花費巨額的軍費也無法根除後患，就是胡宗憲也是焦頭爛額，悔不當初啊。」

鳳舞嘆道：「事已至此，多說無益，我爹確實在考慮要如何解決東南的倭寇，你願意幫我們？」

「趙全已除，我在這裡待著也沒什麼意思，不過，我是不可能回錦衣衛的，跟你爹只可能是平等的合作關係，你也看到了，我的朋友和兄弟，他們可以為我出生入死，一句話就能千山萬水地趕來，這些人聚在一起，就是想做些志同道合的事。」

鳳舞警告道：「天狼，你這樣做，可能會引起我爹和嚴世蕃的不滿，希望你三思而後行。」

李滄行冷笑道：「你爹是不是希望我孤家寡人一個，以便受他的控制？之前你爹和你能這樣一直利用我，我得知真相也無力反擊，說白了就是因為我沒有勢力，所以只能被你們任意擺布，現在**我想明白了，我只有成為武林中的一方勢力，自立門戶，才不會再淪為布偶。**」

鳳舞搖搖頭，擔憂地道：「天狼，你這樣沒什麼好結果的，我爹的勢力你不是不知道，只有回錦衣衛，你才能平安無事，你以為你靠著這幾個人就能自立門戶了嗎？當年巫山派屈彩鳳手下可是有數萬弟兄，照樣擋不住朝廷一擊，你的實力難道能強過屈彩鳳？」

李滄行一聽到屈彩鳳，心中又是一陣刺痛，這些年，他覺得最對不起的，就是這位白髮紅顏了，可是他知道自己的一舉一動都在那可怕的黑袍監視之中，為了不給屈彩鳳帶來不必要的麻煩，他甚至連這次的行動都沒有叫上這位女中豪傑，願她能平安無事，他暗自心想：只有等到自己的勢力強大到無懼陸炳和黑袍的時候，才是再與屈彩鳳見面之時。

鳳舞的話無意間勾起了他心中痛苦的回憶，他永遠也忘不了巫山派覆滅的那個夜裡，屈彩鳳痛不欲生，哭暈在地的樣子，那種心如刀絞的感覺，自己也感同身受，他眼中寒光一現，周身上下散發出殺氣，驚得鳳舞不自覺地後退了半步。

若是換在三年前，他肯定會衝著鳳舞大吼，不過這三年裡，李滄行修身養性，已經接近喜怒不形於色的境地了，他迅速地平復自己的心情，面無表情地道：「你還好意思提巫山派？當年你們父女背信棄義，與嚴世蕃合作剿滅巫山，這事很光彩嗎？若不是你們自作聰明，想靠這個辦法討好皇帝，結交嚴世蕃，我們今天又怎麼可能這樣視如路人？」

鳳舞幽幽地道：「天狼，我知道你心裡這個結一直解不開，可是你也知道，皇上是不可能允許巫山派長期存在的，嚴世蕃也是認定屈彩鳳沒有持太祖錦囊謀反的可能，才會放心下手，這件事上，我們錦衣衛真的並不想主動消滅巫山派，只不過君命難違，當時你如果找的是我，而不是徐林宗的武當派，也許還能幫著屈彩鳳多逃出一些人出來。」

李滄行不耐地擺了擺手：「你們心中在想什麼自己清楚，不用多說，無非是和嚴世蕃搶功而已，如果我真的找了你，那連屈彩鳳也不用想活了。」

他心中突然一動，**不知道那個神秘的黑袍人與陸炳究竟是何關係，陸炳是否認識此人，也許這件事可以從鳳舞身上得到答案。**

想到這裡，李滄行嘴角勾了勾：「罷了，反正是多年前的事了，人死也不能復生，老實說，巫山派中的武裝寨兵們，也多是手上染血之人，並非良善之輩，我所不能接受的，只不過是那些老弱婦孺也死於此役。不過我有一件事，多年來一直想找機會問問你們，如果你真的有你說的那樣愛我的話，我想聽實話。」

鳳舞眼中閃過一絲喜色，連忙點點頭：「你問吧，只要我知道的，一定會告訴你。」

李滄行正色道：「嚴世蕃的武功，好像是一個神秘的高手所教，此事你知道嗎？」

鳳舞眼裡立時透出一絲慌亂，身子不由自主地發起抖來：「你，你怎麼突然問這個？」

李滄行看她這樣子，心裡猜出七八分，上前一步，抓住鳳舞的手，鳳舞本能地想要把手抽回來，卻來不及，一雙玉掌沁得盡是汗水。

李滄行震起胸膜，沉聲道：「事關重大，恕我唐突了。」

鳳舞的手變得發紅，時隔數年，再次被朝思暮想的情郎捉住柔荑，她心中仍是一陣悸動，力求鎮定地回道：「你又是怎麼知道這個人的存在的？」

李滄行冷冷地道：「現在是我在問你，我想聽你說。」

鳳舞咬了咬牙，嘆道：「好吧，只當是我欠你的，就告訴你吧，嚴世蕃那個神秘的師父，名叫黑袍，是我爹的朋友，和你的師父澄光道長是師兄弟，我爹當上錦衣衛總指揮使的過程中，幾樁大案他出力頗多。」

「這麼說來，我師父也是終極魔功的傳人了？」

鳳舞搖搖頭：「不，你師父和黑袍沒有學同樣的武功，那終極魔功好像只傳一人，所以後來你師父帶你加入了武當派，黑袍則隱身嚴府。天狼，你可知這麼多年來，有多少高手刺客想刺殺嚴嵩父子最後都失手的原因了吧，有黑袍在，無人能動得了他們。」

「這麼說來，你爹把你嫁給嚴世蕃，也有鞏固和黑袍的關係，以爭取他相助自己的考慮了？」

鳳舞似乎很不願意回憶起這段往事，眉頭緊蹙道：

「那時我爹還沒有這麼看重你，而嚴世蕃武功已成，我爹還要全力對付夏言，所以通過聯姻的方式鞏固與嚴家與黑袍的關係，是最好的選擇，**此事的關鍵在於取得曾銑與夏言之間的書信聯繫。**

「夏言最後被他的弟子徐階與高拱等人出賣，放在曾銑處的書信卻有崑崙派的三大高手守護，錦衣衛在未接到皇上的正式旨意前不能出手硬搶，所以需要黑袍出手，殺掉崑崙三老，拿到夏言給曾銑的回信，這才能給兩人定罪。」

李滄行冷冷地道：「真是好算計，這些年黑袍幫著嚴世蕃和你們錦衣衛出的力只怕也不少吧。有這麼一個強援，你們還要利用我做什麼？」

鳳舞搖頭：「我爹控制不了黑袍的，他是嚴府的人，而且據我爹的觀察，只怕他的來歷沒那麼簡單，嚴氏父子也不可能真正地掌控他，至於他想要什麼，我爹暗中探查多年，竟然是一點線索也沒有，只隱隱知道他有一支龐大的地下力量，遠不是孤身一人，所以這樣的人根本不可能收為己用。」

「只有你，天狼，你是真正的孤身一人，無權無勢，而且對任何權力也不熱衷，只具有一顆赤子之心，天狼，你知道嗎，**我最愛你的也是你的這份俠義心腸，我見多了各種陰謀卑鄙的交易，所以對你的這份真情格外地珍惜。**」

李滄行不想聽鳳舞的表白，不耐煩地擺擺手道：「鳳舞，不要跟我說這個了，以前我也許還會信，現在麼，呵呵，你親手把我對你的信任擊得粉碎，我再也不可能信你的這些話了。還是繼續說這個黑袍，他既然是嚴世蕃的師父，又怎麼跟你們錦衣衛扯上關係了？」

鳳舞悵然若失地道：「不知道，以前他說是因為他師弟跟我爹的關係，所以才選擇跟我們錦衣衛合作，但在我爹看來好像沒這麼簡單，雖然他嘴上沒說，但我爹能感覺得到，他對那個太祖錦囊有著非同尋常的興趣。我爹對其一向是存有防範之心的，天狼，不瞞你，上次他之所以讓我跟著嚴世蕃去巫山，不是為了滅巫山派，而是不想這黑袍趁亂得到太祖錦囊。」

李滄行冷笑一聲：「你爹真的以為就憑你能阻止得了這個黑袍？」

鳳舞嘴角勾了勾：「所以後來我爹還是想辦法讓你也去巫山，就是為了讓你能想辦法救巫山派，至少也要把屈彩鳳給救出來，不要讓他們在走投無路之下真的去取那太祖錦囊，反而給黑袍奪了去。」

李滄行追問道：「這個黑袍會不會就是武當派的神秘黑手？你爹這些年答應幫我調查這件事，現在有沒有結果了？」

鳳舞搖搖頭：「上次我爹親赴武當查探過紫光真人的屍體，這事他跟你說過了，此後就再無機會打探，而據他在武當的內線回報，武當內部一直很平靜，沒有再出事，顯然那個內鬼也是選擇了潛伏不動，甚至是離開了武當。黑袍這些年來大多數時間都在嚴府，我爹認為他不可能是那個武當派的內鬼。」

李滄行「哦」了聲：「這三年來，黑袍還來找過你們嗎，你們是否還有什麼合作？」

鳳舞眨眨眼睛：「巫山的事情之後，可能黑袍和嚴世蕃也知道我爹壞了他們的事，所以出於報復，對沈鍊和楊繼盛下手，現在我爹和他們的合作已經瀕臨破裂，所以……」

李滄行哈哈一笑：「所以又想到了拉我回頭，繼續幫他對付這對邪魔父子了，對不對？這次先跟我聯手滅了趙全，算是了我一樁心願，指望我重新相信他是個為國分憂的忠臣好人，對嗎？」

鳳舞幽幽地道：「天狼，在你眼裡，我們父女真的就這麼不堪嗎？以前被迫和嚴世蕃合作只是因為皇帝的原因，你也知道這點，以後……」

李滄行吐嘈道：「以後如果皇帝又要重新重用嚴氏一黨了，你爹又會馬上跟嚴世蕃，跟黑袍再次重歸於好了，對不對？」

鳳舞被噎得說不出話來。

李滄行寒著臉道：「所以這回我不會再信你和你爹的任何承諾了，你回去告訴你爹，在他沒有和嚴世蕃正式再次合作之前，我仍然會跟他站在同一輛戰車上，**我的目標很明確，就是自立門戶，正面和魔教，還有他們身後的嚴世蕃對抗**，你爹若是助我，我們可以是盟友；若是想跟嚴世蕃一起對付我，使什麼小動作，或者再搞什麼江湖平衡的把戲，就別怪我不客氣。」

鳳舞嘆了口氣：「難道我們真的要兵刃相見，反目成仇嗎？天狼，難道以前我們在一起經歷過的美好，你都不記得了嗎？」

李滄行沒有說話，走到窗戶邊，臉上沒有任何表情：「我很感謝你們父女讓我成熟，上次在寧波，我和你爹已經兵刃相見過了，以後我不希望再有這樣的事情發生，也請你爹明白，以後的李滄行，會是一派之主，不會再輕易地任由他擺布。還有，我們不是巫山派，不設總舵，不留老弱，如果他想像當年滅巫山派那樣圍攻我們，盡可以試試。好了，言盡於此，你可以走了。」

鳳舞眼中透出哀怨：「天狼，總有一天，你會為今天的事情後悔的！」雙足一頓，她的身形便消失得無影無蹤，幽幽的菊花香氣仍然殘留在天狼的鼻翼。

李滄行嘆了口氣，坐回到小桌前，給自己斟滿一碗酒，又拿起酒罈上倒扣著的另一個碗，滿上一碗酒，放到對面，揚聲道：「柳生君，聽了這麼久，還不進來嗎？」

木門「吱呀」一聲打開了，柳生雄霸抱著手上的村正妖刀緩步而入，也不見他如何動作，人一走進，身後的木門自合。

他大喇喇地坐到了天狼的對面，一雙清澈明亮的眼睛緊緊地盯著天狼的臉，半晌，才嘆了口氣：「十年不見，怎麼你的女人越來越多？」

李滄行微微一笑：「她不是我的女人，我現在也和你一樣，沒有女人。柳生兄，前幾年我聽一個東洋友人說過，你為了追求刀法的至高境界，不惜退掉婚約，然後去取那村正妖刀，怎麼後來你又有家室了？」

柳生雄霸眼中透出一絲痛苦，把眼前那碗酒一飲而盡，搖搖頭道：「滄行，當著你我也不說謊話了，在東洋我有個喜歡的女子，名叫雪姬，可她卻是個甲賀忍者，你也知道，我們東洋的劍客和忍者之間一向是死對頭，就像你們中原的正邪之分，所以當年我來中原遊歷，也存了一份心思，是想以後能長駐中原，帶雪姬來這個地方，遠離東洋的世俗紛爭。」

李滄行又給柳生雄霸把酒碗給滿上：「其實那年我跟柳生君在谷底相處，知道你並非無情之人，這麼說來，那個所謂的去取妖刀村正，也是拒絕三好家的女兒的一個藉口嗎？」

柳生雄霸沉聲道：「三好長慶想要攏絡我，我毫無興趣，但我們柳生家族畢竟在大和國內受三好家的統治，所以我就想到了這個辦法，那妖刀村正之力即使連三好家也頗為忌憚，我駕馭了這把妖刀後，他們也不敢來找我麻煩，到時候我就是想娶雪姬，只怕也不會有人反對了。

「事實正是如此，我以畢生功力勉強控制住了這把妖刀，與刀中的怨靈立下契約，但我不想真的靠這把刀過此一生，事後我藉口要追求刀中奧義，隱居於富士山中，與雪姬在那裡秘密結合，柳生家則讓給我的弟弟半兵衛。」

李滄行嘆了口氣：「柳生兄找的地方自是十分隱秘，但以你武功之高，又怎麼會被上泉信之這個奸人偷襲得手？」

柳生雄霸痛苦地閉上了眼睛：「都怪我，雖然隱居，但心中還是放不下爭強好勝之心，與雪姬在一起後，雪姬為我生下一個兒子，這時候我聽說島津家的丸目長空練成了兩刀流的刀法，一年來巡遊日本，未逢對手，就連我的弟弟半兵衛也敗在他的手下，我聽了按捺不住，便離開妻兒，去與丸目長空比武。」

李滄行驚道：「丸目長空是島津家的劍師，這個消息一定是上泉信之故意透出來的，就是要**引你出洞，好去害你的家人**，上泉信之心腸狠毒，對你當年沒有帶他衝出重圍，害他當了俘虜之事一直耿耿於懷，於是想要借機找你復仇。」

柳生雄霸咬牙切齒地道：「你說得一點不錯，我出山後才知道，這個什麼丸目長空的人根本不存在，那封信是假的，是上泉信之偽造了我弟弟的信，又收買了我們柳生家的一個叛徒，把信傳給了我。我出山三個月，到了島津藩後才知道根本沒有什麼丸目長空，這才意識到不好，等我回富士山的時候，卻看到雪姬還有我的孩子……全死了！上泉信之這狗東西留下字跡，說是他做的，叫我有本事來中原向他尋仇，他的字我認得，不會有假。」

說到這裡，柳生雄霸雙目盡赤，平時穩如泰山的他，這會兒身體在微微發抖，可見他是多麼憤怒與激動。

李滄行默然，過了好一會兒，才輕嘆了口氣：「是我害了柳生君。」

柳生雄霸一愣：「什麼意思？我們東洋的事與你有什麼關係？」

李滄行道：「聽柳生君所說，你是不是在離家前接到了我向你求援的信件？」

柳生雄霸點了點頭：「不錯，比那假信早了一個多月，當時我還沒有下定決心要不要去幫你，如果要來中原的話，我想把妻兒也帶上，讓他們看看中土的風光，怎麼，難道此事跟你的信有關係？」

李滄行點點頭：「很有可能，我覺得這事沒這麼簡單，上泉信之跟你結仇多年，為何偏偏在這個時候對你下手？恐怕是他們知道了我要找你相助，才以這種方式阻止你與我會合。」

柳生雄霸眼裡像是要噴出火來，拳頭的骨節捏得格格作響：「滄行，你跟這上泉信之又有何仇，他為何要這樣對付你？」

李滄行正色道：「上泉信之當年在汪直手下，我曾經加入過錦衣衛對付汪直，上島促成了汪直和徐海集團的招安之事，可是上泉信之卻被奸臣之子嚴世蕃收買，背叛了汪直，是我幫助汪直把他擒下，所以此人和嚴世蕃跟我有不共戴天之仇，這回我四處尋找幫手，想要開幫建派，只怕他們也是因此，才想提前對你們下手，以阻止我們的合作！」

柳生雄霸聽了，忿忿地說道：「原來如此，哼，不過我也算到了這點，所以沒有走傳統的從九州到寧波的路線，而是從中國地區（日本本島的西部，毛利家的領地）出海，經過朝鮮直接來的蒙古，想來也讓他們對我的伏擊落了個空。」

李滄行歉意地說：「柳生君，是我對不住你，害了你全家。」

柳生雄霸一口酒下肚：「不，滄行，這事不怪你，即使沒有你的信，我們的十年之約也到期了，無論如何，我都會來與你一會的，只恨奸人太過狠毒！我和你的約定仍然不變，這次來中原，我定取上泉信之，用嚴世蕃的人頭以祭奠我的妻兒！」

李滄行點點頭：「得柳生兄之助，何愁大仇不報！」

柳生雄霸沉吟了一下，問道：「剛才那個女人是錦衣衛嗎？我不喜歡錦衣衛，滄行，你怎麼會加入了錦衣衛呢？」

李滄行嘆道：「我是信了陸炳的花言巧語，加上那時痛失所愛，心灰意冷，才會加入錦衣衛的，結果一直給人利用，三年前才徹底醒悟，退出這個組織。」

柳生雄霸追問道：「你心儀的那個女人怎麼了，我看裴文淵只要一提，你就翻臉。」

李滄行露出悵然的表情道：「她是我青梅竹馬的師妹，早已情定此生，那年你我從山谷中出來時，我本想去迎娶她，可等到的卻是她和我師弟成親的消息，我心碎不已，去武當質問她時，卻被她無情拒絕，柳生兄，我愛她有多深，她傷我就有多深，此生我已與她無緣，也不想有人再提起她。」

柳生雄霸聽了道：「現在你的刀法多了一份決絕與狠辣，所以我自認不是你對手，看來你是真的被這個女人傷得不輕啊，不過這樣也好，男人只有放下心中的牽絆，才能成就一番大事，用你們中原的話來說，我們也算是同病相憐了，只是我的妻子已經不在人世，你的女人還活著，如果你真的愛她，做完大事後，可以讓她跟你走。」

李滄行把面前的酒一飲而盡，苦笑道：「當年她拒絕了我，這麼多年過去了，她和我的師弟早已經是夫妻情深，又怎麼可能跟我走！柳生兄，不必安慰我了，接下來還有許多惡戰，我們不能這樣兒女情長。」

柳生雄霸點點頭：「是的，你要做的事情還有許多，接下來，你有什麼計畫和打算？」

李滄行壓低聲音：「柳生，你知道我們的敵人是誰嗎？我想建幫立派又是為了什麼？」

「你在谷底說過，要找魔教復仇，所以嚴世蕃是你的死敵，此外，陸炳也是，對不對？」柳生雄霸猜道。

李滄行正色道：「**我真正要除掉的，是那個坐在皇位上的獨夫民賊！**」

柳生雄霸倒吸一口冷氣，一向鎮定的他也不免為之色變：「你是要謀逆？」

李滄行表情異常嚴肅地道：「柳生兄，這件事我只跟你一個人說，因為我所有的朋友裡，除了裴文淵和我同門兩年外，只有你跟我在谷底那一年是真正交心過，而且你見過我拿斬龍刀的事，那次你幾乎給凍僵，而我最後卻拿到了刀，你可知是什麼原因嗎？」

柳生雄霸目光炯炯地道：「這個問題我也一直想不明白，按說當時我的武功還稍稍高你一點，那個刀靈為什麼會只認你？難道你的身分特殊嗎？」

李滄行道：「不錯，我也是前兩年才知道，我身具大明和蒙古黃金家族的兩代帝王血脈，我的真正身分是前皇帝正德帝的遺腹子，母親則是蒙古公主，就是因為身具龍血，所以斬龍刀中的刀靈才會聽命於我。」

柳生雄霸若有所思：「原來如此，所以你想推翻皇帝，自立為皇嗎？」

李滄行搖搖頭：「不，我興兵只為除暴安良，並非貪圖皇位，只是江湖上盛傳有太祖錦囊，據說只有具龍血的皇室子孫才能打開，憑裡面開國皇帝的遺詔登上皇位。」

柳生雄霸眉頭一皺，疑道：「你們中原人會聽一個死了兩百年的開國皇帝的話？在日本，那些各路大名連自己親爹都能殺，哪會管一個兩百年前的死人，滄行，你可不要太天真了，**面對權力，沒有人會主動放棄的。**」

李滄行笑說：「柳生兄所言極是，我當然不會把希望真的寄託在一紙遺詔身上，不然我直接去取那錦囊便是，還用得著讓大家過來幫忙嗎？奪取天下永遠要靠兵馬錢糧，而不是一紙空文。」

柳生雄霸道：「可就是我們這些人，把所有朋友和弟子全叫過來，加起來也不過千餘人，作為武林門派，這支力量或許不算弱，但要想奪取天下，還是差了許多，你是想通過爭霸武林來擴張自己的勢力嗎？」

李滄行正色道：「不，沒這麼簡單，我剛才說過，不除掉魔教背後的嚴世蕃，我們光是在武林是無法消滅魔教的，**所以我們的目的，不是武林，而是借機掌握軍隊，待時機成熟的時候好起兵奪位！**」

柳生雄霸質疑道：「軍隊哪是這麼好掌握的？我聽說你們大明的軍隊都是世襲軍戶，將領都無法掌兵，平時軍隊的餉銀是由各省的布政使所撥，沒有糧餉，你如何控制軍隊？」

李滄行微微一笑：「我在浙江平定倭寇的時候，與那裡的兩員大將，台州參將戚繼光與寧波參將俞大猷的關係可稱莫逆，若是我帶著這千餘部眾去投效他們，助他們平定倭寇，自然可以拉近關係，時機合適之時，向他們出示太祖錦囊，便可趁機掌控軍隊。」

柳生雄霸思索了一會兒，忍不住又問道：「就算你拉攏了將軍，可他們的士兵會聽這些將軍們的話嗎，部隊的糧餉後勤你又如何解決？」

李滄行很有信心地說道：「俞大猷和戚繼光與別的將領不同，他們的兵不是那種世襲軍戶的衛所兵，而是募來的，幾年征戰下來，早已在軍中豎立極高的威信，只要我能助他們平定倭寇，一定也能讓眾軍心服，到時再打出太祖錦囊這面旗幟，自然是一呼百應。

「至於後勤補給，我想過，現在的海路貿易被倭寇所阻隔，如果我們能成功平定倭寇，打通海上的商路，那麼光是靠海上的商業貿易，每年的進帳就可達上千萬兩白銀，這也是當年汪直、徐海等人能靠打劫來維持那麼龐大的海盜集團的原因。」

柳生雄霸提出疑問道：「難道消滅了倭寇之後，你就可以讓軍隊去獨占那些海外貿易的收入，而不用上交朝廷？任何一個朝廷都不可能允許這種行為吧。」

李滄行老神在在地說：「我可以確定東南的倭亂一定是嚴世蕃在後面搞鬼，

當年殺掉汪直和徐海，就是他的陰謀詭計，現在東南亂了起來，他派在東南的官員卻可以保證朝廷每年的稅銀收入，顯然私底下和那些倭寇有著各種見不得人的交易，一旦平定倭寇，便能查到嚴世蕃勾結倭寇的證據，到時候便可以逼他拿出銀兩來發放軍餉，有了這錢，也可以迅速擴充軍隊，時機成熟後，就可以正式扯旗起事了。」

柳生雄霸聞言道：「看來你已經把一切都算好了，只是你就這麼確定嚴世蕃會這樣輕易地上當嗎？」

李滄行眼中寒芒一閃：**「到時候我們不會是孤軍奮戰，會有人助我們成事的。」**

柳生雄霸雙眼一亮：「你是說陸炳和錦衣衛嗎？」

李滄行搖頭：「陸炳只會忠於皇帝本人，如果他察覺出我的意圖，肯定會出手阻止，我說的助力，是一個叫黑袍的神秘高手，此人也有反心，連嚴世蕃也不知道這點，有他從中暗助，嚴世蕃和陸炳也壞不了我們的事，等到我們力量強大後，就不用擔心受制於任何人了。」

柳生雄霸笑道：「滄行，這麼機密的事，你為什麼要全盤告訴我？」

李滄行收起笑容，道：「因為我知道你不僅武功卓絕，更有軍事天賦，那劉裕的兵書當年你就看完了，以後行軍作戰，攻城掠地，指揮千軍萬馬的事，還需要你多多幫忙啊。」

柳生雄霸地嘆了口氣：「不瞞你說，當年我學那些兵書，還真是存了以後學成兵法，出仕名家之心，只是後來兵書史書看得越多，越是知道位高權重之後反而容易給自己帶來殺身之禍，東洋國內混戰已有百年，遠不是靠打仗能解決的，我柳生家世代不過是劍術名門，如果真的選擇出仕，不論成敗，都有可能給自己的家族帶來殺身之禍，所以越是看這些，雄心壯志越是盡歸塵土，滄行，你沒發現嗎，後來我很少看這些兵書，而是跟你切磋武功更多些。」

「我還以為是你已經看完這些兵書了呢，不過，你對兵書的理解和見識遠在我之上，我既然已經決定起兵除暴，自然就要把這些兵書戰法給用起來，大明的武力虛弱不堪，劉裕可是靠著半個南朝幾乎一統天下的戰神，有他的兵法，以後一定可以勢如破竹。」

柳生雄霸笑問：「滄行，那你考慮過打下天下之後的事嗎，**如果真滅了魔教，殺了嚴世蕃，推翻了昏君後，面對伸手可及的皇位，你真捨得放棄？**」

李滄行回道：「柳生兄，**我起兵不為奪位，只為復仇，同時也是為了天下蒼生**，這些年我越來越明白，昏君在位才會縱容奸臣禍國，所以於國於已，我都要走這條路，至於起兵成功之後的事，現在我還沒有多想，但我自己是不想坐那個位置的，到時候讓正直清廉的大臣們合議，從朱氏宗室中再找一個賢明之主即位吧。」

柳生雄霸哈哈一笑：「滄行，你真的確定要這樣嗎？我可是聽說現在這個昏君，當年也是這樣由重臣們選舉出來的。」

李滄行眼中寒芒一閃：「所以我就算隱退，也必須保留太祖錦囊這樣東西以制約皇權，如果皇帝再像嘉靖這樣胡作為非，為禍蒼生的話，自然還會有正義之士集結義兵，將其推翻的。」

柳生雄霸嘆了口氣：「滄行，你可知道，如果你作為義兵的首領，真的打下了天下，到時候哪可能想退就退？就是你有心走，跟著你起事的手下兄弟們，重臣大將們，又如何安置，他們怎麼可能甘心聽命於一個新皇帝？」

李滄行聳聳肩道：「現在說這些還太早了，到時走一步看一步吧。」

柳生雄霸點點頭，站起身道：「好，我既然從東洋來了，就一定會幫你到底的，趁著裴文淵他們還沒有來，咱們先切磋一下武功吧。」

李滄行笑道：「求之不得。」

第六章

戚家軍

錢廣來道：「由於戚將軍所部戰鬥力強，又紀律嚴明，
所以東南的百姓都稱之為戚家軍，多次在浙江大敗倭寇，
倭寇的散兵游勇近十萬人於是流竄到福建一帶，
如果選擇在福建和浙江建立基業，倒是個不錯的選擇。」

蒼茫大漠，浩翰黃沙，一黑一藍的兩道身影快如閃電，紅色與白色兩團真氣包裹著兩道身影，忽分忽合。

兩人手中的兵刃都帶著風雷之聲，龍吟虎嘯一般，劍刃相交之間，內力激蕩，連空氣也都跟著扭曲變形，所過之處的沙丘上，二人的內力功波炸出一個個的小坑，遠遠看去，彷彿兩團龍捲風在肆虐著這無邊無際的黃沙大漠。

兩團身影倏地相交，隨著一陣暴喝，村正妖刀與斬龍刀連續二十三次相擊，在空中發出片片電光火花，兩人周身外一丈方圓的沙子，如同千百斤的火藥爆炸一般，沖天的沙塵揚得遮雲蔽日，巨大的沙塵暴中，一切都不再看得見。

隨著兩聲長嘯，一黑一藍的兩道身影從沙塵中鑽了出來，各自落在十餘丈外，正是李滄行與柳生雄霸！

二人周身的戰氣漸漸消散，手中的兵刃光芒也慢慢退卻，四目相對良久後，突然不約而同地放聲大笑：「哈哈哈哈，痛快，痛快！」

柳生雄霸把閃著幽幽碧芒的村正妖刀緩緩入鞘，沉聲道：「滄行，你的武功進步許多，看來放下女人，專攻武功的你，果然進步神速，而我沉迷於照顧家人，比你落後了！」

李滄行笑著搖搖頭，把斬龍刀縮到三尺左右，收入鯊皮刀鞘中，道：「妖刀村正果然是人間神兵，也只有你這樣的高手才能駕馭，你的武功比起當年也高了太多，若不是我這些年一直沒放下功夫，剛才只怕已傷在你的天風神取刃月斬之下了。」

柳生雄霸看著衣服上被劃開的一道道口子，不禁說道：「滄行，你這護身的硬功怎麼會如此厲害，竟然我的刀氣也傷不得你半分？」

李滄行解釋：「這叫十三太保橫練，是錦衣衛的看家護體神功，陸炳為了向我示好，將此功傳給我，得此神功保護，我這些年多次死裡逃生。」

柳生雄霸驚嘆道：「東洋刀法過剛易折，雖然講究無堅不摧的霸道攻擊力，卻忽視了對自身的防護，一旦碰到你這樣攻守絕頂的高手，最後是傷不了你的，三百招以內跟你打，我會占上風，一千招時是平手，到三千招時，我必敗無疑，就是差了這點持久力。」

李滄行思索道：「你的刀法對內力的消耗過大，而且我隱隱感覺得到，你這把妖刀過於邪門，初次和你對陣時，那股陰邪之氣讓我很不適應，若不是我練了十三太保橫練，周身肌肉堅硬如鐵，否則早被邪風入體，脫力而敗了。」

柳生雄霸沉聲道：「所以比試前我就說過，一旦覺得不適，叫你馬上出聲喊停，這妖刀極為邪門，我初拿時也幾乎控制不住，刀中的怨靈非常可怕，每隔一段時間就要痛飲人血才行，所以我即使是在山中修煉，也是每隔月餘就得出山斬殺一些盜賊惡黨，一方面為民除害，另一方面也算是餵養刀中怨靈，不然這刀便會反噬自身。」

李滄行想到莫邪劍裡的那個劍靈，感慨道：「神兵利刃中都有些上古邪靈之類的東西，還好我這斬龍刀只喜龍血，我只需要瀝些血上去，就可以安定此刀。不過柳生，若是殺不到人的話，你這刀會怎麼樣？真的會像傳說中的，控制你的心智，讓你變成殺人魔王嗎？」

柳生雄霸劍眉一挑：「我不會讓這種情況發生的，若是沒有惡人可斬，我也會滴血餵飽刀中怨靈的，絕不會讓他控制我的心神，出來害人；而且東洋的刀法你也知道，除了和你切磋，是刀直接出鞘外，一般都是刀在鞘中，從出刀到回鞘也就是一招殺人，只要不成天露在外面，這刀就會安分許多。」

李滄行突然想到了什麼，眉頭一皺：「柳生，你有沒有聽過什麼終極魔功？」

柳生雄霸嘴裡念叨了幾遍，雙眼一亮：「可是你們中原武林中失傳許久的那個邪惡魔功？」

李滄行點點頭：「不錯，那個神秘的黑袍，還有嚴世蕃師徒二人，都會這門邪術，打起來也會像你的這把妖刀村正一樣，會讓人感覺到邪氣入體，打著打著就內力運轉困難，甚至連血液都像要凝固住一樣。」

柳生雄霸道：「這把妖刀村正乃是因為刀中的怨靈和殺人無數後吸取的鬼氣，造成這種冰冷刺骨的寒意，與那終極魔功不一樣，不過如果有人的武功能練到以自身功力就做到這妖刀村正的效果，甚至更強，那實在是高手中的高手，我很好奇此等邪功如何能練成。」

「聽說練此邪功的方法極不人道，需要用採補之術取少女天葵之血，還有各種邪術輔佐才行。」

說到這裡，他不禁想到了鳳舞。

柳生雄霸臉上立時露出厭惡的表情，不屑地道：「真是活著的魔鬼，該斬盡殺絕。」

二人說話時，遠處一陣馬蹄聲起，聽起來足有數百騎絕塵而來，李滄行笑道：「不憂回來了，想不到他能帶來這麼多人。」

柳生雄霸看著平安客棧周邊臨時紮起的數百個帳篷，以及營地外幾十匹一組的馬匹和駱駝，微微一笑：「這麼說，明天就可以出發了吧。」

李滄行長出一口氣，仰頭看了看天上的太陽：「是啊，該上路了。」

月色下的大漠，夜涼如水，鐵震天一身黑色勁裝，坐在一個沙丘上。

白天被曬得滾燙的沙子，這會兒卻是寒冷如冰，年近七旬的鐵震天卻是毫不為意，獨坐荒丘，抽著大煙袋，隨著嘴裡一個個煙圈的吐出，似乎在述說著這位老英雄心中的愁苦。

不知什麼時候，李滄行坐到鐵震天的身邊，手裡拿著一件羊皮襖子：「老鐵，沙漠裡夜涼，您還是披上吧。」

鐵震天放下嘴裡的煙槍，臉上顯出一絲不悅：「滄行，你是不是覺得我老了，不中用了，晚上出來還得披大衣才行？」

李滄行笑道：「不，只不過沒必要為了證明自己，刻意地讓自己冒著受涼的風險，您看我，正值壯年，不也一身羊皮襖子麼。」

鐵震天哈哈一笑，接過了羊皮襖子，套在身上，嘆了口氣：「滄行，當年你和那個鳳舞一起救過我們鐵家莊，我還以為你們是一對愛侶，想不到……」

李滄行阻止道：「老鐵，往事不要再提，當年我受陸炳的欺騙，錯入錦衣衛，鳳舞是他用來圈住我的工具罷了，對我不過是虛情假意。」

鐵震天搖搖頭：「不，滄行，你聽我一句話，鐵某縱橫江湖數十年，少年時也有過不少紅顏知己，一個女人是不是愛一個男人，我這眼睛還沒瞎，鳳舞對你分明是真情實意，你們怎會走到這一步？」

李滄行眼中露出一絲落寞：「老鐵，也許鳳舞對我是真心的，但她仍是要聽命於她的父親，而陸炳則是不擇手段的冷血動物。不談她了。你說屈彩鳳加入了魔教，可是事實？」

鐵震天哼了聲：「這還能有假?!當年白蓮教、英雄門、巫山派和魔教聯手攻我鐵家莊，殺我數百莊客，若不是你全力相救，我鐵家莊早就完了，幾個敵方首腦人物中，趙全已死，英雄門這幫韃子的帳以後我再慢慢算，至於巫山派的屈彩鳳，當年攻我鐵家莊的也有她的人，雖然她沒有直接現身，但我不會跟她這麼輕易了結的。

「前些年聽說她巫山派被滅，我本來還以為無緣報仇了，哼，天不負我，讓我知道了她身在天山，本想去找她報仇，想不到魔教內亂之後，冷天雄親自遠赴天山，邀請屈彩鳳加入魔教，那賊婆娘也就加入了，不過她是易容改扮，外人都不知道此事，當時我是在那賊婆娘的山洞之外聽到的，千真萬確。」

李滄行心下一沉，**他很清楚屈彩鳳絕不可能和嚴世蕃重歸於好，加入魔教恐怕只有一個可能，就是想隱姓埋名，接近嚴世蕃，以報大仇**。而冷天雄明知屈彩鳳和嚴世蕃的血海深仇，卻答應讓她改換身分加入魔教，不知是何用意。

李滄行為屈彩鳳辯護道：「老鐵，其實屈姑娘當年也是給人利用，受人矇騙，才會去跟著一起進攻鐵家莊，當她得知事情真相後，便毅然退出，與嚴世蕃那個奸賊反目成仇了，正是因此，巫山派才會被滅。」

鐵震天吃驚地道：「怎麼會這樣？滅巫山派的不是伏魔盟嗎？而且，如果屈彩鳳跟魔教和嚴世蕃結了仇，又怎麼可能同意加入魔教？」

李滄行叮囑道：「老鐵，有關屈姑娘加入魔教之事，千萬不要對別人提及，這事關她的性命，我在錦衣衛和屈彩鳳打過多年交道，對她的事再清楚不過，當年滅巫山派的行為是嚴世蕃一手策劃，參與的絕不止是伏魔盟，還有洞庭幫，魔教和嚴世蕃的親衛隊也隱藏在暗處，所以屈彩鳳真正的大仇人是嚴世蕃，她加入魔教一定是有自己的目的，這點我還要想辦法與她接上頭後問明白。」

鐵震天沉吟了一下，點頭道：「滄行，我信得過你，你說屈彩鳳是好人，那我就不會再向她尋仇，反正巫山派也完蛋了，當年參與滅我莊的人只怕也早已不在人世。如果不是你，我的鐵家莊早完蛋了，所以你要做什麼，我鐵震天一定會誓死相助。說吧，接下來要我們做什麼？」

李滄行微微一笑：「老鐵，**有沒有興趣和我們一起去東南打倭寇？**」

平安客棧外的一處臨時的營地裡。

不憂正在一間單獨的營帳裡雙眼微閉，不停地敲著木魚，夜風呼嘯，吹得他的帳門幕布不停地搖晃，小桌上的燈火也隨著透進來的冷風，不停搖晃著。

不憂緩緩地睜開了眼睛，也不回頭，淡淡地說道：「滄行，既然來了，何不進來坐坐？」

幕布一掀，李滄行拎著兩罈酒走了進來，在不憂身邊盤膝坐下，打開一個酒罈的封泥，「七月火」的香氣盈滿整個帳內。

不憂微微一笑：「滄行，你要貧僧破酒戒麼？」

李滄行笑著搖搖頭，看不憂頭上已經長出一層細細絨毛，嘆道：「寶相寺之難，並非是你的責任，你已經盡力了，用不著如此內疚。」

不憂的眼中透出一抹憂傷的神色，轉瞬即逝：「滄行，你不知道，看著自己多年的師兄弟、師叔、師父，一個個死在自己的面前，卻無力去救，那是多大的痛苦！而我現在卻只能忍辱偷生，若不是得你相助，只怕我此生連向魔教復仇的機會也沒有。」

李滄行拍拍不憂的肩膀：「其實寶相寺之難，還是要怪令師，若不是他鬼迷心竅，不入正道，企圖結交魔教冷天雄，助他奪那武林盟主之位，引狼入室，又怎會有此一劫，冷天雄一向有吞併武林之心，又怎麼可能助他人當上武林盟主？」

不憂咬牙切齒地說道：「師門之仇，不可不報，當年一我師叔也曾力勸，奈何先師一意孤行，滄行，這次你一說可以向魔教復仇，我馬上就來了，這回也找了三百餘名散落各處的師兄弟，大家都會聽你的，你說吧，怎麼跟魔教幹？」

李滄行笑著打開了另一罈酒的封泥：「邊喝邊聊。」

月朗星稀，大漠中一片寧謐，平安客棧西邊的一處荒漠中，幾峰駱駝安靜地趴在沙地上，**一個白衣勝雪，丰神俊朗的中年公子，可不正是那曾經的奔馬山莊莊主，甘州大俠歐陽可！**

此刻他正吹著一支玉笛，笛聲悠揚宛轉，卻飽含著一股難言的怨憤之情，另一名紅衣飄飄的絕色女子，面帶憂傷，大大的眼睛裡淚光閃閃，正聽著這位公子吹笛。

不知何時，李滄行站到這對玉人的身後，靜靜地聽著歐陽可吹完了這曲「怨楊柳」。

歐陽可沒有回頭，輕輕地開口道：「滄行，你知道嗎，知道你曾經加入過錦衣衛，我差點想要殺了你。」

李滄行輕嘆道：「歐陽兄，在信上來不及說得太清楚，所以今夜我需要向你解釋一下此事的始末，也希望你能理解我。」

歐陽可擺擺手，轉過頭來，將玉笛插進腰際：「不用，陸炳極善蠱惑人心，做任何壞事都能擺出一大堆家國大義的道理，對於這點，念慈最清楚不過，你心存俠義，又一心想要報國，上他的當是早晚的事。」

李滄行看著王念慈那張如花的容顏，十年不見，當年的婀娜少女已經變成成熟的少婦，可是依然眉目如畫，甚至比起以前更多了一分風韻，道：「嫂夫人以前在錦衣衛的代號可是叫朱雀？」

王念慈點點頭：「難為這麼多年過去了，你還記得我以前的代號。」

李滄行問：「當年你在錦衣衛時，可曾聽說過一個代號叫鳳舞的殺手？」

王念慈嬌軀微微一震：「鳳舞？你怎麼會認識她？」

李滄行眼中寒芒一閃：「她當年跟你們一起參與了青山綠水計畫嗎？」

王念慈點點頭：「這個女人在我們所有打入各派臥底的人中，是武功最高的一個，而且，我們都是在一起訓練，彼此間也算熟悉，雖然戴著面具，但相互間也要切磋武功，這個鳳舞，卻好像是從另外一個途徑培養出來的，而且此人的去處相當機密，就連我也不知道。」

李滄行心中一動，他沒有想到鳳舞居然也加入了青山綠水計畫，沉聲問道：「這個鳳舞也到別派臥底過嗎？」

王念慈道：「這是一定的，青山綠水計畫的所有成員，每年的九月十三，都要設法在陸炳安排的某個地方碰頭，一方面向陸炳彙報各派動向，另一方面，成員間也要看看各自的武功進展到何種程度，從我十四歲時就每年參加這個密會，但從來沒有見過這個鳳舞出手過，而且她也從不當著我們這些人的面向陸炳彙報。」

李滄行聽了，問道：「王姑娘以前是臥底何派？峨嵋還是華山？」

王念慈嘴邊梨窩一現：「我是在衡山派，那天是接到陸炳的指令，扮成峨嵋門人去引林鳳仙出來的。」

李滄行納悶地說：「峨嵋派明明有陸炳的臥底畫眉，為何陸炳不讓那畫眉做這件事呢？」

王念慈解釋道：「李大哥有所不知，畫眉在峨嵋的地位頗高，雖然我不知道她的真名實姓，但是峨嵋派那次精英盡出，可能畫眉不方便走動，而我不過是一個中級弟子，出來相對方便些，加上我精於易容術，所以扮成峨嵋道姑自然是駕輕就熟。」

李滄行哼聲道：「該死的陸炳，還騙我說鳳舞是在我加入錦衣衛後才出來和我一起執行任務，原來這個女人早就是他打入各派的棋子了，我真是給他們父女騙得好慘。」

歐陽可臉色一變，驚道：「滄行，你說什麼，他們是父女？」

李滄行點點頭：「是啊，而且鳳舞還曾經嫁給嚴世蕃，後來因受不了才離開嚴世蕃，陸炳便讓她來接近我，控制我。」

歐陽可嘆了口氣：「滄行，錦衣衛於我有滅莊大仇，現在你不在錦衣衛了，以後若是我要向陸炳父女尋仇，你會助我嗎？」

李滄行道：「歐陽兄，今天我來，就是要告訴你一件大事，當年滅奔馬山莊的，並非錦衣衛。」

歐陽可一震：「什麼？你可不要為陸炳開脫！達克林都露出了真面目，你也說過陸炳在附近現身，那些殺手的本事和作戰的技巧，與錦衣衛分明無二，又怎麼可能不是陸炳指使的？」

李滄行道：「我和陸炳已反目成仇，犯不著為他說話，不過陸炳和我談及此事時，曾信誓旦旦地說滅奔馬山莊不是他下的令，而是嚴世蕃指使的，參與行動的殺手，除了達克林親自指揮的一些手下外，更多的是東廠爪牙。」

歐陽可咬牙切齒地說道：「我和嚴世蕃並無宿怨，在奔馬山莊公告天下陸炳的青山綠水計畫，要說結仇也是跟陸炳有仇才是，為什麼陸炳不來殺我，反而是嚴世蕃做這事？」

李滄行眼中寒芒一閃：「這正是嚴世蕃的狠毒之處，其實林鳳仙並非被達克林所殺，以達克林的武功，就算暗中突襲，也不一定能殺得了林鳳仙，當時陸炳在場，是想勸林鳳仙不要攻擊伏魔盟的正道聯軍，林鳳仙身上的創口，雖然看著像是幻影無形劍的劍創所致，可傷口無血，應該是另外的厲害高手所為，達克林沒有這麼強的功力，這一點，屈彩鳳心知肚明，所以她才會和錦衣衛繼續合作。」

歐陽可眼中閃過一絲迷茫：「可我畢竟揭了陸炳的老底，他要滅我山莊是順理成章的事，為何嚴世蕃要通過達克林來做這件事？」

李滄行幽幽地道：「那時候陸炳和嚴世蕃並非一夥，陸炳多次為皇帝查探嚴氏一黨貪汙受賄之行，所以嚴世蕃對陸炳恨之入骨，想要扶達克林頂替陸炳的位置，陸炳希望江湖正邪的勢力平衡，不要鬧出太大的亂子，所以採取的多是監控，而非消滅，但嚴世蕃卻希望能借魔教消滅正道各派，一統武林，繼而打擊他在朝中的對手，因此陸炳希望你當年公布他在各派中都有眼線之事，讓各派人人自危，清查內部，好不再互相廝殺，可是嚴世蕃巴不得各派打得天昏地暗，所以才會對你們下手。」

歐陽可眼中殺機一現，一掌擊出，打得兩丈外炸出一個大沙坑，怒道：「好狠的賊人，想不到我這麼多年處心積慮想要報仇，卻連仇人是誰也沒弄清楚。」

王念慈嘆了口氣：「歐陽，李大哥說得對，陸炳確實想要阻止正邪大戰的爆發，他似乎早就知道魔教早有準備，正道聯軍一定會大敗虧輸，聽李大哥這樣一說，真相終於大白，看來以後我們還得向嚴世蕃和魔教尋仇才是。」

李滄行微微一笑：「這次我召集大家過來，就是要做番大事，歐陽兄這些年一直在西域積蓄力量，這次希望你能助我一臂之力。」

歐陽可拍拍胸脯：「只要能滅了嚴世蕃和魔教，刀山火海我也願意去，要我做什麼，滄行你就直說吧！」

「明天，**咱們出發去江南！**」

平安客棧內的一間小屋裡，劈哩啪啦的算盤聲不絕於耳，錢廣來胖胖的手指正在一把金算盤上不停地撥來撥去，嘴裡還念念有詞，長鬚飄飄的裴文淵則在一邊埋頭看著一本《易經》，他抬起頭，抱怨道：「你這胖子，就一刻不能消停嗎？」

錢廣來臉上的肥肉跳了跳：「算命的，你沒聽說過**浪費別人的時間就是謀財害命嗎？**我一眨眼幾萬兩銀子的生意，就跟你說這幾句話，可能都要虧幾百兩銀子，你賠得起麼！」

裴文淵無奈地道：「你這死胖子奸商，若真的那麼喜歡錢，又怎麼會遠隔千山萬水地跑到這大漠之外？不跟你開玩笑了，滄行既然要開幫立派，銀錢又歸你管，你這丐幫弟子的身分怎麼辦？你師父知道之後會不會不爽？」

錢廣來哈哈一笑：「算命的，你是真不知道還是假不知道？我可不算是丐幫的正式弟子，只不過認了個丐幫幫主的師父罷了，所以我想加入哪個門派，都是我的自由！當然，這回來幫滄行的忙，也是師父點了頭的，丐幫被朝廷監控得厲害，有些事情不能放開手腳大做，要是滄行能成立一個專門對付奸黨的組織，那自然是正中師父的下懷。」

裴文淵忍不住道：「那什麼時候能轉攻黃山三清觀，殺盡火練子這些叛徒，為我師父報仇？」

李滄行的聲音從門外傳了進來：「文淵，現在三清觀還動不得。」

隨著一聲木門轉動的聲音，李滄行高大挺拔的身形閃了進來。

裴文淵嘆了口氣，拿起手邊的酒，自顧地灌了一大口。

李滄行安撫道：「文淵，我知道這些年來，你的復仇之心一刻也沒有停過，只是現在還不是攻擊三清觀，為教主報仇的時候。」

裴文淵呷了一大口酒，臉色有些發紅，他放下酒罈子，道：「滄行，陸炳和嚴世蕃這個奸賊勾結，為禍武林，你我親耳聽到他自己承認是他害了師父，奪了三清觀，這仇難道不報了嗎？」

李滄行想到當年雲涯子的死，心裡亦是一陣刺痛，他拿過酒罈，灌了一口，燒刀子的烈性讓他的腹中如同火燒，他恨恨地說道：「火松子、火練子這兩個叛徒，我一定要親手殺了他們，但是，文淵，冤有頭，債有主，陸炳雖然指使火練子篡奪三清觀，可是殺害教主的真凶，卻並非陸炳。」

裴文淵微微一愣：「此話何解？」

李滄行道：「火練子確實是陸炳派出的內鬼，而火松子卻是交友不慎，與魔教妖人傅見智勾結，誤入歧途，這是你我知道的。」

裴文淵說：「不錯，火松子用來毒死師父的那本書，難道不是陸炳給的嗎？」

李滄行搖頭：「文淵，那書是魔教教主冷天雄做的手腳，通過傅見智轉給火松子，與陸炳並沒有關係，只不過陸炳知道火松子會在我們回山之際有所行動，才故意隱藏於後，等師父中毒之後再讓火練子出來收拾殘局，趁勢占了三清觀罷了。」

裴文淵咬牙切齒地說道：「就算殺師之仇不能算在陸炳頭上，可奪派之恨總不會冤枉了他，這麼多年，三清觀成了錦衣衛一處秘密的據點，歷代祖師創下的基業，你難道不想奪回來嗎？」

李滄行嚴肅地說：「當年我被逐出武當後，是教主第一個收留我，於情於義，我都有奪回三清觀，幫你恢復師門的義務，只是，我們的組織初創，還不是與錦衣衛全面翻臉開戰的時候。」

錢廣來哈哈一笑：「滄行說得對，一旦你李滄行這三個字的名頭打出去，只怕會成為天下魔道，甚至正道的公敵，伏魔盟會因為紫光道長的死，和當年你被逐出武當的事對你敬而遠之，魔教和英雄門則會成為你的死敵，就是這幾年在江湖上勢頭極盛的洞庭幫和關外神農教，也會對你虎視眈眈。

「我師父說，雖然他內心極想助你一臂之力，但現在丐幫立場很微妙，這幾年迅速地擴張實力和地盤，內部也是泥沙俱下，貿然與我們合作的話，怕反而會出事，所以只能暗中派我來幫你的忙，我也同意你的看法，初建門派，不宜樹敵過多，錦衣衛實力雄厚，挑他們作為首要對手，並不明智。」

裴文淵恨恨地一拍桌子：「也罷，就讓赤練子再逍遙個幾年，滄行，咱們先把幫派建立起來，這回你能找到這麼多厲害的幫手，實在出乎我的意料之外，咱們幾個在武林都算是響噹噹的頂尖高手，弟子加起來也足有上千，加上有錢胖子的巨額財產相助，立派不是問題，現在只要找魔教或者是英雄門打幾個勝仗，一方面能復仇，另一方面也能吸引天下豪傑加入。」

錢廣來附和道：「不錯，我雖然能拿出個三四百萬兩銀子，但門派新建，開銷也少不了，必須要奪取一些大派的分舵，或者儘快取得幾個省的商旅通行權，不然我們無法養活這麼多的兄弟。」

李滄行搖搖頭：「我有一個更好的辦法，既不用四處樹敵，又能讓兄弟們有個去處，更有穩定的收入，慢慢發展個一兩年，我們就能壯大了。」

錢廣來不解地說：「大明兩京一十三省，所有的商賈通行都給各大門派把持著，就連丐幫，也一直在搶這個商路的保護費，每一個分舵都要用鮮血與生命打出來。你說的這種好事，又有哪裡會有？」

李滄行微微一笑：「**去東南，從軍報國，打倭寇！**」

裴文淵和錢廣來皆是吃驚地張大了嘴，半天說不出話來，良久才反應過來：

「滄行，你腦子沒有壞掉吧，我們江湖漢子，最不待見的就是投身官府，成為鷹犬！這次來投奔你的都是些熱血男兒，更是恥於與官府為伍，若是求榮華富貴，早就進錦衣衛了，至不濟也會去當個捕快，入那六扇門，他們連當官差都不願意當，又怎麼可能去當個大頭兵呢？」

錢廣來臉上的笑容也消失不見，皺眉道：「滄行，這件事你可得想好了，好男不當兵，好鐵不打釘，更何況這些身具異能的江湖漢子，大家來投奔的是名滿天下的大俠李滄行，你要是讓他們去當兵，只怕不會剩下幾個人了。」

李滄行認真地說道：「所以要由你們幾個兄弟來作好說服他們的工作，平倭抗倭不是普通的從軍當兵，而是外禦賊寇，保衛國家，內擊叛賊，消滅魔教勢力的壯舉。」

裴文淵奇道：「難不成倭寇跟嚴世蕃和魔教也有關係？」

李滄行看著錢廣來，微微一笑：「胖子，還記得我們兄弟在南京城聯手大戰倭寇的事嗎？」

錢廣來哈哈一笑：「這事我一輩子都不會忘，對了，那時和你比武的，不就是那個柳生雄霸嗎？這回見到他時，我吃了一驚，你什麼時候跟他扯上關係了？」

李滄行不好意思地說：「跟柳生從山谷爬出來後，就聽到我師妹和師弟要大婚的消息，我氣炸了，就衝到武當，路上巧遇文淵。」

錢廣來笑了笑：「這事算命的這幾天都和我說過了。對了，沐蘭湘是怎麼回事，她怎麼突然就變心了？」

裴文淵恨恨地說道：「胖子，別刺激滄行了，我都氣得想打那賤人，以前跟滄行好的那個可叫山盟海誓，轉眼間就投入別人的懷抱，女人都不可信，還是兄弟來得可靠。」

李滄行瀟灑地說：「不說她了，男子漢大丈夫執著於兒女私情，實在是虛度光陰，我說過，以後我生命的目的和重心，都會放在大業上，不會再糾結於兒女情長。」

裴文淵聽了道：「不錯，這才不負你的這一身絕世武功和過人智慧，只是，你既然恢復了本名，那麼與武當的關係如何處理？以後你準備如何面對你昔日的師弟和師妹？」

李滄行雙目精光閃閃：「這也是我要找你們商量的一件事，我是天狼這件事，目前除了陸炳少數幾個人外，就只有你們這幾位兄弟知道，前來投奔的各路兄弟並不知我身分，所以我想請你們幫我個忙，繼續隱瞞我身分一段時間，等到我們完成了抗倭之舉，在東南站穩腳跟後，再向天下公布此事。」

錢廣來為難地說：「你要我們投軍報國，加入官軍，這個工作確實不好做，我帶來的都是丐幫兄弟，一向痛恨官府，前些年南少林的僧兵幾次平倭，損失慘重，卻不得官府的承認，也寒了大家的心。」

李滄行臉上現出堅毅的神色：

「之所以要去東南，原因有二，一是整個天下勢力的分布，北六省基本上都是少林或者丐幫，華山派的勢力範圍，不過隨著接下來英雄門的大舉進入，只怕這裡也會戰火紛飛，不復安定，加上北方各省向來被朝廷監控得很嚴，商業又不算發達，在此開宗立派，並非易事。

「而南方各省自從巫山派覆滅後，西南的雲南，貴州與廣東廣西四省已經成了魔教的勢力範圍，洞庭幫和武當則占了湖廣省，四川省則是峨嵋和魔教在激烈爭奪中，江西省隨著三清觀落入陸炳的控制，以及寶相寺的覆滅，算是錦衣衛和魔教的勢力範圍，福建省則有南少林，剩下的南直隸、浙江二省，則因為倭亂而沒有明確的江湖勢力進入，我們能爭奪的，也就是這兩個地方了，所以只有借著平定倭寇，我們才能在這兩省站住腳跟，以後通過發達的海上貿易來維持我們的收入。」

錢廣來連連點頭，他自己便是個生意人，對於做生意一途極為敏感，道：「朝廷的賦稅，有一半都出自於東南，這兩個省能頂得其他十個省，就是我的錢家商鋪，雖然開在北方，可是每年最多的收入來源卻是在浙江，絲綢和茶葉的生意，便占了錢家商鋪的七成，若不是倭寇鬧得厲害，我們每年的生意還能做得更大。滄行，難道你帶我們投軍，是想在消滅倭寇之後獨占東南的絲綢貿易嗎？」

李滄行點點頭：「二位可能有所不知，當年我在錦衣衛時，曾經在東南一帶出生入死，為分化瓦解汪直徐海的集團做了不少事，甚至可以說，汪直和徐海這兩個巨盜最後接受招安，也是我一手促成，只不過沒想到胡宗憲最後背信棄義，殺了已經投降的汪徐二人，弄得東南的倭寇復叛，戰火重燃。」

裴文淵嘆了口氣：「朝堂黑暗，豺狼當道，這你又不是不知道，我聽說胡宗憲算是個好官了，竟也難免於此，應該是他背後的嚴嵩父子給他施加了更大的壓力吧？陸炳作為錦衣衛的總指揮使，肯定容不下汪直和徐海這兩個公然反叛朝廷的人，滄行，你離開錦衣衛，就是在這件事上看透了陸炳的為人嗎？」

李滄行想起往事，神色黯然地說：「文淵兄說對了一半，我進入錦衣衛後，曾經很信任陸炳，真以為他是為了國事而奔走，哪知我出生入死，把汪直和徐海招安了之後，卻發現他為了保自己的官位，和嚴世蕃又勾結在一起，不但害死汪直和徐海夫婦，還滅了巫山派，我不願意與這樣的小人繼續共事，就退出了錦衣衛。」

裴文淵眉頭一皺：「屈彩鳳一直是你的仇人，陸炳消滅他們，你應該高興才是，怎麼會為此事和他反目呢？」

李滄行澄清道：「屈彩鳳並非壞人，落月峽攻擊正道聯軍的決定，是她的師父早就做出的，那些年巫山派與伏魔盟互相攻擊，各有損傷，也算是冤冤相報，而屈姑娘其實是個深明大義的女中豪傑，我加入錦衣衛後做的第一件事，就是大破白蓮教，因此和屈姑娘盡釋前嫌，她認清了嚴世蕃的真面目後，便毅然與嚴黨一刀兩斷，還助我多次，不惜與嚴世蕃正面衝突，巫山派會被滅也正是因此。」

錢廣來驚道：「巫山派不是被伏魔盟消滅的嗎，怎麼又和嚴世蕃有關？」

李滄行娓娓道來巫山派滅門一事，只隱瞞了自己身世這一節，聽得裴文淵和錢廣來臉上不停地變換顏色，那一幕幕驚心動魄和背後的巨大陰謀，讓縱橫江湖多年、見多識廣的兩人也唏噓不已。

裴文淵長嘆了口氣：「滄行，可真是難為你了，想不到江湖平靜的水面下，竟然有這麼多激湧的暗流，還有這麼多陰謀，怪不得你這回不找那些名門正派幫忙，原來你已經看清了這些正派不可信啊。」

李滄行寒聲道：「伏魔盟各派背後都是依靠朝中的那些清流派大臣，這些官員們考慮的只是如何保有自己的官位，或者找機會往上爬，跟陸炳這樣的人是一路貨色，**那些所謂的名門正派，早已跟這些朝臣們結為一體**，只聽他們的命令行事，所以不能把希望寄託在他們身上。」

錢廣來不禁問道：「嚴世蕃師徒二人，尤其是那個神秘的黑袍，既然已經知道了你的身分，這三年來卻一直沒有找你的麻煩，又是為了什麼？」

李滄行道：「那個黑袍如果真是如他所說的建文帝後人的話，那他想要的就是天下，這點和他徒弟嚴世蕃是衝突的，所以他寧可找我合作，我乾脆將計就計，爭取三年時間在大漠中經營，累積實力，我想，他很快就會來找我了。」

裴文淵道：「滄行，你真的準備和這個亂臣賊子合作，圖謀天下嗎？」

李滄行早就打定主意，起兵之事只向柳生雄霸一人透露，暫時對其他兄弟保密，於是笑了笑：「**圖謀天下的不是我，而是那個黑袍，我跟他的合作只不過是互相利用罷了**，一方面他能幫我暫時控制住嚴世蕃，這幾年嚴世蕃沒有對我下手就是明證；另一方面，我現在的力量還無法與他對抗，如果不和他合作，只會是死路一條。從幾年前我就明白了一個道理，光是心懷一腔俠義熱血，卻沒有足夠對抗邪惡的力量，最後也只是一場空罷了。」

裴文淵聞言道：「可是我們到東南從軍，他就不會起疑心嗎？這樣對他能有什麼好處？」

李滄行微微一笑：「去東南從軍，有一個光明正大的理由，就是現在浙直總督胡宗憲為了打擊倭寇，正四處招募武林人士從軍，我們若是消滅了倭寇，就能爭取東南的貿易，為以後起事累積大量的錢財，也順便可以拉攏跟著起事的將領，他沒有理由反對。」

錢廣來質疑說：「只是胡宗憲也跟陸炳一樣，關鍵時候會掉鏈子，當年他和陸炳一起背信棄義，殺了汪直和徐海，你既然不願意跟陸炳合作，為何又要找上胡宗憲？就不怕他再黑你一次嗎？」

李滄行釋疑道：「不一樣，陸炳不是浙直總督，他沒有必須要消滅倭寇的義務，而胡宗憲不同，他有皇命在身，在浙江就是為了消滅倭寇的，倭寇屢次無法消滅，反而越鬧越大，皇帝已經對他有所不滿了，胡宗憲為了保住總督位置，還曾找白鹿和靈龜進獻給皇帝，皇帝看到東西很高興，所以才暫時沒對他動手，因此，他不敢有所懈怠，在民間廣徵高手，以對付倭寇。」

裴文淵聽了，忍不住問道：「我聽說胡宗憲這些年來不惜重金，招募和訓練了不少新軍，那些將領如戚繼光、俞大猷等人皆非庸才，怎麼就對付不了這區區倭寇呢？」

李滄行嘆道：「倭寇厲害之處，不在打仗有多凶狠，而是其高速的機動力，大明的水軍遠不如倭寇的戰艦輕快便捷，而要訓練出一支強大的水師，不是光靠砸錢就可以成功的，好比上岸的倭寇洗劫城鎮，碰到大明官軍打不過就上船逃跑，戚將軍招募的義烏兵戰鬥力很強，如果跟倭寇正面作戰沒有問題，但他們都是步兵，兩條腿比不上掛著風帆的快船，追不上倭寇，就只能望洋興嘆了。」

錢廣來頻頻點頭道：「你說得不錯，哦，對了，由於戚將軍所部戰鬥力強，又紀律嚴明，所以東南的百姓都稱之為戚家軍，多次在浙江大敗倭寇，倭寇的散兵游勇近十萬人於是流竄到福建一帶，福建那裡一向沒有太強的門派存在，如果選擇在福建和浙江建立基業，倒是個不錯的選擇。」

李滄行正待開口，突然臉色一變，一股久違的邪惡氣息若即若離地出現，裴文淵和錢廣來的武功比他差，沒有感覺到氣息，但看到李滄行臉色大變，又收住了話，立即意識到定是有強敵來臨，雙雙摸到自己的兵刃。

李滄行揚聲道：「黑袍，是你嗎？」

一個陰森的蒼老聲音透過夜空，從窗外幽幽地傳了過來，彷彿是來自地府的幽靈所發：「李滄行，三年不見，看來你的武功長進不少，居然在三十丈外就能發現老夫。」

李滄行站起身，對裴文淵和錢廣來說道：「文淵，胖子，我去會會此人，回來再聊。」

裴文淵和錢廣來不約而同地點了點頭：「一切小心！」

李滄行跳出窗口，只見窗外的夜色也變得幽暗起來，若有若無的一絲黑氣籠罩著本該清朗的大地，顯然是那黑袍使出邪術製造了煙幕，不想讓別人發現自己。

淡淡的黑氣間，隱約可以看到幾個陰暗的黑影，向著不同的方向閃動，奇怪的是，這些影子往往跑出不到十丈，就會突然消失，顯然是黑袍再次使出了那幻影分身的本事，有意地要試試李滄行是否能追到自己的真身。

李滄行微微一笑，這三年來，他潛心武學，功力大漲，已經打通了生死玄關，比起三年前，功力提高了不止一個檔次，不僅已經完全可以用天狼真氣來以氣御刀，幾乎以一人之力就可以達到兩儀劍法的威力，聽覺視力亦隨著內力大漲，即使在黑霧中，仍然清楚地看到黑袍的真身，儘管只是淡淡的一絲鬼影，仍是逃不過李滄行的如炬目光。

李滄行雙足一點，轉瞬間兩個起落，就跟影子的距離拉近了三四丈，黑袍似乎對李滄行的武功進展也有些意外，周身騰起一陣黑氣，把自己的身形完全隱藏在黑氣中，幻影分身更是閃出了二十多道，四面八方地到處亂閃。

李滄行冷笑一聲，即使是在這團濃烈的黑氣之中，那個陰暗的鬼影仍然在他的眼裡清清楚楚，任爾多處來，我只一路去，他徑直向著那個鬼影奔了過去，這一當口又接近了七八丈的距離，轉眼間兩人只隔了十二三丈的距離了。

第七章

喚醒狼性

李滄行把心一橫，裝得更加面目猙獰起來：
「這還得多謝你，把我體內成吉思汗的血液再度喚醒，
我是一代天驕，大漠蒼狼的子孫。」
黑袍濃眉一動：「這麼說，還是我喚醒了你的狼性，
讓你變成了一個惡人？」

黑袍一看李滄行已經能完全識破自己的幻影分身，也不再折騰了，黑氣一散，夜色重新變得明朗起來，亂七八糟橫飛的幻影全部消失不見，只有一個瘦長的黑色身影，如流星閃電一般，飛奔在大漠的夜色之中。

李滄行緊緊跟著黑袍的身影，兩人就這樣保持著十二三丈的距離，奔行了十餘里，一直到一處荒漠之中，平安客棧的燈火已經變得星星點點，彷若螢火蟲一般，在這片荒漠中別無人聲，只有淒厲的風聲在兩人的耳邊迴蕩。

黑袍停下了腳步，驚嘆道：「想不到你的武功進步這麼多，真是後生可畏，江湖也好，天下也罷，以後就是你這樣的年輕人的時代了。」

李滄行走到離黑袍三丈左右的距離，確定方圓五十丈內，無論是地面還是地下，再無旁人，笑道：「怎麼，是不是考慮現在下手除了我，免得我以後壞了你的大事？」

黑袍轉過身來，眼角的魚尾紋明顯增多了不少，濃眉上也冒出了幾絲白毛，大概是因為這幾年他四處奔走謀逆之事，容顏也是日漸蒼老，比起李滄行如一輪朝日勃勃上升的狀態，明顯有英雄遲暮之感。

黑袍嘆了口氣：「現在我已經除不掉你了，而且你我既然已經結盟，你便是我的最強助力，天下以後我會傳給你，又怎麼會對你下手呢？」

李滄行哈哈一笑：「那件事離我們太遠了，先說眼前，我已經做到我三年前的承諾，開始建立自己的勢力，想必你已知曉，所以才會此時前來，不知道你那裡準備得如何了？」

黑袍眼中寒芒一閃：「練兵一事正在進行中，那筆起兵的鉅款，五千萬兩銀子我已經備齊，滄行，你當年說會為我引來外援，不知道你和你的娘家蒙古人談得如何了？」

李滄行搖搖頭：「如果我找到蒙古人作外援，還用得著再自己招募江湖朋友作為援手嗎？」

黑袍聲音中透出憤怒：「這麼說，你根本沒有拉到蒙古人作援手？」

李滄行道：「蒙古的情況你不清楚，我舅舅達延汗當年雖然縱橫大漠，但他死後，諸子間混戰不休，這給了俺答汗機會，三十多年下來，他牢牢地掌控了整個大漠，我的那些表哥們也早被他盡數剿滅，**大概我是我們家族唯一存活於世的人了。**」

黑袍道：「正因為此，才需要你以達延汗後人的身分去召集你舅舅的舊部，起兵反抗俺答汗啊，我也會助你一臂之力的。」

李滄行冷笑道：「若是一個失敗的可汗的遺腹子這麼有號召力，隨便振臂一呼就能讓草原上人人回應，你這個建文帝後人還用得著隱姓埋名這麼多年嗎？當年建文帝為什麼不自己出來召集天下起兵擁護自己，而是要東躲西藏呢？我那些表哥活著的時候都打不過俺答汗，我這個在中原多年，草原上毫無根基，來路不明的所謂達延汗後人，就能起兵復仇了？更不用說他只是我舅舅罷了，我娘本就被蒙古人視為叛徒，更不會認我的。」

黑袍示好道：「只要你起兵一搏，我再給你提供錢財和兵員，總有在草原起事成功的可能吧，我聽說草原上的蠻子都見利忘義，只要有足夠的好處，自然會助你一臂之力的。」

李滄行吐嘈道：「黑袍，你的武功固然高絕，但對軍政之事實在是一竅不通，草原上根本不流通我們大明的銀兩，部落間的交易完全是靠著牛羊馬匹，俺答汗本部之所以強大，能控制得了各個僕從部落，就是因為他們掌握著與大明的關市，可以每年從大明這裡弄到草原上無法出產，卻又是生活所需的絹帛布匹，胭脂水粉，鍋碗瓢盆，然後再分給各個部落。

「由於俺答汗本部的軍力強大，所以其他各部莫敢不從，外出征戰的時候，也只能聽他的調令出征。你以為有了幾千萬兩銀子就能收買那些草原部落了？人家需要幾千萬頭牛羊和馬匹，你怎麼給他們提供？」

黑袍的嘴角勾了勾，長嘆一聲：「難不成這些年的謀劃，都要功虧一簣了嗎？」

李滄行搖搖頭：「黑袍，不用心急，我不是招來一堆江湖上的朋友麼，足以成大事。」

黑袍怒道：「不是你親口說的嗎，靠江湖草莽想奪取天下，是成不了事的。」

李滄行正色道：「聚集起江湖朋友只是第一步，我接下來要做的，才是關鍵一步，現在東南的倭亂一直鬧得很凶，浙直總督胡宗憲在招募天下的英雄從軍報國，消滅倭寇，我有意帶大家前往東南投軍。」

黑袍皺眉道：「你到東南要去消滅倭寇？你不知道嚴世蕃正在和他們合作嗎？」

李滄行一直懷疑嚴世蕃和倭寇勾結，只是苦於沒有明確的證據，現在黑袍的話證實了他的猜測。他哈哈一笑：「果然如此，不過黑袍，嚴世蕃並不能助你奪取天下，他就是賺再多錢，也不可能助你登位的，**你說你是選擇我，還是選擇他？」**

黑袍問：「你想獨占海上的貿易嗎？」

黑袍的身分成疑，因此李滄行早就打定主意，**只能利用，絕不可以交心，**於是笑笑說：「當然，這只是一方面罷了，更重要的一點，福建和浙江沒有大的武林門派，我在那裡可以暗中經營自己的勢力，等時機成熟時，便可以拉南洋的佛郎機人和東洋的倭人以為外援。」

黑袍不信地說：「你會拉倭人作外援？別開玩笑了，你不是這樣的人。」

李滄行道：「你沒看到我身邊的那個倭人嗎？這豈不是最好的證明？」

黑袍冷嘲道：「柳生雄霸是怎麼和你搞到一起的，我沒興趣知道，但這個人在東洋並無勢力，更不是一路諸侯，你認識他就代表你會連接倭人的大名了？」

李滄行哈哈一笑：「當年我在招降汪直和徐海時，也沒少跟倭人打交道，你們別以為東洋只有一家島津家，他們不過是在九州一隅的小諸侯而已，柳生雄霸世代劍術世家，可是直接認識統治倭國的幕府將軍，所以我要找的，是這種級別的強援，只不過我若無權無勢，又有什麼本錢與人合作呢？」

黑袍冷笑道：「想當漢奸了？這可一點不像你啊，老夫還是不信。」

李滄行撇清道：「我本就是一半漢人，一半蒙古人，談不上是純正的漢人，再說，大明給過我什麼？我那個死鬼父皇一輩子沒給我娘名分，還害得我流落江湖，而武當一直在打壓我，陸炳也只知利用我，我堅持的善良、仁慈，早在三年前就丟得乾乾淨淨了。你說得對，**只有掌握了權力，才能隨心所欲，實現自己的**

理想，當年成祖朱棣可以借蒙古騎兵奪位，我利用一下倭人和佛郎機人，又有何不可？」

黑袍搖搖頭：「江山易改，本性難移，我太清楚你的為人，你是不可能扔下那些俠義之道的，這次你對英雄門的手段雖然狠辣，仍然沒有趕盡殺絕，說明你做不到血冷心硬。」

李滄行冷冷地道：「英雄門勢力龐大，不是我幾句話就能挑撥俺答汗滅了他們的，現在做的，已經是最好的結果了，而且能在草原上留下對俺答汗心生不滿的赫連霸這個因素，為以後他起兵反叛、我好趁機在蒙古草原上找尋舊部留下火種，如果英雄門南下進入中原武林，也可以大大地牽扯陸炳的力量，為我們在南邊的發展壯大爭取機會。」

黑袍臉色一變：「你當真是這麼想的？」

李滄行那張稜角分明的臉上被月光照著，顯得一片慘白，而他眼中閃出的殺機與狠意，讓人看了不寒而慄，一如他的聲音一樣冰冷刺骨：

「我說過，當我目睹了陸炳和嚴世蕃他們是如何地背信棄義，屠殺巫山派的老弱婦孺，還有已經投降的徐海部眾之後，我所堅持的信念都轟然倒塌了。虎狼當道，世間混濁，想要澄清這個世界，只有具備了足夠強大的力量才行，所以我可以跟任何人合作，只要目標一致，就是朋友，包括你，包括陸炳，包括赫連霸。」

黑袍問：「也包括嚴世蕃和日月教嗎？」

李滄行嘴角勾了勾：「如果目的是為了打倒昏君，暫時聯手也不是不可以考慮，不過，我看是沒這個可能了，東南是我第一個要奪取的地方，那裡也是嚴世蕃不可能放棄的，我少不得要跟你這位高足一較高下，這回你站在哪一方？」

黑袍沒有說話，眼中光芒閃閃，顯然在作利弊的權衡，他被夜風吹拂起的眉毛，也反映出他內心的搖擺，久久，他才握緊拳頭，沉聲道：「李滄行，我再問你一遍，你去東南真的只是為了打通航路，與倭人和佛郎機人相勾連嗎？」

李滄行正色道：「不錯，你也知道，我要推翻那狗皇帝的心，比誰都要強烈，如果不是因為在蒙古這裡找不到外援，我也不會走出這一步的，好在當年我跟汪直和徐海打過交道，也間接跟倭人和佛郎機人有些交情，只要出價合適，想必他們不會拒絕的。」

黑袍失笑道：「出價？你能出什麼價？難不成比嚴世蕃更高嗎？」

李滄行哈哈一笑：「嚴世蕃出的價，無非就是給他們幾個海外的小島，然後每年從進貢給朝廷的一些貢品裡偷偷地分出一部分，給他們作貿易的本錢罷了，對不對？」

黑袍冷冷地說道：「除此之外，嚴世蕃還默許倭人打劫沿海城鎮，讓他們可以擄掠些人口到東洋去。」

李滄行一邊在心裡問候起嚴世蕃的祖宗十八代，一邊面不改色地說道：「這算什麼，我能給出的條件比嚴世蕃慷慨地多，如果他們助我起兵，浙江到福建的沿海城鎮全部開放，允許倭人和佛郎機人自由通商，而且免稅十年。至於他們需要的人口，也好辦，在戰爭中俘虜的明軍，還有那些站在嘉靖帝一方與我們對抗的官吏們的家人，全都送給倭人當奴隸去，這總能讓他們滿意了吧。」

黑袍眼中露出驚疑的神色，嘆了口氣：「想不到你竟然變得這樣狠辣，真是讓我認不出來了，**你還是我所認識的那個李滄行嗎？**」

李滄行把心一橫，裝得更加面目猙獰起來：「這還得多謝你，把我體內成吉思汗的血液再度喚醒，我是一代天驕，大漠蒼狼的子孫，我的血液裡更多的是殺伐果斷，征服半個世界的蒙古大汗的成分。這兩年在草原上，我聽了太多成吉思汗的傳說，只有像他那樣心如鐵石，把跟他作對的部落高過大車輪的人全部殺光，才能永享太平，讓你的敵人對你又恨又怕，卻只能跪倒在你的面前，不敢生出半分對抗與背叛之心。」

黑袍濃眉一動：「這麼說，還是我喚醒了你的狼性，讓你變成了一個惡人？」

李滄行哈哈一笑：「人善被人欺，馬善被人騎，看我李滄行，以前心存那些無用的善心，這個也想保護，那個又不忍違背，到頭來，還不是什麼也保護不了！這幾年我明白了一個道理，只有變強，才能做自己想要做的事情，我之所以這次能大破英雄門，不是因為我比以前更有道理，而是因為我比以前更有力量，這更加堅定了我的想法。

「一旦我們在東南立足成功，你我就可以依原計劃而行，拿出太祖錦囊與建文帝的詔書，起兵推翻嘉靖皇帝，還可以北連蒙古與朝鮮，讓他們從北方出兵牽制，江南本就多同情建文帝的人，一旦我們橫掃南方，站穩了腳跟，便可以像洪武皇帝一樣起兵北伐，一戰而定天下了。」

黑袍一動不動地盯著李滄行，似乎一直在思考他說的話，許久後，才冷冷地說道：「雖然你的氣勢很不錯，但**你還少了一樣最重要的東西。沒有它，你說的這些都是水中花，鏡中月罷了。**」

李滄行「哦」了聲：「什麼東西？」

黑袍眼中冷芒一閃，面上的黑巾無風自飄：「事到如今，你該拿出太祖錦囊了吧。」

李滄行心知黑袍朝思暮想的就是這個，不管說什麼，最後都會扯到太祖錦囊上，因而早就準備好說辭，問道：「黑袍，你的建文帝詔書可曾帶來？」

黑袍哈哈一笑，拿出懷中那卷封皮發白的詔書，在李滄行面前晃了晃：「你上次不是見過了，今天還想再看一次嗎？」

李滄行微微一笑：「不必了，你還真是有備而來啊。」

黑袍濃眉一揚：「為了證明我們之間合作的誠意，你是不是也應該拿出太祖錦囊了？」

李滄行平靜地說道：「這東西我現在還不能拿出來。」

黑袍氣急敗壞地說：「什麼？你到現在還沒取來太祖錦囊？李滄行，你這是在耍我嗎？」

李滄行面不改色地道：「我沒耍你，當時我也沒說三年後就要交出太祖錦囊，只說會幫你聯絡蒙古人罷了，黑袍，是你自己的理解有問題吧。」

黑袍怒道：「好你個李滄行，竟然敢戲耍老夫！沒有太祖錦囊，我在內地也無法起事，光有外援又有何用？你是不是不想合作了，還是一開始就抱著敷衍了事的想法？」

李滄行沉聲道：「黑袍，你我目標一致，都是為了推翻狗皇帝嘉靖，奪取天下，我為什麼要騙你，還要用什麼緩兵之計？難道我召集這上千豪傑，想要到東南自立，只是為了騙你，逗你玩嗎？」

黑袍冷笑一聲：「你也知道老夫的手段，你知道騙了老夫後，老夫不會這麼輕易地饒過你，所以你找這些人自保，再找理由和藉口到東南去經營自己的力量，以後好與我對抗，難道不是嗎？」

李滄行放聲大笑起來，聲音連兩里外都聽得清清楚楚，若不是在這杳無人煙的荒野大漠中，一定會引來周圍的人驚起。

黑袍冷冷地看著李滄行，一言不發。

笑畢，李滄行直視黑袍，一字一頓地說道：「黑袍，你是聰明人，我如果真的有意與你對抗，以我現在的實力，你覺得能那麼容易消滅我嗎？說輕點，兩敗俱傷，說重點，就算你能把打敗我，只怕你刻意隱瞞多年的實力都要暴露於光天化日之下吧，到那時，陸炳、嚴世蕃，甚至中原正邪各派，又有誰能容得下你這個終極魔功的傳人？」

黑袍咬咬牙：「你現在羽翼還沒有完全豐滿，就這樣跟我說話，以後若是實力暴漲，那我還如何制得住你？」

李滄行微微一笑：「黑袍，為什麼你總是在想跟我對抗的事呢，至少有一點

我們是有共同目標的，那就是推翻嘉靖皇帝，你反正已經一把年紀，讓你當幾年的皇帝，過過這把癮，以告慰你的祖先建文帝，倒也無妨，至於我嘛，你不是說以後會傳位給我的嗎？」

黑袍上下打量著李滄行：「怎麼，你現在也對皇位，對權力有興趣了？」

李滄行點點頭：「不錯，想要真正實現自己的理想，只有掌握那至高無上的權力才行，我之所以顛沛流離半生，任人擺布，受人控制，說白了，不就是因為我無權無勢嗎?!這兩年我在蒙古草原上見多了強者為王、弱肉強食的事情，深感以前我的是多麼地可笑和愚蠢，只有自己強大了，才能做自己想要做的事，保護自己想要保護的人。黑袍，我跟你聯手起兵造反，總不可能什麼好處也沒有吧，就是為了跟著我的兄弟們，我也得承擔起這個責任，對不對？」

黑袍嘆了口氣：「想不到你在大漠中流浪幾年，竟能參悟這些道理，早知如此，何必當初啊。」

李滄行眼中冷光一閃：「你什麼意思？**難道我的人生一直由你控制和安排嗎，你到底是誰？**」

黑袍眉毛一揚，笑道：「你的命運完全是自己安排的，除了後來進入錦衣衛被陸炳操縱和控制外，誰又能主宰得了你？」

李滄行「哼」了聲：「你知道就好，我命由我不由天，我李滄行這輩子再也不會受人擺布，被人愚弄了！黑袍，你我以後就是平等的盟友，所以不要對我用發號施令的口氣說話。你手中的建文帝詔書，我暫時沒有興趣，所以也請你不要逼我交出什麼太祖錦囊。」

黑袍沉聲道：「我沒有逼你交出太祖錦囊，只不過一定要錦囊和詔書同時出具才能正式起兵的，你不也說過，要靠這個迅速地在前期積累起起家的部隊，以爭奪天下嗎？」

李滄行點點頭：「不錯，我是說過這話，但我還說過，力量弱小的時候，你就是把這東西拿出來，也不會有人跟著我們造反的，這才有我提出的三個條件，你去訓練軍隊，積累錢財，而我去尋找外援，只有達到這三個條件後，才有起事的本錢。」

黑袍重重地一拍手，大聲道：「現在前兩條我不是已經做到了嗎，你也有意到東南去尋找外援了，情勢一片大好，為什麼還不拿出太祖錦囊來？」

李滄行推脫道：「我還沒有和倭人與西班牙人正式搭上關係，這個外援還不牢靠，而且我們缺少一個足以起事的基地，黑袍，我問你，如果我現在拿出太祖錦囊，你拿出詔書，我們又能去哪裡登高一呼，讓四面八方的人來投奔我們呢？」

黑袍微微一愣，道：「當年太祖起兵淮西，後來定都南京，建文帝也是在南京被朱棣害死的，正是因為朱棣知道自己在江南不得人心，才會滾回北京城去，那裡才是他經營多年的老家，我們若是想起兵，肯定也是要在南方，最好就是在南京城，我在那裡有不少勢力。」

李滄行點點頭：「可是南京城畢竟有數萬軍隊，整個官僚系統都和北京城的一模一樣，當年寧王起兵謀反，南京可沒有站在他這一邊，你一開始就想著在南京揚旗起兵，那是找死，成祖當年能在北京起兵，那是因為他在北京經營了多年，黑袍，你敢說你在南京城可以一呼百應嗎？所以我一直勸你，心急吃不得熱豆腐，沒有實力的時候就急著起兵，只是自尋死路，等到我們有了足夠的實力後，我才會考慮拿太祖錦囊，你放心，錦囊在一個很安全的地方，沒有人可以奪走，我如果想拿，隨時都可以。」

黑袍道：「錦囊的事以後再說，先說起兵的地方，當年寧王想的就是迅速地奪取南京，只要南京一下，那半壁江山可以傳檄而定，你說不能在南京起事，又能在哪裡？」

李滄行哈哈一笑：「要想起事，自然要找天下最恨皇帝的地方，在這種地方才能最快地積累起軍隊，如果這個地方經濟發達，錢糧充足，自然是最好不過，我之所以要去東南，就是因為浙江和福建兩省最符合這個條件。」

黑袍點點頭，語氣中透出一股興奮：「說得再詳細點。」

李滄行正色道：「其一，嘉靖的禁海令奪了沿海上百萬人千年以來的生計，弄得民怨沸騰，又不加以疏導，嚴黨的貪官汙吏還借著內遷沿海百姓的機會大肆搜刮這些人，所以才會有那麼多人下海為盜，汪直只不過是第一個和倭人勾結，引倭人來攻擊沿海的人罷了，如果單純只是有沿海的百姓造反或者只是單純地倭人來襲，是掀不起這麼大的風浪的，**內賊引外寇，這才會造成持續十幾年，到現在愈演愈烈的倭寇之禍**。」

黑袍眉毛一揚：「不錯，確實如此，只不過這些倭寇也只是一盤散沙罷了，你指望這些人起兵？」

李滄行分析道：「如果他們只是一盤散沙，也不會這麼多年屢剿不盡了，這些人跟著汪直和徐海作戰多年，深通軍事，遠非尋常的賊寇，戰鬥力比起大明的衛所兵都要強上許多，而且這幾年，本已穩定下來的東南局勢，因為朝廷的出爾反爾，斬殺汪直和徐海而再次變得戰火紛飛，沿海的百姓想必除了恨極倭寇之外，也對給他們帶來禍事的皇帝深惡痛絕，如果我們能在消滅倭寇之餘，爭取當地百姓的民心，自然就有了最堅定的一批支持者。」

黑袍不以為然地說：「滄行，你想的是不是太天真了，沿海百姓恨皇帝是不假，但是此地募集的軍士，像戚家軍、俞家軍的戰鬥力，也是大明最強的，我雖然不通軍事，但也聽世蕃說過，東南有此強軍，即使北部九邊的勁旅也未必能比，**你在此起事，是不是風險太大了點？**」

李滄行很有自信地道：「這就是我說的第二點了，戚繼光和俞大猷我都接觸過，他們是純粹的軍人，二人所率領的部隊都被人稱為家軍了，勢必引起皇帝的忌憚，他連自己手下的那幫無兵的朝臣都信不過，以前夏言跟邊將曾銑有書信往來都這麼敏感，只怕這二人的部隊在消滅完倭寇之後也會被強制解散。

「東南一帶的強力部隊，也就是這二人所帶的新募士兵，尤其是戚繼光的義烏兵，我親眼見過，確實很厲害，練之也不易，一旦解甲歸田，再想重新組起這樣的部隊，難上加難；而東南的衛所兵根本不堪一擊，幾十個倭寇就能一路打到南京城下，不值一提，所以**我們只需要儘快消滅了倭寇，一方面可以爭取沿海百姓之心，另一方面也能加速戚俞二人的部隊早日解散，一旦東南沒了強兵，我們自然可以站穩腳跟，興兵起義了。**」

黑袍的眉頭舒展開來，道：「可這裡面還是有兩個問題，你說打完倭寇後軍隊都要解散，一來你打了倭寇，又如何再去引倭人為外援？再一個就是你要從軍打倭寇，如果戚繼光的部隊全部解散，你的這些人也會給解散，到時候你還如何起事？」

李滄行笑笑道：「黑袍，你可別忘了，我的這些兄弟們本質上是江湖武人，只不過平倭才臨時加入軍隊當兵，平定倭寇之後，自然便恢復江湖武人的身分，到時候在東南一帶找一處地方開宗立派，以我們在東南平倭時打下的人氣，到時候不愁那些沿海百姓加入，而朝廷一向是巴不得這些人自生自滅，不會阻止我們的。

「至於引倭人為外援，我剛才就說過，要引就引強有力的倭寇大名，甚至是倭人的將軍，而不是島津家這個只縮在九州的小諸侯，那些窮得跟沿海漁民混在一起的戰敗武士和落魄劍客，即使在倭國也不過是最底層罷了，我們真正要找人聯手，也不會找這些窮鬼。」

黑袍長出一口氣：「看來你把一切都想好了，只是這樣一來，你勢必要跟嚴世蕃起正面衝突，世蕃畢竟是我的徒弟，只怕此事我不能助你。」

李滄行搖搖頭：「我能理解你的立場，不過也請你弄清楚一件事，你想要做的大事，嚴世蕃不會幫你，最後跟你站在一起的，只有我！嚴世蕃現在跟倭寇勾結，只不過是為了賺取更多的銀兩，順便給自己安排一條逃往倭國的通道罷了，你若想起事，他是不會幫你的，甚至更可能是去出賣你。」

黑袍眼中寒光一閃：「確實如此，滄行，現在只有你我是盟友，但我實話告訴你，那些倭寇中有不少是我的人，你如果強行消滅倭寇，會對我的人造成很大的傷害；還有一點，我的財源有很大一部分是來自於東南的收入，若是這一塊全歸了你，那我的損失可就太大了。」

李滄行聽了說道：「那就要請你先把你的人從倭寇中撤出來以減少損失了，至於錢，等我想辦法把東南的海外貿易抓在手裡後，你我對半分紅，這總比你從嚴世蕃手上討點剩飯要強吧。」

黑袍嘆道：「我的人不能撤，如果讓嚴世蕃發覺我要把人撤出來的話，一定會引起他的警覺，以他的機智，一定會想到我是要與你聯手了，所以我只好承擔這部分的損失，只是我要先警告你，我的人不乏精銳，你別以為這麼容易就能對付！」

李滄行猜道：「這麼說，你來自魔教了？」

黑袍濃眉一揚：「我沒這麼說過，你很清楚，我是建文帝後人，不會真正在哪個江湖門派的。」

李滄行點點頭：「那就得讓你損失不少部下了，不過你放心，以後有了錢，我會補償你的，現在的江湖爭霸，只要有錢，還怕收買不了高手麼。」

黑袍聞言道：「不錯，正是如此，所以你下手也不用留情，打得越凶，看起來才越不露破綻。」

李滄行看了眼天上的月亮，問道：「嚴世蕃知道我的身分嗎？如果我在東南一帶建立自己的勢力，他會不會出來壞事？」

黑袍搖搖頭：「你放心，你的身分我從沒有向嚴世蕃透露過，我不會讓他壞你的事的，**只是你這回在北邊的動靜搞得太大了，世人現在皆知當年那個可怕的錦衣衛殺手天狼又在大漠重出江湖了，而且和這幾年平安客棧的那個天狼是同一人，只怕世蕃會主動地找你麻煩。**」

李滄行冷笑道：「現在我不是孤軍奮戰了，嚴世蕃想跟我鬥，我倒是很有興趣，不過我的目標是和你聯手打天下，對江湖的事並不太在意，他只要不來惹我，壞我的事，我暫時沒空去搭理他。只是東南的收益，他肯定不會甘心白白放棄，我跟他的一戰還是不可避免，到時候你想辦法置身事外，兩不相幫就行。」

黑袍哈哈一笑：「這點你放心吧，我會做足樣子的，暗中也會助你一臂之力。」

李滄行一轉身，高大魁梧的身形向平安客棧的方向走去，他的話語隨著沙漠中的風一起飄了過來：「那咱們就浙江再見啦。」

黑袍看著李滄行遠去的身影，目光一閃一閃，若有所思。

平安客棧的大堂內。

已經安排好一切的李滄行這會兒正坐在一張桌子前，一碗接一碗地往自己的肚子裡灌著「七月火」，面前放著一盤牛肉，一碟花生。

門外的大風吹得那扇年久失修的破門咯吱咯吱地響個不停，黃沙隨著風不停地揚進大殿，灑得到處都是。

裴文淵他們已經動身兩天多了，為了不引人注意，兄弟們都是帶著自己的手下，分頭分批入關，李滄行在這裡則是要等一個人，他相信，一旦天狼重出江湖的消息傳遍中原武林後，那個人一定會出現。

不知何時，門口出現了一個嬌小的黑色身影，戴著一副青銅鬼面具，身形玲瓏剔透，凹凸有致，那一頭霜雪般的白髮表明了她的身分，**隨著她一身山茶花的香味撲鼻而來，讓李滄行不用扭頭就知道，這是闊別了三年的屈彩鳳。**

李滄行眼中閃過一絲喜色，指了指對面的凳子：「你來了？」

屈彩鳳玉足一動，身形如旋風般地一轉，也不見她怎麼動作，就看到她已經坐到李滄行的對面，她緩緩地摘下臉上的面具，那絕世的容顏立時展現在李滄行的面前，修長娥眉下，一雙星眸正盯著李滄行的面孔。

看了良久，才輕輕地嘆了聲：「你黑了，不過也結實了不少。」

李滄行微微一笑：「在這大漠中，想白也不容易啊。倒是你氣色很好，我本來就擔心你的身體，如果不是知道了你重出江湖，還打算這次出來前去天山找你呢，沒想到你現在看起來比三年前的情況要好上許多，難道你另有奇遇？」

屈彩鳳拂了拂額前被風吹起的一綹長髮，那一抹紅顏白髮的風情，說不出的嫵媚，讓李滄行看著也不免一時愣神。

「也算是巧合，我到了天山，本來萬念俱灰，只想在那裡等死，卻誤打誤撞地讓我找到了一個萬年寒冰的洞穴，還讓我得到了這世上的至寶：**天山雪蠶**，那是千年一見的靈物，我服下之後，居然把我體內紊亂的天狼真氣給治好了，現在我的天狼刀法已經大成，只怕比起你也不一定會輸呢。」屈彩鳳娓娓道來。

李滄行心中暗自好笑，想不到隔了這些年，這姑娘爭強好勝之心還是一點沒變，他笑道：「恭喜姑娘有此奇遇，看到你安然無恙，我就放心了，只是……」

他想到屈彩鳳加入魔教的事，不由得眉頭一皺，停住了嘴。

屈彩鳳何等聰明的人，一看李滄行欲言又止的樣子，便知道他的疑惑，微微一笑，說道：「怎麼，我才加入魔教不到半年，這件事就洩露出來，連你都知道了？」

李滄行嘆道：「是鐵家莊主鐵震天，因為滅莊之仇，到天山去找你報仇，沒想到撞見冷天雄和你的談話，彩鳳，你明知魔教是嚴世蕃的爪牙，為何還要加入這個組織呢？」

屈彩鳳語氣凌厲起來：「滄行，你難道忘了巫山派的大仇了嗎？我如果只是命不久矣的殘軀之身，自然只能在天山等死，可是現在的我，走火入魔的症狀已經被治好，既然留得有用之身，難道不要伺機復仇嗎？」

李滄行聽了道：「所以你想**假意加入魔教，以魔教的力量來發展自己的勢力，以後再找機會復仇？**」

屈彩鳳點點頭：「正是如此，本來我是想找你的，可是被冷天雄搶了個先，前年魔教內亂，慕容劍邪為首的一幫魔教長老叛亂失敗，死的死，逃的逃，魔教的元氣大傷，所以現在在江湖上四處招兵買馬，冷天雄不知道從哪裡打聽到了我的下落，於是親赴天山來找我，如果我不是意外得到了那雪蠶，他也會拿出魔教的聖藥『火魂血魄』來治好我的寒心丹之毒。」

李滄行恨恨地說道：「冷天雄這個賊子，假仁假義，那個什麼火魂血魄，真的能治好你的這個內傷？」

屈彩鳳笑道：「這是魔教至寶，是傳自波斯的秘藥，極為珍貴，專治極陰極寒的內傷，相傳魔教一共也只有三副，冷天雄居然肯為了我專門開出一副藥，可見其不惜本錢。」

李滄行懷疑道：「可是我覺得奇怪，**冷天雄作為嚴世蕃的頭號助力，應該知道你和嚴世蕃的恩怨，又怎麼會這麼幫你？他難道不怕嚴世蕃不高興嗎？**」

屈彩鳳秀眉微蹙，道：「對這點我也很納悶，所以冷天雄來找我的時候，我和跟他打了一場，他的武功比以前又有進展，即使是我現在的功力，也勝他不過，如果他有意取我性命，我已經是個死人了。」

「他沒有十足的把握，也不會孤身見你，不過，他既然有意請你加入魔教，自然不會真的對你不利。後來他說了什麼沒？」

屈彩鳳道：「雖然他沒有明說，但我能聽得出來，他和嚴世蕃之間好像也不是鐵板一塊，嚴世蕃現在所有的精力都放在東南走私賺錢這件事上，魔教卻是想要入主中原武林，擊敗伏魔盟，可能上次嚴世蕃在消滅我們巫山派的時候，也和朝中的清流派大臣，比如徐階等人達成了默契，不再全力支持魔教，所以這幾年魔教對伏魔盟間的戰事，雖然取得了擊殺司馬鴻的大勝，可是自己也損失慘重，總體來看，並沒有占什麼便宜。

「反觀伏魔盟各派，峨嵋派在川中已經穩定了局勢，華山派雖然在英雄門的意外攻擊下丟了華山總舵，退保恆山，可魔教並沒有得到什麼好處，武當和少林這幾年已經漸漸地恢復了元氣，配合洞庭幫，逐漸地把魔教的勢力逼出湖廣省，甚至進入廣東省，加上魔教內亂，元氣大傷，所以冷天雄想到了我，希望我能回南方調集各綠林山寨的舊部，重組巫山派，幫他對付伏魔盟。」

李滄行哈哈一笑：「原來冷天雄也有自己的盤算，不想完全地聽命於嚴世蕃，這倒是出乎我的意料之外。」

屈彩鳳又道：「冷天雄和我說過，他也不喜歡嚴世蕃，只不過以前魔教的勢力弱小，必須依靠朝中的重臣才能得到庇護，不然早就會給正派滅掉了，上任教主，也就是他的師父陰布雲曾經和前任內閣首輔楊廷和結緣，嚴嵩又是楊廷和的門生，所以冷天雄接管魔教後便投向嚴嵩，這些年來幫嚴嵩經營江湖上的勢力，打擊政敵，押送銀錢，可謂出力甚巨，而嚴嵩也給了他不少好處。

「只是到了嚴世蕃接管大權之後，此人貪婪小氣，而且隨著魔教的勢力壯大，開支也急劇增加，嚴世蕃每次給錢都不痛快，還總是要魔教做這做那的，所以兩人之間一直有矛盾。冷天雄說過，魔教在本朝建立之時，跟白蓮教一樣，曾經助過太祖起事，甚至還說太祖就曾經是日月教的長老，所以我們大明的名字，正好拆開來是日月二字。」

李滄行冷笑一聲：「只怕這又是冷天雄牽強附會，自吹自擂，他是想說自己的這個日月教也是像白蓮教那樣，是以推翻大明皇帝，奪取天下為目的，所以跟大明皇帝是有不共戴天之仇，也想找皇帝報仇，需要你的幫助，對不對？」

屈彩鳳眼睛笑得彎成了兩道月牙，嘴邊梨窩一現：「你怎麼好像是在現場一樣？也是鐵震天告訴你的？」

李滄行倒了碗酒，輕輕地呷了一口，腦子快速思考起來，道：「只怕冷天雄看中的不是你，而是想讓你出面，重新組織巫山派屬下的江南七省綠林山寨。這樣一來自然是犯了嚴世蕃的忌諱，甚至可以說是魔教對嚴世蕃的背叛。」

屈彩鳳點點頭：「正是如此，所以冷天雄是孤身一人來天山的，對外也封鎖和我合作的消息，我加入魔教這幾個月，他便讓我四處去聯繫舊部。」

李滄行不禁說道：「這位魔尊還真是心思縝密，你的天狼刀法和這頭白髮太過有名，即使戴了青銅面具，也很容易被人認出來，所以他就讓你拿他的教主權杖外出行事。不過這樣一來，**你如果真的把那些綠林勢力重新組織起來，這是算**

魔教的，還是巫山派？」

屈彩鳳正色道：「這一點我和冷天雄有言在先，我借助他們魔教的力量恢復巫山派，代價就是對上次魔教幫嚴世蕃滅我巫山派之事既往不咎，反正他們也不是攻山主力，我現在不能四面尋仇，即使是伏魔盟，也並沒有參與最後對我大寨的屠殺，那天司馬鴻憤然離去也是事實，滄行，我知道你以後要跟伏魔盟合作，所以不會向他們尋仇，**我真正的仇人只有一個，就是嚴世蕃這狗賊！」**

「這麼說你是要恢復巫山派了？那總舵設在哪裡？」

屈彩鳳道：「以前我們巫山派吃虧就吃虧在有太多的老弱婦孺，而且總壇的位置固定，想跑也跑不掉，這次我絕對不會再犯這樣的錯誤，我跟其他的山寨談好，每次要行動的時候再臨時集結，如果官軍要圍剿哪處山寨，能守就守，不能守就撤離，等風頭過了再回來，這樣打游擊的方式，一定能把官兵活活累死，幾次下來，就不會再剿滅我們了。」

李滄行哈哈一笑：「你這個辦法好，嚴世蕃最是貪財不過，打仗要錢，出兵也要錢，幾次勞而無功之下，他自然也就沒了辦法，他可以圍攻你們的總舵，可是沒辦法剿滅巫山派在南七省的幾百個分寨，這些年你的那些分寨都活得好好的，可見嚴世蕃是有心無力啊。」

屈彩鳳接著道：「冷天雄和我約定，以後互為盟友，聯合行動，他會幫我實現打倒嚴世蕃的報仇夙願，而我則是與他聯手對付洞庭幫。」

李滄行吃驚地道：「你說什麼，**冷天雄要你對付的不是伏魔盟，而是洞庭幫？**」

屈彩鳳點點頭：「不錯，他說滅我們巫山派時，洞庭幫出力最多，逃出巫山的人多半是給洞庭幫埋伏在外面的殺手抓回來的，最後點火藥的也是洞庭幫，所以滄行，這個仇我非報不可，請你不要攔著我。」

李滄行想到洞庭幫的幫主楚天舒，嘆道：「冤冤相報何時了，彩鳳，冷天雄沒有安好心，你就是想找楚天舒尋仇，我想現在也不是機會。」

屈彩鳳不悅地道：「我知道你跟楚天舒有些交情，但事關我們兩派多年的恩怨，我們與洞庭幫多年廝殺，早已經是不解的死仇了，跟伏魔盟的恩怨我都可以放下，但**跟洞庭幫，不是他死，就是我亡，這個世上，除了嚴世蕃，我第二個必殺的就是楚天舒**，你不必再勸了。」

李滄行搖搖頭：「彩鳳，不是我要干涉你和洞庭幫的恩怨，你恐怕還不知道，楚天舒不僅是洞庭幫的幫主，更是東廠的現任廠督，金不換就是被他頂替的。」

屈彩鳳驚道：「此話當真？」

「千真萬確的事，我怎麼可能騙你。」

屈彩鳳恨聲道：「就算是東廠又如何，我連嚴世蕃都要殺，還怕他一個區區的太監嗎？咦，這麼說，那楚天舒居然是個……」

屈彩鳳雖是女中男兒，但一說到太監，臉上不禁飛過一抹紅雲。

「此人的真實身分，我曾立誓為他保密，還請彩鳳諒解，但有一點我可以肯定，嚴世蕃非常不喜歡這個人，這個人也恨極嚴世蕃和魔教，當然，還有你們巫山派，所以比起伏魔盟來，對你們的手段更殘忍，更激進，也是嚴世蕃和冷天雄繼你之後，最想除掉的人。」

屈彩鳳咋舌道：「嚴世蕃膽子也太大了吧，連身為大內太監總管的東廠首領也敢下手？」

「所以，我很懷疑冷天雄跟你說的話有多少是真的。」李滄行大為質疑。

屈彩鳳若有所思地說：「可是，**冷天雄為何要騙我呢**，我有什麼值得他利用的地方？巫山派總舵滅後，我在天山不過是孤身一人，他的武功又高過我，我對他構不成威脅，就算他不提嚴世蕃，只要想辦法讓我回憶起對洞庭幫的仇恨，我也會和洞庭幫開戰的。」

李滄行雙眼突然一亮，道：「你剛才說，冷天雄跟你說，你們巫山派的總舵是給洞庭幫占領了？」

屈彩鳳眨著美麗的大眼道：「是啊，難道他這樣說有什麼特殊的用意嗎？」

李滄行哈哈一笑：「我明白了，弄了半天，**冷天雄的意圖不是要你對付洞庭幫，而是想讓你取出太祖錦囊**，他認定了你知道太祖錦囊的下落，而且太祖錦囊一定還在巫山派總舵，所以不管是向皇帝還是向嚴世蕃復仇，都要奪回巫山，取出太祖錦囊，那時候，他正好出手搶奪太祖錦囊。」

屈彩鳳猛的一拍桌子：「我心裡也是這麼想的，滄行，嚴世蕃當真如此可怕，連我的想法都猜到了！」

李滄行笑道：「只是起這心思的，不是嚴世蕃，而是另有其人。」

屈彩鳳臉色瞬間一變：「這是什麼意思？**難道冷天雄也想借錦囊起事，奪取天下？**」

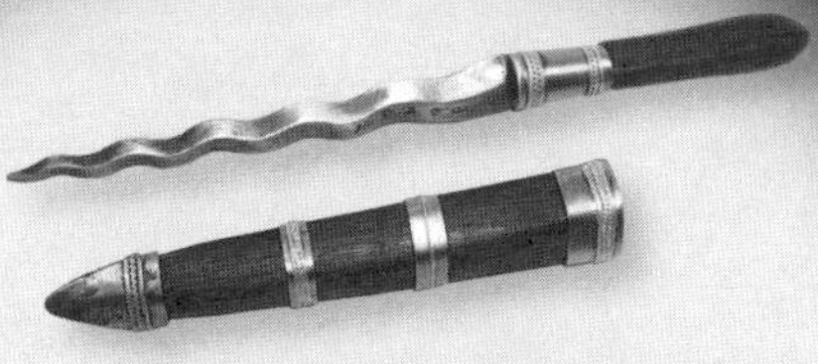

第八章

鴛鴦陣

胡宗憲臉色一變：「你要去和戚繼光所部會合？」
李滄行點點頭：「不錯，我一路上聽說不少軍報，
戚繼光那些義烏兵已經訓練得非常不錯，
聽說還練出一個鴛鴦陣，威力巨大，
最適合小隊作戰，對陣倭寇時當可處於上風。」

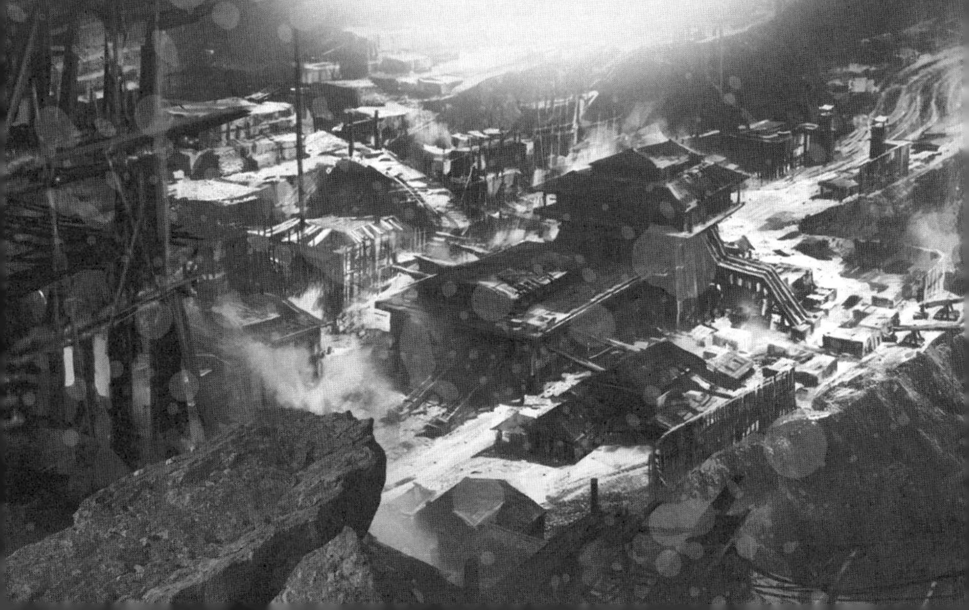

李滄行的心中，冷天雄陰沉又威嚴十足的臉，漸漸地和鬼影的臉重合在一起，黑袍殺氣十足的眼神，像極了這位稱霸江湖多年的魔教尊主。

他本想開口向屈彩鳳說出自己的猜測，但轉念一想，以屈彩鳳恩怨分明，肚子裡藏不住事的個性，一旦得知黑袍可能就是冷天雄的話，很可能在實力不足的情況下就向魔教全面開戰，到時候前有魔教，後有洞庭幫，腹背受敵，會非常被動。

何況他並沒有十足的把握肯定黑袍就一定是冷天雄，便沉吟道：

「現在還不好說，這只不過是我的猜測而已，剛才你說，冷天雄說魔教曾助太祖起事，後來太祖卻翻臉無情，對他們全面剿殺，所以他們跟白蓮教一樣，想要以奪取大明的江山作為復仇方式，通過你找到那個可以奪取天下的太祖錦囊，也不足為奇了。」

屈彩鳳不解地道：「可是冷天雄又怎麼可能知道太祖錦囊的內容呢？按說這個是絕密之物，嚴世蕃也不可能向他透露吧。」

李滄行推測道：「冷天雄如果早就存了奪取天下之心，又怎麼會不留意這些事呢？當年太祖錦囊被林鳳仙奪取的事，江湖上可是有不少人知道，我想當年冷天雄的人幫你守巫山派的時候，就已經存了尋找太祖錦囊的心思了吧。」

屈彩鳳秀眉一蹙：「你這麼一說，好像真是這麼回事，看來他的野心不小，不滿足於只做一個武林霸主啊。」

李滄行附和道：「嗯，看來冷天雄的野心比我們想像的要大，也許真如他所說的，想要起兵謀反，**一統武林只不過是他的第一步罷了**，你千萬不要上了此人的當，為他去攻擊洞庭幫。」

屈彩鳳為難地道：「只是我現階段仍需要靠冷天雄的財力和人力支持，若是和他翻臉，只怕會惹禍上身，如果你願意幫我恢復巫山派的話，我便可以離開魔教，能和你一起並肩作戰，是我很樂意的。」

李滄行面色嚴肅地說：「彩鳳，接下來我要跟你說的事非常重要，你先聽我說完再作決定。」

接著，李滄行把自己的皇子身世告訴了屈彩鳳，也把黑袍與自己合作的事一字不漏地說了出來。

屈彩鳳的臉色隨著李滄行的話一變再變，秀目一動不動地盯著李滄行，彷彿不認識他似的。

李滄行被屈彩鳳看得有些不好意思，問道：「彩鳳，我的臉怎麼了嗎？」

屈彩鳳「撲哧」一聲笑道：「當年我和你在巫山派的總舵酒窖裡喝酒時，我還開玩笑說你會不會是帝王之後，想不到居然一語成讖了。」

李滄行無奈地道：「**我寧願永遠也不知道自己的身世，可以少掉許多煩惱。**」

屈彩鳳笑道：「我相信你一定是皇室成員，說你有蒙古血統，我更不懷疑，看你這一身毛茸茸的就知道啦。」

李滄行只能報以一聲苦笑。

屈彩鳳收起笑容，正色道：「滄行，你剛才欲言又止的，**是不是懷疑黑袍就是冷天雄？**」

李滄行心想既然瞞不過她，索性心一橫，點點頭道：「不錯，你也這樣看嗎？」

屈彩鳳鳳目中殺機一現：「從我們掌握的情況來看，我認為有七八成的可能，你剛才不肯說，是不是怕我一時衝動，在實力不足的情況下就去找冷天雄報仇？」

李滄行微微一笑：「你明知道又何必問呢？」

屈彩鳳輕嘆了口氣：「我想先聽聽你的打算，再作決定。」

李滄行問：「我的打算？你是說我大破英雄門後的下一步計畫嗎？」

屈彩鳳笑道：「滄行，我說過，你是天生的領導者，不僅武功高絕，而且才智和大局觀又出色，做什麼事都是謀定而後動，不像我，有時候會率性而為，你在大漠中潛伏三年，不鳴則已，一出手就大敗塞北強豪英雄門，現在還招來這麼多高手，肯定不只是想在江湖中揚名立萬或者簡單地找魔教報仇吧。」

李滄行哈哈一笑：「還是你懂我。」說著，給自己和屈彩鳳分別滿上一碗酒，兩人各自舉起酒碗碰杯，一飲而下。

李滄行道：「**我的計畫就是帶領兄弟們南下福建，加入胡宗憲打擊倭寇的軍隊，借機建立自己的勢力。**」

屈彩鳳質疑道：「如果你只是想爭霸武林，用得著這樣大費周章嗎？而且打退倭寇之後，你又如何以一個武林門派的身分控制大明的海外貿易？難不成你真的準備去勾結倭人和西班牙人，以為外援？」

李滄行破釜沈舟地說道：「不，無論如何，我也不會引外敵入侵的，經歷了這麼多事，我明白一個道理，天下罪惡的根源就在那個昏君，如果不把他推翻，嚴世蕃和魔教作為他的爪牙，是永遠不可能真正地剷除的；至於伏魔盟這些正派，他們的後臺，所謂的清流派大臣們，也只顧著自己的官位，根本下不了推翻昏君、改革積弊的狠心，所以這件事只有交給我來做了。」

屈彩鳳睜大了眼睛，打量著李滄行道：「可是你不是說過，如果起兵奪位的話，會天下大亂，陷萬民於水火？」

李滄行正色道：「彩鳳，我並不是對那個皇位有興趣，而是我已經徹悟，皇帝一心修仙向道，所以只能任用奸黨來控制朝政，奸黨為了能長久地保有自己的地位，於是對外養寇自重，對內大肆搜括民脂民膏，整個官員階層其實都是一路貨色罷了，徐階高拱等人又有哪個不是自家良田萬頃？

「以前我不知道自己身具皇室血統，即便想要匡扶正義，也不過是人家眼中的亂臣賊子罷了，心有餘而力不足，可是現在建文帝後人出現了，如果把太祖錦囊和建文帝詔書合二為一，就可以在南方迅速地集結起大批義兵，以大明現在武力的廢弛和虛弱，短期內就能推翻昏君，剷除奸黨，還天下一個清平。」

屈彩鳳忍不住道：「你終於放下那些無用的忠義，為老百姓考慮問題了！我早就說過，在昏君的統治下，百姓水深火熱，與其給這些貪官汙吏們逼死，還不如奮起一搏呢。」

李滄行道：「所以**我要借著平倭的機會結交戚繼光和俞大猷這兩位將軍**，他們都是忠義之人，所統率部隊的戰鬥力在明軍中是數一數二的，如果能爭取到他們的支持，大事就成功了一半。」

屈彩鳳逐一分析道：「可是**你要想成事，還有兩件大事要辦到，一是銀錢來**

源，當年巫山派是收取在南七省行路的商隊的抽成，以維持這十幾萬人的生計，你說你想要控制以後的海上貿易，朝廷怎麼可能答應？難不成你也要派人給商船護航？胡宗憲會跟你合作嗎？

「第二件事，便是黑袍，你可以騙得了他一時，卻騙不了他一世，打贏倭寇之後，他再來找你要太祖錦囊，你給是不給？如果你拿出錦囊，助這個野心家奪了天下，難道是萬民之福嗎？你又有什麼辦法能制約這個黑袍？更不用說他很可能就是你的死仇魔教教主冷天雄了。」

李滄行劍眉一挑，道：「第一嘛，以我對皇帝的瞭解，胡宗憲在浙江待不了太長時間，我是武林中人，不在官場，隨時可以離開，嚴世蕃和倭寇勾結，一旦我們滅倭成功，他在東南的所有收入都打了水漂，又怎麼可能甘心？到時候一定會陷害胡宗憲，想辦法換上自己的黨羽，而那昏君自以為倭亂已平，自然也不會再留著胡宗憲，畢竟他在東南待了太長時間，勢力龐大，犯了皇帝的忌諱，所以**倭亂平息之時，就是胡宗憲被召回朝廷被清算之日。**」

屈彩鳳不解地道：「胡宗憲不是立了大功嗎，怎麼會給清算？皇帝如果不相信他，又怎麼可能讓他在東南待這麼多年？」

李滄行嘆了口氣：「皇帝從來沒喜歡過胡宗憲，這個人並不像嚴世蕃那樣會拍皇帝的馬屁，之所以讓他在東南一待十年，是因為只有他能鎮得住東南，不至於讓倭寇之亂在東南激起民變，斷了朝廷在東南的賦稅。

「上次胡宗憲招安汪直徐海，並不想那麼快就對二人下殺手，可是皇帝一聽說抓了自立為王的汪直後，馬上嚴令胡宗憲將此二人斬殺，結果鬧成現在這局面，所謂**鳥盡弓藏，兔死狗烹**，如果東南不再有倭寇，那胡宗憲自然也沒有繼續留下來的必要啦。

「胡宗憲這人雖然背信棄義，但算得上是剛正不阿的清官，嚴黨那些貪婪蛀蟲對他是恨之入骨，尤其是嚴世蕃，本來借著汪直徐海被殺重新勾結了倭寇，這幾年靠著走私絲綢大賺特賺，一旦這條路給我們堵死，一定會對胡宗憲下手，皇帝也會樂見其成。所以胡宗憲會是我們消滅倭寇之後第一個倒楣的。」

屈彩鳳又問：「就算胡宗憲倒了，難不成浙江福建的海外貿易就能由你操縱了？你何來的自信？」

李滄行冷笑一聲：「嚴世蕃扳倒了胡宗憲，但皇帝也不是傻子，自然也不會讓他的人繼續主持東南，最大的可能就是從清流派的官員中派一個人到東南任總督，這樣一來，嚴世蕃撈不到好處，一定還會繼續暗中勾結倭人與西班牙人，打劫海外貿易的商船，而東南戰事平定後，朝廷勢必會大規模地裁軍，尤其是花費驚人的水師部隊，因此海路的安全就成了一個問題。」

李滄行喝口酒，潤了潤嗓子，繼續說道：「我們是江湖門派，不領朝廷的俸祿，到時候就可以出手負責商船的護衛工作，**這也就是我說的控制海上貿易，以獲取巨額的貿易收入，維持門派的運營，並發展壯大。**」

屈彩鳳疑惑地道：「這麼說，你只是抽取一些護衛的費用罷了，巫山派當年沒少做這種事，但這樣賺不到太多的錢，也不可能靠這個來維持你幾千人的武林門派的日常開支吧，更不用說以後若想起兵還需要大筆的軍餉錢糧了。」

李滄行笑道：「彩鳳，你不知道這海外的貿易，利潤可比在國內正常的行商走賈要大得多，光是大明的絲綢和茶葉，還有陶瓷器具，從寧波或者泉州港運到南洋的呂宋，價格就能漲上十幾倍，然後再換成西洋人的火槍和大炮，運到日本，又可以再賺個五六倍，若不是有這麼高的利潤在裡面，汪直和徐海他們又怎麼可能如此鋌而走險呢？」

屈彩鳳倒吸一口冷氣：「好傢伙，這麼賺錢，那你只要跟他們抽個三成，就足以頂得上我們當年巫山派幾年的收入了。」

李滄行點點頭：「不錯，我料那黑袍在幾年的時間內就能湊出大筆的軍餉，多半也是走這東南的海路，在陸地上，他這麼多年也沒有積累到這樣的巨額財富，難怪我說我要獨占東南的海外貿易，他是那麼不情願呢。」

屈彩鳳聽了笑道：「我越來越覺得這黑袍就是冷天雄了。滄行，既然你準備起兵推翻皇帝，那我不如離開魔教，跟你在一起好了。」

李滄行的劍眉一挑：「彩鳳，這是你考慮後作出的決定嗎？」

屈彩鳳認真地點點頭：「聽你的分析，不管冷天雄是不是黑袍，對我都只不過是利用罷了，不可能真心合作的，他真正目的也就是那太祖錦囊，一旦我真的取出錦囊，就會置自己於巨大的危險之中，巫山派將會再次面臨滅門之禍。那時，巫山派唯一能倚靠的恐怕就是你了，與其那樣，還不如現在就離開冷天雄，直接來幫你呢，浙江和福建兩省也有些一直聽我們號令的山寨，想必會對你有所幫助。」

李滄行勸阻道：「我很想得到你的幫助，可是做事不能感情用事，現在不是你離開的好時機，不管他是不是黑袍，你如果這時候明著背離他，轉向我，冷天雄一定會以為我想在東南自立，如果他是黑袍的話，我跟他的合作也會馬上中止。就算他不是，也一定會幫著嚴世蕃來全力對付我們，現在我們的勢力還不夠雄厚，還不是跟冷天雄全面攤牌的時候，所以你最好繼續在冷天雄那裡先待上一陣子，不要和洞庭幫起大規模的衝突，默默以收集以前的部眾，重建巫山派為主要目的，想必你發展壯大自己的力量，那冷天雄也無法多說什麼。」

屈彩鳳失望地說：「那若是我遲遲不與洞庭幫開戰，甚至連自己的總舵也不去奪回，冷天雄不會覺得奇怪嗎？再說了，我跟洞庭幫如此深仇大恨，下面的兄弟們也多跟他們有著血仇，只怕我也無法壓制手下們復仇的衝動。」

李滄行嘆了口氣：「**行大事者不能拘於小節**，我們最後的目的是打倒昏君，一旦得到天下之後，魔教、洞庭幫都不再成為問題，而且老實說，現在洞庭幫獨占湖廣省，勢力開始進入廣東和江西，實力很強大，不是你收集幾個山寨就可以對抗的，想要奪回你們巫山派的總舵，也不是一朝一夕的事。」

屈彩鳳不以為然：「就算奪不回總舵，可是如果連跟洞庭幫放手一搏的勇氣也沒有，只會讓兄弟們失望的，你可能不明白，綠林漢子崇尚武力，講究的就是血性，如果你太軟弱，事事忍讓，最後沒有人會跟你的。」

李滄行聽了道：「這倒是，**我建議你可以先收回幾個山寨，有了一定實力後，以游擊的方式去清掃一些洞庭幫的周邊據點，不要戀戰，打完就走，這樣既能打擊洞庭幫的勢力，又不會留下給洞庭幫報復的機會。**」

屈彩鳳眉頭舒展開來，道：「你這辦法不錯，打了就走，這樣既能鼓舞我們的士氣，讓更多的山寨願意回歸我們巫山派，又能打擊洞庭幫擴張的勢頭，各地的小幫派想要加入他們的話就得先考慮清楚後果了。」

李滄行道：「老實說，**你要重建巫山派，最缺乏的不是錢財或者是山寨的地盤，而是以前總舵裡的那些極有經驗的精英主力**，你一個人武功雖強，畢竟不能和洞庭幫大批高手對抗，這樣帶著幾個人四處打擊洞庭幫周邊，也可以在戰鬥中鍛煉新進的手下，時間長了，就會成為一支精兵勁旅。」

屈彩鳳點點頭：「你說得對，綠林的漢子們是打出來的，不是養出來的，滄行，那我就按你說的辦，只是你在東南，千萬要當心。」

李滄行心中一陣暖意湧現，道：「我那裡沒有太大的風險，倒是你，夾在洞庭幫和魔教兩大勢力中間，如同在刀鋒上跳舞，老實說，我實在放心不下你的安危，若不是我要在東南大展拳腳，我是絕對不會讓你一個人面對此事的。」

屈彩鳳理解地道：「滄行，你的事情比我重要，千萬不要以我為念，實在不行，我會帶人去浙江找你的。放心吧，我不會和楚天舒正面硬拼，必要的時候，我也會找武當幫忙，上次徐林宗幫過我們，這次我去求他，他應該也不會拒絕。」

李滄行再次叮囑道：「一切小心，尤其是不要試圖和楚天舒或者冷天雄單打獨鬥，這兩人我交過手，你千萬不要冒險。」

屈彩鳳微微一笑，把酒罈裡的酒一飲而盡，乾淨俐落地一個旋身，黑色的身影一下子飛出了窗口，她的聲音遠遠地傳來：「滄行，我等你的好消息。」

李滄行也把面前的酒肉一掃而空，步出平安客棧的大門，右手一揮，一道灼熱的內力變成氣功波，**從他的掌心噴湧而出，幻成一個狼頭的形狀，飛進大廳角落裡堆著的一堆酒罈，瞬間騰起了熊熊的火焰。**

沙漠裡肆虐的大風助著火勢，一下子把整個客棧都點著了，沖天的黑煙伴隨著灼熱的熱浪撲面而來，照著李滄行那張堅毅而男子味十足的臉。

李滄行喃喃地自語道：「**天下，我來了！**」

他的眼神變得異常地堅定，換上一張五十餘歲的面具，戴上斗笠，跨上戚繼光多年前送他的棗紅飛電，頭也不回地向南方奔去。

十里外的一處沙丘上。

陸炳面色陰沉，目送著李滄行的身影漸行漸遠，他身邊的赫連霸拄著大槍，騎著高頭大馬，說道：「他終究還是走了。你是不是很失望？」

陸炳咬咬牙道：「我為什麼要失望？」

赫連霸哈哈一笑：「對你來說，一個永遠在大漠裡潛伏不動的天狼，才是你最希望看到的吧，他和你已經反目成仇，你肯定不願意他重出中原的。」

陸炳眼中寒芒一閃：「我自然有辦法讓他重歸門下。」

赫連霸冷嘲道：「陸炳，你嘗過被人背叛的滋味嗎？從來都是你利用別人，背叛別人，如果有哪天，你也被自己最信任的人這樣背叛，我想你就不會說這樣的話了。」

陸炳扭頭看了赫連霸一眼，突然笑了起來：「赫連，你會背叛我嗎？」

赫連霸的黃鬍子動了動，不諱言地說：「那得看你會不會背叛我了。」

陸炳「嘿嘿」一笑：「你被你的大汗所拋棄，我跟你不一樣，我還有皇上，所以我有退路，你沒有，也就是說，**我有背叛你的本錢，你除了依附我，無處可去。**」

赫連霸冷笑道：「如果你對你的皇帝這麼有信心，又怎麼會找我合作？如果你不是已經起了異心，又怎麼會讓我去調查天狼的身世？」

陸炳臉色一變，眼神一下子變得犀利道：「那只是好奇而已，誰讓黑袍和澄光都對他的來歷三緘其口呢，我很想知道，天狼來大漠的前兩年都做了什麼。」

赫連霸聽了道：「如果我告訴你，他是我們蒙古的驕傲，黃金家族的後人，你會怎麼想？」

陸炳座下的馬突然長嘶一聲，前蹄不安分地在地上刨了起來，陸炳好一陣手忙腳亂，才把這馬給安撫下來。

赫連霸露出似笑非笑的表情：「怎麼，你很吃驚？嚇成這樣？」

陸炳咬牙道：「想不到那個傳言竟然是真的，這麼說，李滄行真的是正德皇帝和蒙古公主的兒子？」

赫連霸點點頭：「錯不了，他身上有黃金家族的血統，如果在蒙古起兵，以大汗現在的狀態，還真不一定鬥得過這小子呢。雖然大汗和我也算是分道揚鑣了，但畢竟我跟了他幾十年，也不希望看到有人奪了他的汗位。」

陸炳冷笑道：「所以天狼去了中原，你求之不得？他要奪也是奪我大明的江山，這正中你下懷，對不對？」

赫連霸哈哈一笑，粗渾的聲音震著陸炳的耳膜：「求之不得的是你陸總指揮吧，你如果真的那麼忠心於你的皇帝，聽到這個傳言的時候，就應該除掉李滄行了，可你卻把他當成最得力的助手培養，甚至還想把女兒下嫁給他，只怕這不僅僅是為了利用他吧。」

陸炳哼了聲：「滄行為人重情重義，自然要用情義和天下蒼生來籠絡，不過他不識抬舉，我也沒必要再護著他了，我不可能為了他去得罪嚴氏父子，更不會為了他背叛皇上。」

赫連霸擺了擺手，不屑地道：「陸炳，你若是真有這麼忠心，那時在浙江就不會放走天狼了，只怕你早就知道天狼的身世，想要把他當作一張對抗你們皇帝的牌吧。」

陸炳嘴角勾了勾，沒有說話。

赫連霸眼中透出一絲落寞：「**無情最是帝王家**，不管是你們的皇帝，還是我們的大汗，我們這些做臣子的，一旦被他們猜忌和懷疑，就只有死路一條，我曾經天真的以為大汗和我出生入死幾十年，早該是兄弟和家人了，可結果他還是把我拋棄了，也罷，這讓我徹底明白一件事，**跟君王是做不成真正的兄弟和朋友的**，陸炳，你跟我能走到一起，也是同樣的理由吧。」

陸炳的鬚眉被沙漠中的勁風吹得直飄，他搖搖頭：「可我做不到你這麼灑脫，你可以退出朝廷，去做你的江湖門派，我不行，我陸家世代為官，我好不容易坐到錦衣衛總指揮使的位子上，更是不能退，只要一退，不僅性命難保，更會面臨家破人亡的滅族之禍。」

赫連霸聞言道：「所以你就想到了暗助天狼，讓他得知自己的身世後，回中原攪他個天翻地覆！**只有皇帝需要你，才不會對你下手，是麼？**」

陸炳臉上肌肉跳了跳，一言不發。

赫連霸繼續分析道：「只怕這只是你的一個打算而已，你的寶貝女兒確實喜歡這天狼，所以你可以兩頭下注，既然天狼跟鳳舞有婚約，以後若是天狼得了勢，你再讓女兒嫁給他，以後搞不好就是國丈了，怎麼也不會吃虧，對不對？」

陸炳眼中寒芒一閃：「你怎麼知道鳳舞是我女兒的？」

赫連霸搖了搖頭：「陸炳，天下不是只有你一個人會搞情報，你別忘了，我的英雄門在大漠就跟你的錦衣衛是做同樣的事情，鳳舞和你的關係，只要下點力氣打探，並不難找出來。」

陸炳濃眉一挑：「是嚴世蕃告訴你的吧。」

赫連霸不否認：「不錯，這是以前他和我合作，為了取信我而主動給出的情報，你的寶貝女兒和天狼之間的事，我也是聽他說的，陸炳，看來這位小閣老對你沒什麼好感，你跟他合作，他照樣出賣你。」

陸炳冷笑道：「你現在還不是出賣了他？」

赫連霸哈哈一笑：「談不上什麼出賣，合則共謀，不合則去罷了，我是蒙古人，你們漢人對我來說，只要是利可圖，沒有不可以合作的，也沒有不可以捨棄的。陸炳，你要跟我一直合作下去，不讓我背叛你，那得你自己爭氣才行。」

陸炳冷冷地道：「你倒是直率，只不過你就不怕我從此跟你形同路人？我可不想和一個隨時都可能背叛我，出賣我的傢伙做朋友。」

赫連霸臉上現出一個詭異的笑容，「陸炳，除了和我做朋友，你已經別無選擇了，嚴世蕃跟你永遠不可能走到一起，你們那個猜忌的皇帝也不可能讓你和江湖中的正邪雙方走到一起，天狼又被你和嚴世蕃的結盟徹底傷了心，不可能跟你重歸於好，你除了依靠我，還能靠誰？」

陸炳歪了歪嘴：「我只需要忠於皇上即可，不需要找什麼盟友。」

赫連霸笑道：「忠於皇上？你說這話臉不會紅嗎？」

陸炳跟著笑了起來：「我可沒說忠於哪個皇上啊。」

赫連霸被噎得說不出話來，好半天，才豎起大姆指：「算你狠，不過，**你不會真的以為就靠這個來路不明的什麼草根王子，能真的奪了天下。**」

陸炳眼光投向李滄行遠去的方向，兩人說話的功夫，李滄行一人一馬早已消失在茫茫的天際，不見半點影子。

陸炳喃喃地自語道：「若是那人說的是事實，一切皆有可能。」

陸炳轉過頭，對著赫連霸說道：「我們也該行動了。」

杭州城外的軍營裡，一片深秋的蕭瑟。

林外的樹林裡，楓葉正當紅，地上淺淺地鋪了一層落葉，一陣秋風吹過，枝搖葉動，幾片楓葉不情願地離開了樹梢的懷抱，在空中打著捲兒，輕飄飄地落向大地母親的懷抱。

不知道是不是受了這份秋風肅殺的別離之情的影響，本來生龍活虎的軍營裡，氣氛也是難言的壓抑與沉重，就連巡邏的士兵們也不復幾年前的那種高昂士氣，一個個耷拉著腦袋，有氣無力地扛著槍，在大營裡來回逡巡著。

胡宗憲一身盔甲，站在營中的一處高崗上，眉頭深鎖，看著大營中這副無精打彩、了無生氣的模樣，不由得嘆了口氣，道：「想不到會變成這樣，天狼，當初真應該聽你的話啊。」

李滄行今天換了一身軍裝，易容成一個四十出頭的黑臉將官，站在胡宗憲的身邊，雙手背負於後，看著營中的這副景象，說道：「胡總督一向軍紀嚴明，治軍有方，怎麼幾年不見，軍紀竟然鬆懈至此？」

一身藍衫、文士打扮的徐文長勉強擠出一絲笑容：「以前的部隊多被將領們帶到前線與倭寇作戰了，留守大營的，多半是從布政使司和按察使司調來的衛所兵，這些都是老油條，天狼，你也知道的，並非總督大人治軍無方。」

胡宗憲擺了擺手：「文長，不必為我找理由，營中軍紀鬆懈成這樣，說白了就是本總督已無戰心，所以才會上行下效。天狼，當年我受嚴世蕃的壓力，被迫殺了汪直和徐海，逼反整個東南，現在從浙江到福建，甚至廣東和山東兩省的沿海，都出現了倭寇的海盜式劫掠，苦戰三年，收效甚微，沿海百姓深受其苦，都是我胡宗憲的罪過啊！」

李滄行面無表情地說道：「胡總督，事已至此，想必你也知道，這幾年你之所以在東南一帶剿寇不力，也是因為嚴世蕃在背後給這些倭寇提供各種支援，內賊一旦和外寇相勾結，越剿越多，就不是你這個浙直總督能對付得了。」

胡宗憲恨聲道：「早知如此，當年寧可拼著這頂烏紗帽不要，也要堅決頂住嚴世蕃的壓力了，天狼，我真的謝謝你能不計前嫌，在這個時候以國事為重，來東南幫我這回。」

李滄行嘆了口氣：「不管怎麼說，我都是大明的子民，當年東南平倭之事也是由我一力促成的招安，現在搞成這樣子，實非我所願，我不會因為跟你的私人恩怨就誤了國家大事，眼看著百姓受更多的苦難，那樣我和嚴世蕃這個奸賊又有何區別？」

胡宗憲臉上閃過一絲不易察覺的喜色，道：「天狼，你說你這回帶了千餘名武藝高強的江湖義士想要投軍，能說說你接下來的打算嗎？」

李滄行微微一笑：「胡總督，我已經離開錦衣衛了，不過，我這個名字對外是保密的，你還是叫我天狼好了，我在您這裡從軍，也是用這個名字。」

胡宗憲為難地道：「你若是錦衣衛的話，用這個代號倒是沒什麼不妥，只是正式投軍的話，身為軍將，無論是向上的塘報還是以後的論功，都需要一個正式的名字才行，哪怕是假名，也比這個代號要來得強啊。」

徐文長在一旁道：「部堂大人，天狼此舉想必有其難言之隱，我們還是不要過於勉強，實在不行，您給他隨便編個名字上報就是。」

李滄行擺擺手：「胡總督，我這回來，並非為了功名利祿，**於公，我希望能打擊倭寇，還東南沿海清平；於私，我希望能以江湖人士的身分，在東南一帶開宗立派，實現自己的心願**，所以您不需要問我的名字，甚至不需要給我一個編制，我的部隊可以暫時掛在戚將軍部下，聯合行動。」

胡宗憲臉色一變：「你要去和戚繼光所部會合？」

李滄行點點頭：「不錯，我一路上聽說不少軍報，戚繼光那些義烏兵已經訓練得非常不錯，聽說還練出一個鴛鴦陣，威力巨大，最適合小隊作戰，對陣倭寇時當可處於上風。」

胡宗憲聞言道：「話雖如此，可是戚繼光所部畢竟是軍隊，那些倭寇卻多是散兵游勇，打得過就打，打不過就上船逃跑，往往戚繼光出現的時候，倭寇已經搶了東西，上船逃跑了，所以這一年多來，戚繼光雖然疲於奔命，卻很少有大的戰果。」

李滄行道：「胡總督，這樣的情況無非是兩個原因，一來是戚家軍乃是步兵，江南一帶的道路又多泥濘，行軍不易，所以軍隊難以追上倭寇；二來嘛，則是那嚴世蕃通過江湖匪類與倭寇勾結，跟他們通風報信，只要戚將軍的大軍一動，那內賊就會對外傳出消息，所以才會屢屢無功而返。」

胡宗憲聽了說道：「天狼，你出身錦衣衛，對情報一途最是熟悉不過，你有什麼好的辦法，可以破解此事？」

李滄行正色道：「胡總督，辦法是有，不過需要您做我的堅強後盾才可以，如果沒有您的便宜行事之權，我既打不了勝仗，也斬不了奸細。」

胡宗憲二話不說，從懷中摸出一塊金牌，交到李滄行的手裡：「天狼，這就是當年你去雙嶼島時我給過你的金牌，不要說是嚴世蕃的黨羽，就是嚴世蕃本人，你也可以先斬後奏。」

李滄行笑著把權杖收入了懷中：「胡總督，這可是節制東南的生殺大權，我已非朝廷中人，你就這麼放心把這塊金牌交給一個草民嗎？」

「天狼，我相信你的人品，更相信你一心為國的這顆赤子之心，當年是我不夠堅定，一時糊塗，以致釀成今天的大禍。欲平倭寇，先得除掉內患，這種事情不是軍隊可以做的，所以我發布那個從軍的求賢令，就是希望你能不計前嫌，重新出山助我一臂之力。」胡宗憲很有誠意地道。

「胡總督，這回可能要委屈一下沿海的百姓了，到時候如果有人彈劾您，您可千萬要撐住啊。」

聽了天狼的話，胡宗憲臉色微微一變，看著天狼，一時間說不出話來。

兩個月後，浙江台州城外。

已入寒冬，不過在這東南沿海之地，不像北方那樣大雪紛飛，雖然草木已經枯萎，樹木一片光禿，就連動物們也選擇蟄伏不出，可是在城外西山的一處隱秘的峽谷中，仍是一片人喊馬嘶之聲，營地中士卒們訓練的熱情如同七月流火，直沖雲霄，生生要把這冬日的天空給融化。

李滄行一身黑衣勁裝，蒙著面，戴著一個黑色的頭罩，只留出兩隻炯炯有神的眼睛在外面，與全副武裝的戚繼光並肩而立，站在高高的將臺上，看著操場中士卒們的訓練。

只見幾百名義烏軍士，全副武裝，分散成幾十個小隊，十一人為一隊，隊伍最前站著一名看起來年齡最長，士官模樣的軍士，手持刀劍。

在他的身後，則一左一右站著兩名持盾士兵，左邊一人舉著一面足有一人高的大型方木盾，如同門板一樣粗厚，外鑲鐵邊，右邊一人則是拿著一面輕便的籐製圓盾，右手持刀。

這二人都緊跟著前方的那名軍士，尤其是左邊的長牌手，時不時地閃到那軍士的面前舉起大盾，為其掩護。

在這三人身後，則是兩個拿著奇形怪狀兵器的軍士，看起來像是一根江南一帶隨處可見的毛竹，竹頭削尖作矛狀，還鑲上了鐵製矛頭，竹身上的枝葉分岔卻保留了下來，遠遠地看，就像是給支起了一把大傘一樣。

而這根足有三米長的竹製兵器，向前伸出，足足比那站在最前方的隊長突前了兩米，對他形成了一個極好的保護。

李滄行微微一笑，今天是他到戚繼光大營的第一天，戚繼光特地為他安排了鴛鴦陣的演練，他問道：「戚將軍，那兩個持著竹製兵器的軍士，手中兵器叫什麼？好像兵器譜裡沒這一號吧。」

戚繼光哈哈一笑，指著那些揮舞著竹子的兵士們說道：

「此物名叫**狼筅**，乃是義烏礦工們的發明，前兩年我們與倭寇作戰，倭刀鋒利，倭賊凶悍，我軍雖能勝之，但傷亡頗重，傳統的短刀和盾牌無法有效地對抗倭刀，而長槍鐵叉之類的兵器又很容易給倭寇削斷。

「所以我們集合眾人智慧，發明了這種兵器，名叫狼筅，乃是取這山中的毛竹特製，長約三米，頭部鑲上鐵槍，兩旁枝刺用火熨燙得有直有勾，再灌入桐油，作戰的時候還會敷上毒藥，一旦我軍順風與敵接陣之時，便點燃枝葉，則可以毒煙吹向倭寇，將其毒倒。平時作戰時，狼筅可以在隊伍前撐起兩張大網，倭寇想要衝進來，是難上加難。」

李滄行點點頭，問道：「只是此物很重，看起來需要力大之人才能使用自如，戚將軍所招的多是義烏礦工，孔武有力，才能舞得動這狼筅，若是換了那些衛所兵，只怕連舉都舉不起來呢。」

戚繼光笑道：「這精兵是要練出來的，一支狼筅有數十斤重，在你們江湖高手的眼裡，不算什麼，可是對普通的士兵來說，舉著就很吃力了，更不用說當成兵器來揮舞，我的這些狼筅手們，都是精選義烏兵中最強壯有力的人來充當，也是這鴛鴦陣的精華所在。」

李滄行一眼看去，只見狼筅手的身後，又是四名長槍手和兩名短刀手，這些人有的還背負著弓箭，看他們演練的陣形，時而分成左右兩列，時而變成品字形的三才陣，又時而變成了以隊長居中，盾牌手護住兩翼，狼筅兵撐開保護前後的圓陣，可謂是品種繁多，變化萬千。

李滄行看了一陣子後，笑道：「戚將軍，你這陣法實在是不錯，唯一可惜的一點，就是你的軍士們雖然力大強悍，又紀律嚴明，可畢竟不是武林中人，這狼筅的威力還沒有發揮到最大。」

戚繼光眼睛一亮：「天狼，你的武功蓋世，可否指點我的部下一二？」

李滄行在蒙古的那幾年，走遍了多個蒙古部落，對草原上流行的各種槍法，尤其是蘇魯錠長槍，有了極深的認識，因為北方的蒙古騎兵多是騎戰馬，揮舞長槍或者狼牙棒，而這些招式已經完全被李滄行所掌握。

李滄行點點頭，雙足一點，一個凌空飛擊，身形從空中飛出了七八丈，演兵場上的眾軍士們只覺得光線都變得黯淡起來，紛紛停下了手，抬頭看向空中，卻只見一個大鳥般的黑色身影騰空而下，正好擋住了那一抹陽光。

在眾人的驚呼聲中，李滄行的身形從那五丈高的點將高臺上順風而下，跳到了場地的中央，一個狼筅手只覺得眼前一花，手中一涼，那支寬大的狼筅即被這個黑衣人奪了去。

李滄行雙手揮舞起狼筅，使出了北漠蒙古的龍飛槍法，只見這三四米長，四十多斤重的狼筅在他的手中，如同小兒的玩具一般，舉重若輕，上下翻飛，舞得如同一桿長槍一般，看得在場眾軍個個傻了眼，嘴巴張得合都合不上了。

李滄行擺開一個箭步，雙手平端狼筅，將兩側張開，如同在面前撐開了一把大傘，喝道：「中平勢，此勢前弓後箭，陰陽要轉，兩手要直，推步如風，天下莫敵。」

李滄行倒轉狼筅，把末端從自己的胯下穿過，雙手如划槳一般地攪動起這把兵器，捲起地上的漫天塵埃，喝道：

「騎龍勢，閉門之法上騎龍，下閘高檠大有功，誤若當前披一下，勸君眼快腳如風。」

在眾人的驚嘆聲中，李滄行一躍而起，雙手舞起狼筅，如同抖槍花一般，喝道：「鉤開勢，鉤法由來阻大門，小門挫下向前奔，若還他使低來勢，閘挫憑君利便分。」

順著他的口訣，狼筅也如鉤鐮槍法一般，以側枝開始鉤撥起來襲的兵器。

「架上式，槍打高來須用架，架時管上又管下，陰陽反覆腳如風，鐵柱金剛也戳怕。」

「閘下式，閘勢緣何要挈腳，挈腳乃是起步法，連身坐下向前衝，上向不著下面著。」

「拗步退式，直進直出君須記，站住即是中平式，高低左右任君行，切挫鉤閘毋輕易。」

一套龍飛槍法的六套招式使完，校場中已是煙塵瀰漫，一些機靈的狼筅兵已能跟著李滄行的套路，有樣學樣地舞動起自己的手中兵器了。

李滄行第一遍的六式揮舞得極快，然後放慢速度，幾乎是一招一式地又使了三趟，這回即便連最笨的狼筅兵也把這六式給記了下來。

李滄行哈哈一笑，收住了身形，把狼筅拋給它的主人，笑道：「小夥子，對不住了，借你的兵器，耽誤了你自己的練功。」

戚繼光的掌聲從李滄行身後五六丈的地方響起：「天狼，真想不到你的槍法竟然如此厲害，這麼簡練實用。」

眾軍一看主帥親自走下帥臺，紛紛下跪行禮，戚繼光擺擺手，高聲道：「狼筅兵今天全部練習這位天狼大俠所傳授的招式，務必在三天之內掌握純熟，三日之後，我會親自考驗你們的進展。」

所有軍士齊聲高喊：「謹遵戚將軍軍令。」

戚繼光向李滄行使了個眼色，向前走去，李滄行則在後面跟上，十餘個親兵長隨很有默契地停在了原地不動，隨著二人的離去，練兵場上很快就演變成了狼筅兵們互相切磋那新學六式的局面。

第九章

以氣御刀

這兩個倭寇的身子軟軟地撲倒在地上，
四隻眼睛還睜得大大的，他們到死也沒有想明白，
對面的那個天狼是如何用這把刀殺了自己。
站在天狼身後幾丈處的錢廣來卻是臉色一變，
脫口而出：「這難道是傳說中的以氣御刀嗎？」

戚繼光和李滄行回到高臺上，看著臺下生龍活虎的士兵們，道：「天狼，你這些招式是塞外蒙古的馬上槍法吧。」

李滄行微微一笑：「不錯，我這幾年遠赴塞外，學到了不少蒙古騎兵們的槍法，這些草原騎兵來去如風，馬上多用長槍硬槊，這方面的功夫確實厲害，我大明官軍多用短刀盾牌，與之對陣很是吃虧，不過狼筅可以發揮出長槍與盾牌合二為一的威力，我做夢也沒有想到世上還會有如此兵器。」

戚繼光點點頭：「本來我的狼筅兵守有餘而攻不足，經你這六式的訓練，可以練得攻守平衡了，天狼，**你說十天之後倭寇會大舉來犯的消息，確實嗎？**」

李滄行肯定地說：「千真萬確，戚將軍，這次我不是一個人來的，我這幾年在塞外召集了許多以前行走江湖時的朋友，都是可以託付生死的好兄弟，我回東南，也讓兄弟們分散潛入各地，建立商號或者是收服一些綠林山寨，以作開宗立派之基，另外也秘密地打入倭寇中，探查他們打劫沿海各地的情報。」

戚繼光質疑道：「倭寇狡猾凶殘，我記得錦衣衛多次派人想潛入雙嶼島，都未能成功，你這樣臨時派人打入就能成事？」

李滄行微微一笑：「這回不一樣，一方面，這幾年嚴世蕃派了不少人加入倭寇，作為他們打劫沿海的嚮導，而汪直徐海死後，這些倭寇反偵察的能力差了許多，所以我的不少兄弟們偽造了嚴世蕃手下的身分，混入倭寇中；另一方面，我結識了一些真正的東洋朋友，他們的語言與倭人相通，更不會惹人生疑，還可以接觸到一些關鍵的機密。」

戚繼光長出一口氣：「看來你上次到雙嶼島的收穫不小啊，居然還能結識東洋朋友，只是你確信這些人可信嗎？」

李滄行眼中露出堅毅的神色：「這一點，我可以性命擔保，而且此人並非是我去雙嶼島時結識，我在加入錦衣衛前就與此人肝膽相照，結為兄弟了。」

戚繼光不禁道：「想不到倭寇中也有好人。」

李滄行嘆了口氣：「**任何地方都是有好人有壞人**，倭國之中，諸侯林立，百姓過得比咱們中原苦多了，其實倭人的平民也跟我們大明的百姓差不多，多數均是老實的鄉下人，只不過因為倭國連年戰亂，凶悍狠毒之輩戰敗後無處可去，不得已只有鋌而走險，下海為盜這一條路，加上與我大明沿海的奸人相勾結，便成了倭寇，可是這些倭寇並不能代表普通倭人，我那個朋友就是一個醉心武道的武者，受了騙才上的賊船。」

戚繼光聞言道：「倭國內部的情況，我也略知一二，只是這些下海為寇的倭人，多是凶悍殘忍之輩，天狼，你的朋友如果是個好人，只怕會和他們格格不入，會有暴露的風險啊。」

李滄行微微一笑：「戚將軍過慮了，我那朋友智勇雙全，心思縝密，加上我傳授給他易容術，他可以隱藏自己的本來面目，不會這麼容易暴露的，這些天，也是他給我傳來消息，綜合其他混進倭寇陣營的人傳來的消息，不會有錯，浙江沿海一帶的十幾股倭寇已經合流，準備先以疑兵去攻擊北邊的海鹽一帶，調開戚將軍你的主力，然後他們的大部隊再直撲這台州城。」

戚繼光道：「海鹽不過是個只有幾百戶人家的小縣城而已，倭寇在那裡是不會有什麼油水的，而這台州卻是浙東重鎮，商業發達，若是倭寇真的趁虛攻擊這裡，那倒是可以大賺特賺。」

李滄行說道：「我已經作了安排，由我的兄弟們隱藏在海鹽附近，胡總督給我們撥了軍服與兵器，到時候我的人就假扮您的主力，打起戚家軍的旗號，那些佯攻的倭寇也看到戚將軍的旗號，也會不戰而退，海鹽當可無事。」

戚繼光哈哈一笑，拍了拍李滄行的肩膀：「然後等倭寇的大隊人馬來到這台州的時候，我們再以主力出擊，大破敵兵，對不對？」

李滄行點點頭：「戚將軍，現在您的所部有五千多人，可這回來攻的倭寇卻超過兩萬，而且聽說是那個在岑港逃脫了的毛海峰帶隊，其中真倭，也就是那些浪人和武士的數量也超過八千，你的部隊能頂得住嗎？」

戚繼光很有自信地說道：「天狼，你也看到我部下的這個鴛鴦陣了，你覺得與那些倭寇的武士和浪人正面對抗，勝負如何？」

李滄行微微一笑：「這陣法實在是不錯，尤其是那狼筅，可以有效地防住倭寇的武士刀，正面對抗的話，三千人即可擊潰對方的五六千人，倭寇這回是分成了十幾股大小不等的力量，分頭搶劫，兵力也會分散，只是戚將軍可能要辛苦一點，四處奔波了。」

戚繼光沉吟了一下：「天狼，這回我不打算動用其他的部隊，只憑我這本部的五千人即可。而且我夫人現在在新河城，那裡是台州北邊的重要門戶，也是倭寇幾乎肯定會登陸的地方，我還得分出五百人去助守，海鹽那裡，就得多麻煩你去照看一下了。」

李滄行點點頭：「我正有此意，你的這支部隊是絕對可信的，但其他的部隊裡，很可能有嚴世蕃的耳目，**這仗的目的就是務求一戰下來，能全殲或者是重創浙江一帶的悍匪，所以保密是第一位的**，只是如此一來，我們以寡擊眾，需要速戰速決，連續作戰，只怕將士們要多吃點苦了。」

戚繼光笑道：「別的不好說，這吃苦麼，我自問義烏兵不會差過任何人。天狼，事不宜遲，你迅速地趕往寧海那裡，一旦擊退了海鹽的倭寇，就迅速地向新河那裡靠攏，平定新河之後，速來台州與我匯合。哦，對了，那倭首毛海峰這回帶了多少人，從哪個方向進攻？」

李滄行眼中寒芒一閃：「毛海峰這一路是倭寇的主力，部下也多是以前汪直所部的死忠，這些年在東南一帶鬧得最凶的，就是他們這股倭賊，數量不是太多，只有兩千左右，但俱是當年岑港逃生的老賊，消滅掉這股倭寇，浙江就算平定了一大半了。」

戚繼光嘆了口氣：「當年岑港之戰，毛海峰所部的倭賊之凶悍善戰，是我一生未嘗見到過的，至今仍然是歷歷在目，天狼，這些人多數是武功高手，不是尋常的倭人刀客，只怕最後還需要你的武林人士來解決這股頑匪。」

李滄行的眼中殺機一現：「我的斬龍刀早已經饑渴難耐了。」

十天後。

海鹽城外的一處山林中，千餘名一身土黃色勁裝打扮，黃巾蒙面的武林人士們，潛伏於山林之中。

時值冬天，草木都已經枯萎，山頭上也是一片黃土，這些江湖漢子們潛伏在這已經半禿的荒山上，看起來倒是與天地一色，遠遠望去，絕不會料到山上還有如此伏兵。

李滄行也換了一身土色勁裝，埋伏在最前面，一雙炯炯有神的虎目盯著十里外的海面上，他的心情也和海水一樣，不停地起伏著。

這是他獨立領兵的第一戰，雖然一切的情報都顯示，今天會有兩千左右的倭寇在此地登陸，可是從前天開始，他便和混入倭寇中的柳生雄霸斷了聯繫，眼下潛入倭寇陣中的兄弟們紛紛回歸，**只有柳生雄霸還是音信全無**，這不能不讓李滄行心中打鼓。

錢廣來趴在李滄行的身邊，拉下了臉上的面巾，見狀道：「滄行，你今天怎麼有點緊張啊，這可一點不像你，還在為柳生擔心嗎？」

李滄行沉聲道：「已經到正午了，也看不到倭寇的戰船，我委實有些放心不下。」

錢廣來咧嘴一笑：「不用怕，柳生的本事我們都清楚，其他人都回來了，他不可能陷在裡面的，想必是在倭子登陸的時候能裡應外合。」

一邊的裴文淵也開口道：「若是今天倭寇不來此地，而是轉掠別處，我們怎麼辦？」

李滄行咬咬牙：「等到申時，若是倭寇不來，我們就放棄這裡，全體向新河城轉進！」

歐陽可皺眉道：「萬一是倭寇在海上遇了風浪而耽誤了時間怎麼辦？我們只等一個時辰，是不是太短了點？」

李滄行研判道：「倭寇極善駕船操舟，他們就是算好了時機要調戚將軍的大軍來救，絕不會誤了時間，三天前？我們接到的情況就是倭寇已經在外島集結了，過來也只需要兩個時辰而已，斷不至於誤時，如果申時還沒出現，那只有一個可能，就是倭寇轉攻別處了。」

鐵震天不信地搖搖頭：「滄行，倭寇還會轉攻別處？這定好的計畫也能變嗎？他們就不怕誤了別處倭寇的大事？」

不憂插嘴道：「老鐵，滄行前幾天跟我們說過，這十幾股倭寇是各自為戰的，只不過因為忌憚戚將軍的厲害，才勉強同意合成一股，彼此間勾心鬥角，在這裡佯攻的倭寇，看著別人去打劫富庶的台州，自己卻要在這裡吃力不討好，能高興得起來麼，依我看，他們轉攻他處，才算正常。」

李滄行笑道：「我看不會，這回倭寇的總指揮是毛海峰，浙江一帶的倭寇多是原來汪直的部下，毛海峰作為汪直的養子，凶悍過人，當年岑港一戰又打出了名聲，這股佯攻海鹽的倭寇應該不至於敢違他的命令而轉攻他處，大家再耐心等等，我想他們很快就會出現了。」

李滄行的話音未落，錢廣來突然哈哈一笑：「看哪，倭寇的船來了！」

眾人齊齊地向著遠處的海外看去，只見海平面上浮現出一些輕快的戰船，先是桅桿，再是甲板，最後是船身，從海上的薄霧中源源不斷地湧現，粗粗一看，竟然有兩三百條之多。

李滄行目力過人，看得真切，那些船的甲板上，全是些剃著月代頭，揮舞著武士刀，赤腳椎髻的浪人武士，一個個皮膚黝黑，目光凶悍，正在哇哩哇啦地大叫呢。

裴文淵興奮地說道：「滄行，倭寇來了，我們現在怎麼辦，準備衝出去嗎？」

李滄行指揮若定：「不，我們離海鹽城還有三四里路，現在衝過去只會讓倭寇警覺起來，他們很狡猾，這次佯攻本就是想要吸引戚將軍的部隊，如果我們過早地出現，那他們一定會逃回船上的，記住，**我們這次的目的不止是打退倭寇，而是要盡可能地全殲**，這兩千多倭寇，一定要想辦法全部消滅掉，所以得讓他們進了海鹽城後，我們再出擊。」

錢廣來道：「滄行，城中的百姓已經全都撤出來了，只有三百多我帶來的丐幫弟子還在城裡，扮成百姓，倭寇進城後，我就讓他們裝著驚慌亂跑，這樣倭寇們便不會起疑心啦。」

李滄行點點頭：「胖子，那就辛苦你一趟了。」

錢廣來哈哈一笑，直起身，胖大的身形一動，如閃電般地就向遠處的城市奔去，很快就不見了蹤影。

李滄行轉頭對著其他的幾人說道：「大家都去帶領各自的部眾，看我手勢行動，我一舉旗，就全部衝下山去，不使一個倭寇漏網！」

小半炷香的時辰後，兩百多條倭寇的戰船已經靠到了岸邊，後面的一座大船上，倭寇的首領，來自九州的著名悍匪**伊東小五郎**，一身漂亮的竹製鎧甲，漆得五顏六色，戴著青銅鬼面具，志得意滿地站在船頭。

看著海邊的這座小縣城裡，城門大開，城頭的明軍旗幟早早地被放倒，而城中一片哭爹叫娘，人喊驢叫的聲音。

沙灘上，幾百名倭寇剛剛從海船上跳下，這會兒正亂哄哄地整著隊，而倭寇主力的一百多條船仍然在離岸三裡的地方，紛紛下了錨，在觀望不動。

伊東小五郎的身邊，一個尖嘴猴腮，有著兩根鼠鬚，綢布方巾，看起來像是狗頭軍師的瘦子一臉的諂笑，說道：「伊東桑，為何不一鼓作氣，全部登陸呢，現在戚繼光的部隊還沒到，我們正好可以搶了就走啊。」

伊東小五郎摸了摸自己脣上的仁丹鬍子，「嘿嘿」一笑：「劉爺，你的情報真的沒有問題嗎，戚繼光的部隊既然已經收到了情報，趕向這裡，為什麼現在還沒見人？會不會是埋伏了起來？」

那名叫劉爺的瘦子道：「伊東桑，你看那海鹽城，士兵早已經逃散一空，連城門都大開著，而西門那裡時不時地有逃難的百姓出去，顯然是戚繼光的部隊離得還遠，要不然怎麼也會堅持一會兒的。」

伊東小五郎的眼睛眨了眨：「你的意思是？」

劉爺臉上閃過一絲陰險的壞笑：「伊東桑，雖然我們這回是佯攻，但佯攻也要有佯攻的樣子，只是派人到沙灘上轉一圈，戚繼光的人還沒來我們就撤，那也起不到拖延的效果，只怕會誤了南攻台州的其他各部首領們的事。」

伊東小五郎冷冷地「哼」了一聲：「其他首領？我若是在這裡中了戚繼光的埋伏，部下死得七七八八，這些首領們會補償我的損失嗎？」

劉爺的小鬍子跳了跳，轉而笑道：「伊東桑，這不是還沒看到戚繼光的兵嘛，等他們來了，再撤也不遲嘛。」

伊東小五郎指著面前的沙灘，沉聲道：「你看到沒有，這裡根本連個港口都不是，水很淺，萬一真的有戚繼光的伏兵，那我們的船都擱淺在沙灘上，想跑都困難，所以我先讓前軍的幾百人進去探下虛實，如果沒有問題，再大隊跟進。哼，蚊子腿也是肉，這海鹽城裡也有幾百戶人丁，雖然沒什麼值錢的東西，但把這些人搶來賣到島津藩，也算是這趟不虛此行啦。」

劉爺豎起了大姆指：「伊東桑果然高明，毛爺讓你來這裡還真是選對了人啊。」

伊東小五郎得意地笑道：「跟了汪船主在海上闖了這麼多年，這點本事還是有的，對了，你們的小閣老允諾的那五萬兩銀子的好處，可不能不認帳啊。」

劉爺忙不迭地點著頭：「放心，少不了的。」

二人正說話間，那海灘上的倭寇們已經整隊完畢，心急的倭寇們也不等伊東小五郎的命令，一窩蜂似地衝向了海鹽城大開的東門。

伊東小五郎目不轉睛地盯著遠處的城池，手也緊張地抓緊了船上的護欄，過了好一會兒，城中火起，卻沒有半點兵刃相擊的聲音，而一大批百姓模樣的人正拼了命地從西門向外逃，推著小車，扶老攜幼，混在這幫穿得破破爛爛的人中間。

一個穿著綢緞衣服，看著像個員外紳士，給五六個護衛圍著的胖子顯得格外引人注目。

伊東小五郎哈哈一笑：「城裡沒有伏兵，這裡是安全的，兄弟們，聽我的號令，所有的船趁著漲潮的時候靠岸，跟我前去截下那些逃難的百姓，誰抓到人，賣奴隸得到的錢就分他七成！」

船上的倭寇們早就在等這個命令了，一聽伊東小五郎下令，全都爭先恐後地開始搖起槳來，也顧不得下到小船裡划上岸，百餘條戰船就這麼亂哄哄地擱淺在沙灘上，伊東小五郎第一個跳下了船，向著正向後山奔逃的那些百姓們衝了過去。

伊東小五郎一路狂奔，後面的手下們都爭先恐後地跟上，前面奔逃的那幾百名百姓，在他們看來就是跑動著的銀元寶，就連城中的那些打頭陣的探路倭寇，也紛紛從東門衝了出來，向那些百姓們衝去。

百姓們的隊伍中傳出了一陣驚呼聲，那個為首的胖子慘叫了一聲：「倭寇追上來了，鄉親們快逃命啊！」

此話一出，百姓們全都扔下了手中的東西，那些推車的男丁們連各自的小車也不要了，拉著婦人小孩子的手，甚至有些人乾脆背起老人，向城西那座光禿禿的荒山奔去。

伊東小五郎仰天一陣狂笑，現在，他再不懷疑戚繼光的部隊埋伏在這附近了，看那些百姓走路顫巍巍的樣子，怎麼也不可能是軍人，他停下腳步，身邊的手下們爭先恐後地越過了他，向前撲了過去。

劉爺跑得上氣不接下氣，趁著這當口終於追上了伊東小五郎，一邊揉著自己的胸口，一邊喘道：「伊東桑，伊東桑，也別追太遠了，萬一，萬一這時候戚家軍來了，我們，我們就麻煩啦！」

伊東小五郎哈哈一笑，指著南邊的沙地說道：「劉爺，你不會打仗，看不懂這地形，如果戚繼光的軍隊來了，那我在這裡就能看到他部隊揚起的煙塵。不是確定了他的部隊不在，我怎麼會這樣下令全員上岸呢，不用擔心，我們快打快撤就是。」

劉爺皺了皺眉頭：「伊東桑，不怕一萬，就怕萬一，我還是帶些人守著船，萬一出事，也好接應你撤退啊。」

伊東小五郎不耐煩地擺了擺手：「那隨便你了，你手下不是有兩百多人麼，帶他們守船就是。我要去抓俘虜了，別耽誤我的正事！」

他丟下這句話後，就抽出腰間的太刀，帶著人一起向前方兩里多的海鹽百姓們衝了過去。

劉爺搖搖頭，看了眼身邊的藍衣護衛，喝道：「愣著做什麼，回去看守船隻啊。」

為首的一個藍衣漢子皺了皺眉頭：「劉爺，眼看著前面這麼多俘虜，咱們就這麼放棄了，不是太可惜了嗎？」

另一個藍衣漢子附和道：「就是，劉爺，就算抓不到人，撿一些他們丟下來的財物也是好的啊。」

劉爺狠狠地給了第二個藍衣漢子一個耳光，打得他捂著發紅的臉，不知所措地站在原地。

劉爺罵道：「真他娘的豬頭，這點小錢算個屁啊，戚繼光狡猾得很，萬一用了伏兵，那些倭子一個也回不來，咱們吃小閣老的，只要有命，還怕沒賞錢拿嗎？全都跟我回去守船！」

伊東小五郎的武功和奔跑速度在這幫倭人裡算得上是鶴立雞群，他把褲腳挽到了膝蓋以上，把那身浪人裝的長裙下擺繫在腰間，只為比別人跑得更快一點。

苦心不負有心人，很快，他便衝到整個隊伍的最前面，近兩千倭人個個張牙舞爪，舉著明晃晃的武士刀或者是長槍，面目猙獰，兩眼放光，離著那些百姓已經不到半里了。

伊東小五郎的眼裡只剩下那個穿著綢衣的胖子，這人明顯是最有錢的一個，他想到這些年打劫的時候，經常碰到這樣的胖子把銀票和金元寶纏在腰上，抓到一個就能頂得上一千個窮鬼。

尤其這個胖子看起來跑得最慢，拖在整個隊伍的最後面，眼前就是一座不算矮的光山，除了黃土就是黃土，伊東小五郎的嘴邊浮起一絲冷笑，心中暗道：

「這山不算矮，死胖子是翻不過去的，**這頭肥羊，我吃定了**。」

那胖子看起來是跑不動路了，他一個趔趄，摔到了地上，前面的那些百姓們，都跟腦袋後生了眼睛一樣，不約而同地站住了。

伊東小五郎哈哈大笑起來，把武士刀的刀背搭到了肩頭，一隻腳跨出，踩在一塊石頭上，擺出一個拉風的姿勢，操著半生不熟的漢語，說道：「喂，那個胖子滴，不許跑，再跑，死啦死啦滴！」

那胖子緩緩地從地上站起了身子，滿頭大汗的臉上紅撲撲的，從容不迫地拍了拍自己前襟上的灰土，說道：「我滴，不跑滴幹活，太君，能不死啦死啦滴？」

伊東小五郎原以為這個胖子會跟以往的富商一樣，這會兒早嚇得尿了褲子，想不到他居然還能這麼鎮定從容地跟自己說話，心中暗道，這死胖子看起來不止是個富商，只怕還是個讀書人，官宦什麼的，這下子捉成了人質，以後更是可以勒索一筆巨額的贖金。

伊東小五郎走上前去，離那胖子還有一丈左右的距離，突然笑了起來：「你滴，什麼名字滴幹活？跟我做客滴，我滴，請你喝酒。」

胖子突然收起了笑容，那兩隻瞇成縫的眼線裡，神光猛的一閃，一字一頓地說道：「倭子，聽好了，老子『義也行賈』錢廣來，到閻王爺那裡可別說錯了仇家。」

伊東小五郎雖然狂妄，但畢竟跟過汪直徐海打劫多年，一看胖子這架式，心中暗叫一聲不好，這回怕是終日打雁反給啄了眼，讓這胖子扮豬吃老虎了。

再一看胖子身後的那些「百姓」，剛才還一個個羸弱不堪的樣子，這會兒全都直起身子，腰也不彎了，腿也不瘸了，個個紅光滿面，更像變戲法似的，從身上不知道哪兒摸出了明晃晃的刀劍與鐵棍，看起來個個都非弱者。

伊東小五郎咬了咬牙，看來今天是中了埋伏了，只不過眼前的這些敵人，雖然身具武功，但加起來也就是三百多人的樣子，自己再怎麼也有近兩千部下，多半是來自東洋，貨真價實的倭人刀客與浪人，在這海上縱橫了都有近十年，真打起來，怎麼可能怕了這三百多人呢。

伊東小五郎想到這裡，心裡稍稍安定了一些，冷笑道：「死胖子滴，竟然敢算計我滴，你們滴，通通死啦死啦滴！」

錢廣來哈哈一笑，兩根烏黑的旋棍不知從哪裡冒出，非金非鐵，透著一股冰冷的寒氣與殺意，厲聲道：「兄弟們，通通死啦死啦滴！」

錢廣來話音未落，胖胖的身子突然就像一個圓球似的，砸向了伊東小五郎，動作之快，讓人目不暇給。

伊東小五郎本能地舉起武士刀一擋，只聽「乒」的一聲，感覺到一股大力順著刀身而來，虎口一陣劇痛，幾乎把握不住手中的武士刀，腳下「登登登」地向後倒退了六七步，身子晃了兩晃，才算勉強站住。

再一看自己這口鋒銳異常的武士刀，只見刀口上給蹦開了兩個肉眼可見指甲大小的口子，而對面的那個胖子，卻是笑眯眯地站在原地，手中的兩根旋棍完好無損，正帶著一副嘲諷的模樣看著自己。

伊東小五郎意識到來人的武功非常高強，比自己要高出了許多，用日語吼道：「全他娘的給老子上，砍死這幫傢伙，一個不留！」

伊東小五郎身後的倭寇們早已按捺不住了，這些東洋刀客全都好勇鬥狠，聞戰則喜，一看到對面是有備而來的高手，個個興奮不已，紛紛插出武士刀，吼叫著衝了上去。

山坡上的李滄行嘴角勾出一絲冷冷的笑意，從懷中摸出一個青面獠牙的青銅鬼面具，戴在臉上，對身邊的裴文淵道：「文淵，斷敵退路的事就交給你了。」

裴文淵微微一笑：「看我的吧。」說著，他直起身子，兩百多人悄悄地跟著他，從山的另一側繞向了海鹽縣城。

李滄行抽出斬龍刀，閃亮的刀光在冬日的太陽光照耀下熠熠生輝，李滄行喝道：「兄弟們，殺倭寇啊！」身形一動，一馬當先地衝在最前面。

隨著李滄行的這一聲喊，剛才還不動如山的這面山坡上，一下子翻出了無數人來，個個身著土黃色的勁裝，蒙著黃色面巾，一雙雙炯炯有神的眼睛裡，卻是閃著仇恨的火焰。

這幾年，眾人在東南沿海見多了被倭寇們禍害的百姓，那一個個被洗劫過的城鎮，那一排排新添的墳頭，一片片被迫荒棄的良田，都讓這些熱血的江湖男兒們積累了巨大的仇恨，就如同火山一樣，只等著今天來一個總爆發。

李滄行周身騰起一陣紅氣，兩隻眼睛也變得血紅一片，斬龍刀已經被他注入了強大的內力，刀身變得如同烙鐵一般，灼熱的氣浪在幾丈外都能感受得到，還沒等倭寇們回過神來，他便衝進倭寇群中，腳下正踏九宮八封步，虎腰左扭右閃，一下子躲開了向他劈來的兩刀，而斬龍刀一揮，兩顆人頭帶起兩蓬血雨，飛到了半空中，兩具屍體則在他的身後緩緩地倒下，手裡還緊緊地握著武士刀。

就這一會兒工夫，錢廣來帶的丐幫弟子們也跟倭寇全面交上了手，這些丐幫弟子多數持著鐵棍，比起倭刀稍長一些，而這些丐幫弟子的蓮花落和陰山棍法都相當了得，雖然一時間人數處於下風，但結陣而戰，倭寇們一時間倒也根本無法攻入他們的棍陣之中。

而李滄行則是以勢如破竹之勢，直接闖進敵群之中，今天他沒有任何顧忌，天狼刀法出手絕不留情，左手持著莫邪劍，連環奪命劍的招式如長江大浪滔滔不絕，所過之處，一片斷肢殘臂，沒有一個倭寇能欺近他三尺之內，便落得一個身首異處的下場。

夫戰，勇氣也，倭寇的凶狠主要在於其衝擊時的那種一往無前的氣勢，可是被天狼這樣一陣逆襲，士氣為之一奪，原來瘋狂向山上衝鋒的那些浪人武士們，都放慢了腳步，開始打量起這個高大魁梧的漢子。

李滄行飛起一腳，把當面的一個倭寇刀手踢得凌空飛起，只聽一陣「喀喇」的聲音，那是此人胸骨被踢得粉碎的響聲，而他的身體則帶著長長的血線，從倭寇們的頭頂上飛過，落到了十幾丈外，正好撞上了一塊大石頭，腦袋就像雞蛋殼一樣被摔了個粉碎，白色的腦花子流得滿地都是。

站在李滄行面前一丈左右的伊東小五郎，他持刀的手已經微微地發起抖來，隨著李滄行的一陣亂殺，不僅打死了他二十多個手下，而且那山坡上的上千黃衣人，已經如猛虎下山一般地衝了過來，山坡上則豎起一面寫著「戚」字的大旗。

伊東小五郎咬著牙，如此可怕凶殘的殺人方法，他以前曾經見過，那是在三年多年與陳思盼的大戰中，他看到過一個渾身是血的大漢，也是這樣揮著一把閃著紅光的大刀，如虎入羊群一般，所過之處，血流成河，斷首殘肢滿地都是。

那幕視覺上的衝擊，帶給他的卻是心靈上的震撼，如果讓他選擇，他寧願一輩子也不再碰到這個可怕的殺神。

伊東小五郎掩蓋著心中極度的恐懼與不安，沉聲道：「你，你就是錦衣衛天狼嗎？」

李滄行「嘿嘿」一笑，左手的莫邪劍飛回背上的劍囊，右手的斬龍刀紅光一散，刀上的血槽中流著的鮮血一下子蒸發得無影無蹤，隔了一丈遠的倭寇們只覺得一陣刺鼻的血腥氣撲面而來，不僅人人為之變色。

李滄行冷冷地說道：「不錯，我就是天狼，只不過我現在不是錦衣衛了，你是這幫倭寇們的首領嗎？」

伊東小五郎的心在猛的下沉，他見識過天狼的可怕，也曾經聽說過天狼在三年前一人擊斃數百錦衣衛，不知所蹤的傳說，當時這些大小倭首們為此還彈冠相慶，心想總算讓這尊煞神離開這東南之地了，可是沒想到今天，他又面對了這尊可怕的死神。

伊東小五郎咬了咬牙，大吼一聲：「老子跟你拼了，大家並肩上啊！」

他手中的倭刀捲起一陣旋風般的刀氣直襲天狼，身邊的手下們也戰意復燃，隨著這一下刀氣出氣，紛紛撲向了幾丈外的李滄行。

李滄行的嘴角勾了勾，眼中殺機一現：「不自量力！」他的周身忽然紅氣大盛，右手中的斬龍刀縮到三尺四寸，脫手而出，勢若流星，衝在最前面的一個倭人，正雙手高高地舉刀過頭頂，準備給天狼來個迎風一刀斬呢，不料中門大開，斬龍刀就像切豆腐一樣地切開他胸前肌肉，白刀子進，白刀子出，刀鋒從他的背上穿出，血液則順著那道血槽不停地滴下。

這倭寇身邊的幾個同伴大喜過望，沒了刀的天狼總比有刀在手的更容易對付，他們「哇呀呀」地一陣怪叫，倭刀舞得跟風車一樣，恨不得能把天狼就這樣砍成八塊。

天狼眼中的紅氣猛的一收，從他的右手掌中，一道肉眼難辨的紅色真氣扭動著空氣，形成了一個扭曲的結界，直聯繫上了斬龍刀的刀柄，那把斬龍刀彷彿有靈性似的，剛才還瑩白如玉的刀身突然變得紅光大作，緊接著就是一陣龍吟之聲。

那個給捅了個透心涼的倭寇刀手，身軀像是從中炸開似的，一下子變得四分五裂，殘肢、屍塊和內臟飛得滿天都是。

腥紅的血噴得倭寇刀手身後的兩人滿臉都是，一下子糊住了眼睛，這兩個悍倭沒料到眼前的屍體會突然炸開，一邊用手抹著臉上的血跡，一邊叫道：「八格牙路！」只覺得肚子一涼，然後是什麼東西從自己的體內流了出來。

兩人不約而同地看向自己的肚子，只見自己的腸子開始順著一道越開越大的血口子向外流，對面的李滄行站在三丈之外，而那把斬龍刀卻是在空中飛舞著，彷彿有一個隱身人正拿在手裡操縱一樣。

這兩個倭寇刀手的身子軟軟地撲倒在地上，四隻眼睛還睜得大大的，他們到死也沒有想明白，對面的那個天狼是如何用這把刀殺了自己。

站在天狼身後幾丈處的錢廣來卻是臉色一變，脫口而出：「**以氣御刀？這，這難道是傳說中的以氣御刀嗎？**」

李滄行仰天長嘯，只見李滄行的左右手隨著姿勢的不同，不停地噴出或濃或淡的紅色真氣，遠遠地控制著那把斬龍刀。

斬龍刀彷彿有生命似的在空中旋轉，飛舞，速度之快，那些倭寇們極少能看得清，往往只覺得眼前一花，一陣刀風撲面，本能地拿刀去格擋，卻只聽到「叮」地一聲，刀身從中斷裂，緊接著就是自己的胸口或者脖子上一涼，然後眼前一黑，永遠地離開這個世界。

上衝的倭寇們給這斬龍刀的一通空中旋轉，像割麥子一樣地砍倒了三十多個，往往是身子還在向前衝，頭卻已經滾到了地上，那無頭的屍身再向前奔出十餘步才不甘心地仆地。

李滄行的眼裡透出一絲興奮，他面對眼前的上千倭寇，不用考慮誤傷的問題，源源不斷地內力從丹田產生，運行全身，從掌心噴出，控制那把斬龍刀，把天狼刀法發揮地淋漓盡致，平時持刀在手時，還需要考慮閃避敵人攻擊的問題不復存在，只要用最快的方式和速度收割這些倭寇的性命就可以了。

即使是最凶狠的倭寇，看到天狼這樣的殺人方式，也不由得心生懼意，看著同伴三五成群地衝上去，卻在七八丈外就給砍得血肉模糊，那個人似乎還會妖法，手一揮，那把閃亮的刀竟就在空中飛來飛去，所過之處，一片腥風血雨，而自己引以為傲的武士刀，在這把泛著藍光、淌著血的飛刀面前，就如同小孩子的玩具，一碰即斷，甚至有不少人被自己斷掉的刀劍插進身體。

伊東小五郎呼喝著手下上前的同時，自己卻悄悄地退到了十丈開外，儘管他知道天狼很厲害，但沒想到居然自己的手下沒有一個人能靠近他，在天狼前面，已經橫七豎八地躺了上百具屍體，個個肚破腸流，或是身首異處，死狀極慘。

伊東小五郎怒火中燒，吼道：「拿鐵炮轟死他，我就不信了，這傢伙難道是金剛不壞之身！」

話音剛落，二十多個戴著陣笠（鐵炮手戴的一種尖頂的帽子，帽子後有布簾擋雨，以免雨水流入後背，是鐵炮手的標準裝備）的鐵炮手衝上前來，最前方的刀手們迅速地讓開了一條通道，二十多支燃著火繩的鐵炮，指向了十丈外的李滄行。

李滄行早有準備，左手一揮，斬龍刀在空中一個迴旋，正前方三個鐵炮手連哼都沒來得及哼一聲，腦袋就跟熟透了的西瓜似地落到地上，隨著紅色天狼勁一收，斬龍刀如活物一般，掠過其他鐵炮手的面前，飛回李滄行的手中。

這些鐵炮手以為機會來了，嘴邊掛著得意的微笑，迅速扣下了扳機，李滄行不躲不閃，閒庭信步一般地單手持刀，另一手背負於後，神態瀟灑自若，彷彿視眼前這些鐵炮手如無物。

錢廣來走南闖北，聽說過倭人鐵炮的厲害，一看這架式，臉色大變，大叫一聲：「當心！」肥大的身形一動，一下子撲到李滄行身前，也不知從哪裡搞來一塊盾牌，架在前面。

李滄行卻微微一笑，輕輕地推開了錢廣來。

意料中的那種百雷擊落的聲音沒有響起，倭寇鐵炮手們個個臉色一變，又扣了幾下扳機，仍然沒有絲毫動靜，再一看自己的槍手，才驚異地發現，燃燒的火繩早已被李滄行剛才的御風飛刀凌空斬斷，沒了火繩去點燃鐵炮槽中的火藥，鐵炮自然就變成了一根廢鐵，再也無法使用。

錢廣來一愣之下，馬上意識了過來，哈哈一笑：「真有你的，這也行！」

李滄行眼中殺氣復現：「把這幫倭寇全給宰了，一個不留！」

不等李滄行話落，鐵震天、歐陽可等人已經帶著各自的部眾衝了上去，錢廣來那肥胖的身形也跟著一動，帶著丐幫的弟子們奮勇向前，數百名土黃色的高手，如同數百把鋒刃的尖刀，狠狠地插入倭寇的陣形之中。

倭寇們愣神之際，便被一陣突如其來的暗器雨打倒了數十人，再回過神來時，敵人已經近身撲來了。

倭寇的刀客浪人之所以凶悍善戰，一來是刀法犀利，二來是其人悍勇凶蠻，衝鋒的時候氣勢十足，倭刀又長又鋒銳，是最好的攻擊利器，但一旦陷入一對一的近身格鬥，給善於貼身肉搏、武器短小精悍的武林人士們近身攻擊，四尺長的倭刀優勢便無法發揮，盡處下風。

加上倭寇們畢竟不是正規部隊，雖然凶悍，但多是遇弱則強，欺軟怕硬之徒，占上風時，那是勢如破竹，威風八面；可是處於逆境時，很快便兵敗如山倒。

他們在東洋就多數是戰敗逃跑的敗軍之將，現在被武林高手近身搏擊，不到半炷香的功夫就倒下了四五百人，剩下的人更是不住地後退，雖然前排兩三百名悍勇之徒還在困獸猶鬥，但後面的人早已悄悄地在打退堂鼓，尋找逃跑的路徑了。

李滄行先聲奪人後，一直留在原來的位置，冷冷地看著戰事的進行。

由於倭寇們一開始的氣焰被他一個人打退，己方士氣大振，猛打猛衝，立時與倭寇們陷入一對一的格鬥狀態。

這是長於單打獨鬥而短於陣列作戰的江湖人士們最拿手的，擊斃四百多名敵軍的同時，己方的損失只有二十多人，勝負可謂一邊倒，眼下倭寇頹勢已現，現在要做的，就是盡可能地全殲這股倭寇，不讓他們有一人漏網。

李滄行發現有兩百多名打扮與倭人不同的藍衣人，在一個看起來像是狗頭軍師的帶領下，轉回了岸邊的大船，他猜想到這一定是倭寇留下來確保退路的人。倭寇作戰向來狡猾，一旦形勢不妙就上船逃跑，這次一定也不例外，所以他讓裴文淵率人暗中從海鹽城繞過去，突襲倭寇的戰船，以斷其後路。

劉爺正在手忙腳亂地指揮手下趕快解開繫在木樁上的纜繩，從李滄行現身後，他便感覺到大勢不妙，等李滄行一個人就打退了上百倭寇後，他便曉得今天絕對討不了好，忙下令手下趕快把擱淺在沙灘上的船推回到海裡。

這時候他只有一個想法，希望伊東小五郎能盡可能地多拖延一會這支可怕的敵軍，給自己的跑路創造出足夠的時間。

只是倭寇們上岸搶劫的時候爭先恐後，連小船都不坐，直接就把大船衝上了沙灘，而倭寇的船多是平底船，一旦擱淺，想要弄回去就得費老大的力氣，像現在這樣，幾十個漢子推一條船，使出吃奶的勁，也只不過推出三四丈遠，離下海還有一段距離呢。

劉爺又氣又急，額頭上的汗珠不停地狂冒，這時他恨不得自己能長出一千隻手，變身成大力金剛，輕鬆地把船拎進海裡，然後坐上去乘風而去，離這片該死的戰場越遠越好。

劉爺看著遠處沙灘上那些滿臉通紅的手下們，再也受不了了，解下腰間繫著的一條皮鞭，在空中抖了個鞭花，聲嘶力竭地吼道：「哪個再他奶奶的不出力，別怪老子下狠手抽人了！」

這聲怒吼果然起了點效果，兩百多名漢子開始喊起口號，船稍稍地向前進了四五步，終於有一半以上沒入了海水中。

遠處的小山坡上，倭寇們仍然擋不住地連連敗退，每退一步，都會有一兩人慘叫著倒下，伊東小五郎一邊不停地吼道：「頂住，衝啊！」一邊連推帶踢地把身邊能看得見的手下們頂到前面去，手裡的倭刀也不斷地在空中揮來舞去，顯得自己好像在砍人似的。

可他的眼角餘光，卻時不時地就掠向海灘，老劉的一舉一動盡入他的眼中，他的心中在暗暗地祈禱：「老劉，你他娘的一定要爭點氣啊，咱今天能不能活，就全靠你了。」

一個大浪襲來，剛剛推下海有四五步的三條船，又向沙灘上回退了三四步，推船的幾個漢子在這又滑又濕的沙灘裡站立不穩，不禁摔了個七葷八素。

老劉再也忍不住了，那條皮鞭在空中一抖，立時落到一個黑皮漢子的身上，只聽「啪」的一聲，一道血紅的鞭印下便皮開肉綻，血水也順著鞭痕向下流淌，黑皮漢子被抽得一個踉蹌，摔到海水裡，傷口被海水一浸，頓時哭天搶地，哀號不已。

老劉這突如其來的一鞭，讓所有的手下都呆住了，大家的印象裡，老劉只是個白面文人，沒想到居然出手這麼狠辣，嚇得噤若寒蟬。

老劉冷笑一聲，一運氣，外面的長衫馬褂被震得四分五裂，露出裡面一身金光閃閃的護身軟甲來，這時候眾人才看清楚，他手上的這條皮鞭，看起來不起眼，可是鞭身上盡是倒刺，似乎是由蛟皮製成的。

眾人都是練家子，剛才挨鞭子的黑皮漢子是個外功高手，鐵布衫功夫可擋尋常刀劍，皮肉仍然開了花，想不到這老劉竟是個功力不弱的練家子呢。

只聽老劉咬牙切齒地說道：「哪個再他娘的偷懶，老子這鞭子就不客氣了，想活命就快點推船，快啊！」

他說著，手一抖，鞭子又在空中抖出了一個大花。

呼嘯的風聲讓每個推船的漢子們心中也跟著一抖，哪兒還敢多話，連忙使出吃奶的力氣，把船拼命向海裡推，就連那個給打得摔到海裡的漢子，也不知從哪兒來了力氣，一下子從水中蹦了起來，兩隻膀子上的肌肉高高隆起，按在船身上，跟眾人一起喊著口號。

說來也怪，也許是正好退潮，那三條船給這二百多人一下發力，居然給推出去六七丈，眾人精神大振，再次發力，三條船終於順利地給推進海裡，眾漢子們這下如釋重負，紛紛一屁股坐在地上，哈哈大笑起來。

山坡上的伊東小五郎一看三條船已經下水，再也顧不得交戰了，匆匆地吼了聲：「全都回船！」自己便率先向海邊奔去。

就當他剛邁開兩步的時候，突然眼前一花，離自己五尺外閃過一個黃色的影子，就見那個可怕的天狼這會兒正站在自己面前，眼神中帶著一絲嘲諷的笑意，斬龍刀被他右手舉著，扛在肩上，開口問道：

「好朋友，你這是想去哪兒啊？」

剛才李滄行一直注意著敵首伊東小五郎，這傢伙自打開戰後便狡猾地縮在中間，自己隔著幾百人很難傷到他，而且敵我混戰，這時候衝進去容易誤傷，所以李滄行一直冷冷地盯著這個敵酋而沒有行動。

隨著倭寇的敗勢越來越明顯，伊東小五郎慢慢地後退，一邊把身邊的人推上前去，自己則不知不覺地退到全隊的最後，李滄行心下雪亮，這傢伙是準備要開溜了。

岸邊的那些倭寇們交給裴文淵料理，李滄行的眼裡，只剩下這伊東小五郎，他判斷出此賊欲逃的意圖後，便不聲不響地從側面繞了過去，正好搶在伊東小五郎開溜的時候攔在他的面前。

伊東小五郎腦子轟地一聲，他做夢也沒有想到這個可怕的傢伙如此陰魂不散，連自己逃命的時候都給堵個正著。

不過伊東小五郎畢竟是東洋悍匪，凶悍過人，這時候更是要奪路逃命，狂吼一聲：「八格牙路！」抄起手中新換的一把太刀，雙手舉過頭頂，也不顧自己的中門，紅著眼睛，嘴裡如同蠻牛一樣地吐著氣，他打定主意，就算是死，也要把這個該死的天狼給一刀兩斷，同歸於盡。

伊東小五郎這搏命的一刀，驚得附近的倭寇們都停下了動作，扭頭看去。

李滄行一動不動，冷冷地看著這個以百米衝刺速度向自己全力突進的對手，就像鬥牛士在看著一頭發瘋衝向自己的公牛，在外人眼裡快如閃電的伊東小五郎，此刻在李滄行那雙鑽石般的電眼之中，慢的就像是分解動作。

李滄行的周身突然燃起了一陣紅氣，這一刻，沿海那一座座被洗劫被焚毀的村莊，那大道兩邊隨處可見的倒斃屍體，那被倭寇們糟蹋後，下體再插進各種木棍，豎在村鎮入口處的婦女屍體，都映入了他的眼簾，緊跟著的，則是他通紅雙眼中的一道冷冷的殺意。

第十章

將門虎女

王蓮英是典型的將門虎女，
自小逢南少林的燈禪大師傳授一身武藝，
當年落月峽之戰中，王蓮英女扮男裝，
跟隨南少林的僧兵出陣，
靠著過人的武藝連殺數十名魔教徒眾，
成為江湖上有名的女中豪傑。

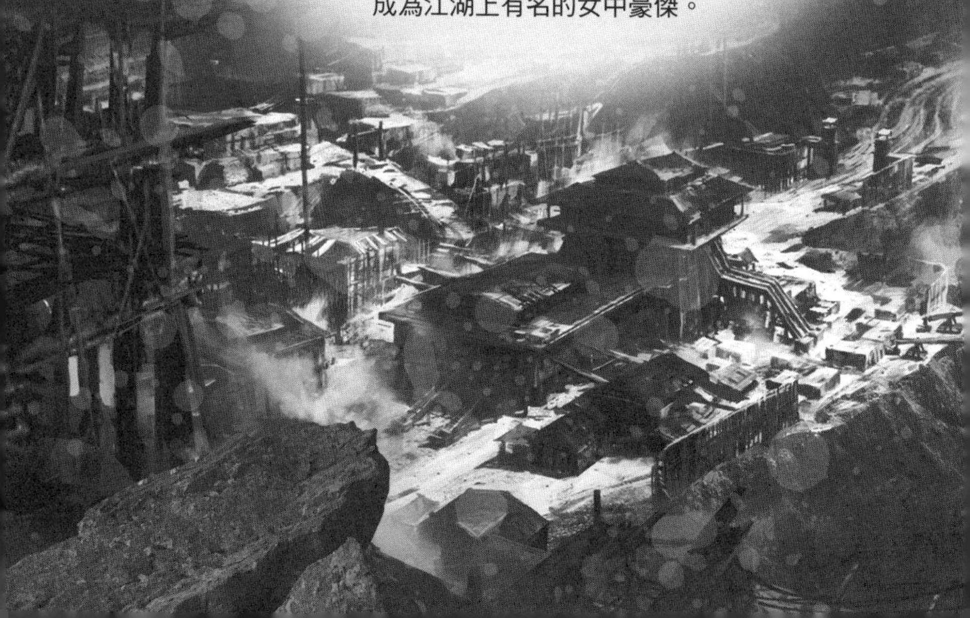

李滄行踏出腳步，當頭而來的呼嘯一刀，勢如千鈞，無數次和柳生雄霸過招的經歷讓他閉著眼睛就知道，這伊東小五郎的「迎風一刀斬」如果沒有砍中自己，一定會變力劈為橫斬，轉而掃掠自己的腰際。

李滄行根本不打算給伊東小五郎變刀的機會，他的虎腰一扭，身子斜斜地向一邊偏出，而那刀鋒的寒意，從他的鼻尖掠過，他的耳朵裡甚至能聽到伊東小五郎的心跳之聲。

伊東小五郎的大刀落下，正準備橫掃，只覺得右肘的曲池穴一酸，緊接著，整個右臂便失去了知覺，原來是李滄行閃身的同時，以斬龍刀柄輕輕地一撞他的右臂曲池穴，直接戳中了伊東小五郎的酸經，野太刀最需要雙手合力，一手被廢，自然持刀不穩，也無力橫掃了。

還沒來得及等伊東小五郎叫出聲來，只覺得一陣風起，李滄行的身形鬼魅般地轉到了他的身後，一道冷風拂過了他的後背，他覺得有什麼東西從自己的背上分離了出去，緊接著又是一陣風吹過，他的背一陣鑽心般的疼痛，那感覺他經歷過，幾年前海戰時，給炮彈片削掉了腿上的一塊肉，然後被海風一吹時，那血淋淋的傷處就是這種感覺。

伊東小五郎意識到自己的背被天狼生生地剜了一塊肉，緊接著，他的左手也是一涼，這回他看清楚了，天狼的影子從自己的眼前一閃而過，他血紅的眼睛裡，看自己的眼神彷彿是在看一個死人，甚至還有一絲的憐憫。

恍惚間，伊東小五郎看到了自己左臂上端的一塊肌肉凌空飛出，而自己手臂皮膚上刺青的那個大大的「武」字，在這海邊冬天陽光的照耀下，卻又如此地清晰。

伊東小五郎想要張口狂叫，又只覺得手中一輕，那把雙手持著的太刀被李滄行生生奪了去，也不知道他用的是什麼手法，腰上又是一寒，緊接著是腿上。

他的腦子終於反應了過來，邁開腿想要向前逃跑，卻只覺得背後頸椎處的椎穴給人狠狠地一點，自己就像給人施了定身法似的，再也動不了一下了。

李滄行一把扯掉胸前的黃色衣襟，露出毛茸茸的胸膛，沖天的恨意占據了他的整個腦子，讓他隨時都要爆炸，他仰天長嘯，聲音淒厲，如蒼狼怒嚎，嚇得周圍的倭寇們全都離了五丈開外，哪個還敢上前。

那伊東小五郎給李滄行這一下吼得已經肝膽俱裂，剛才的悍勇全靠著一口氣撐著，李滄行剛才從他身上削去的四片肉，這會兒傷處給風一吹，鑽心地痛，平時他砍人時那種快感，換到了自己被砍時，終於體會到了那種死亡的恐懼，現在自己連話都說不出來，動也不能動，是一隻任人宰割的羔羊，他的眼神中露出無盡的恐懼，不知不覺中，褲子也給尿濕了。

李滄行眼中紅光暴閃，看了一眼伊東小五郎，冷冷地用東洋話說了句：「為你做的孽懺悔吧。」

李滄行身形一動，捲起漫天的煙塵，紅氣和黃土把他的身子籠罩在一片煙霧之中，隨著他的動作越來越快，近在咫尺的倭寇們根本無法看清他的動作，只感覺伊東小五郎的身體被完全籠罩，更可怕的是，透過煙霧，不停地有血肉橫飛出來。

被制住啞穴，無法說話的伊東小五郎，喉頭間只能不停地發出「荷荷」聲，震撼著每個倭寇的心靈，每個人都想奪路而逃，可是腳卻像在地上生了根似的，一動也不能動。

也就是片刻的工夫，這團混著紅色血氣的煙塵終於停止了，伊東小五郎全身上下已經變成一具白色的骨架，連一絲血肉也不復存在，頸骨上，腦袋還完好無損，睜大了眼，臉上的肌肉極度的扭曲，可見他的痛苦有多深，兩隻不瞑目的眼裡，更多的是恐懼而非痛苦的神情，畢竟看著自己的血肉給一寸寸地剮掉，卻毫無反抗之力，這種恐懼足以讓他下輩子都記憶猶新。

李滄行的身形終於停了下來，混著血肉的塵埃慢慢地褪散，倭寇們終於看清楚了這幅可怕的畫面。

李滄行那高大魁梧的身軀傲立在伊東小五郎的骨架旁，手上拿著兩把刀，左手是伊東小五郎的倭刀，右手則是斬龍刀，兩把刀都是明光閃閃，看不到半絲血跡，一如那伊東小五郎白骨森森的骨架，因為李滄行已經把伊東小五郎的血肉徹底以內力蒸發了，所以刀上不見一絲血跡。

李滄行眼中紅光消退，虎目閃閃著冷冷的寒光，他的左手抓著伊東小五郎的椎髻，稍一用力，他的腦袋便轉了個一百八十度的彎，本來面對著海邊的腦袋轉到了後面，直面那些倭寇手下們，而那張臉上因為極度的恐懼與疼痛而變得扭曲的表情，也被這些鬥志已失的倭寇們看了個真切。

李滄行嘴脣微分，運起胸中之氣，每個倭寇的耳朵裡都清楚地聽到他冷冷的東洋話語聲：「扔下兵器，跪地投降者免死，不然，下場當如此！」

隨著他這殺氣十足的話語，李滄行左手一發力，伊東小五郎的腦袋被他毫不費力地生生擰下，那副白骨架子則稀裡嘩啦地散了一地。

將者軍之膽，首領被李滄行以如此酷烈的方式陣前殘殺，即使是凶悍的真倭們也沒有任何的鬥志了，百餘個沿海漁民扮成的假倭一下子扔掉了手中的武器，跪地用漢話大聲求饒，這一下連鎖反應，讓剩下的真倭們也紛紛棄刀跪地，山坡上呼啦啦地跪倒了一大片。

此時在海灘上的老劉卻無暇看山坡上的景象，折騰了半天，好不容易把三條船都推下了水，這會兒正呼喊著手下們迅速登船呢。

他長出了一口氣，方才向遠處的山坡上望了一眼，正好看到李滄行把伊東小五郎砍成一副白骨，迫使所有倭寇投降的一幕，強烈的衝擊讓他比任何時候都更急迫地想要離開這個鬼地方。

老劉扭過頭，對著手下們吼道：「再快點，晚了全都走不了啦！」一抖蛟皮鞭，皮鞭在他的腰上繞了幾個圈，穩穩地收住，準備上船。

空中突然傳來一聲淒厲的破空之響，老劉臉色一變，這聲音來得如此之快，明顯是衝著自己來的，他本能地想要向旁邊閃，腳卻陷進了海水的泥沙中。

浸了海水的泥沙極其鬆軟，讓他根本無從發力，再想移動已經來不及了，只見一把飛刀貫穿他的脖子，他甚至在低頭的時候能看到自己的喉結穿出一截血紅的刀鋒，連慘叫聲也來不及發出，在空中虛抓了兩下，便一頭撲進了海水中，頓時把海水染得一片血紅。

接著，一個軒昂的聲音從幾十丈外順風飄來，老劉的手下們循聲看去，只見一個三十多歲，長鬚飄飄、道士打扮之人，一身黃色勁裝，身後跟著兩百多名手持弓箭的手下，威風凜凜地站在三十丈左右開外，那道士背上背著一柄長劍，腰間卻掛著兩排皮袋，裡面全是明晃晃的飛刀。

不知是誰突然喊了一聲：「劉爺死了，大家快上船逃命啊！」

話音未落，只聽一聲破空聲過，一個漢子的額頭中間突然插上了一把飛刀，刀鋒從腦後而出，他雙眼圓睜，仰面朝天地倒下，摔在水裡，血花和他的屍體頓時浮在海面上，紅色的血浪在海水中慢慢擴散。

裴文淵的聲音再次響起：「我知道你們是誰派來的，扔下兵器跪地投降者免死，不然下場與剛才那兩人同！」

為了推船，剛才藍衣漢子們早就把武器扔到了海灘上，裴文淵的話和他的雷霆手段讓所有人不敢再說半個不字，嘩啦啦地一下子跪倒了兩百多號人，正好這時一個浪頭過來，不少人直接被海水給淹到脖子這裡，即使這樣，也不敢動上一動，生怕那可怕的飛刀取了自己的性命。

裴文淵冷笑一聲，一揮手，身後的幾十名弟子把弓箭收起，拿出繩索跑上前去，把一個個跪在水中的藍衣護衛們拉起，然後兩三人一組的綁起來，再用繩子串成一串，還一個個封住了氣海穴，這樣他們便不能使出內力震斷繩索了。

李滄行這時候也走到了海邊，看著倒斃在水中的劉爺的屍體，可惜了聲：「文淵，此人是嚴世蕃派來與倭寇合流的關鍵人物，若是能生擒，可以從他身上獲得不少有價值的情報。」

裴文淵抱歉地說：「都怪我，剛才我看此人乃是頭目，想把他制住，其他人自然不戰而降，結果忘了他的腳陷在淤泥裡，不小心要了他的命。」

遠處山坡上，千餘名倭寇俘虜也被繩索捆綁了起來，十幾個人圍成一圈，個個垂頭喪氣，全然不復以往的凶悍與神氣。

幾十個沒有參加戰鬥的高手們，這時候在錢廣來的帶領下看守著這些俘虜，其他弟子則在歐陽可、鐵震天等人的率領下，列隊向海邊而來。

一陣馬蹄聲響過，從山坡後面奔馳出十餘騎，為首的一個，身著綠色的七品官服，戴著烏紗帽，身形瘦削，膚色發黑，臉上用針尖也挑不出四兩肉，可是一雙眼睛卻是炯炯有神。

李滄行扯下面巾，露出了戴著人皮面具的臉，迎向那十餘騎，遠遠地拱手道：「海知縣，幸不辱使命。」

來人姓海名瑞，號剛峰，海南瓊州人氏，舉人出身，但沒有中過進士，本來在福建南安任教諭，為人剛正不阿，曾經有一次上司來巡察，面對一省巡撫，身邊的人全都下跪迎接，只有海瑞傲然而立，沒有下跪，樣子就像一個筆架似的，於是時人都叫他「**海筆架**」或者「**海剛峰**」。

去年徐階和張居正等清流派大臣聽說了海瑞的為人，便想盡辦法把他調來東南，在這塊已經完全給嚴黨控制的地方打進另一根楔子（還有一根楔子，是時任杭州知府的譚綸）。

海瑞本來擔任的是淳安縣令，海鹽的縣令正好在幾天前調任，新知縣還沒上任，前幾天李滄行來此地時，城中一片混亂，海瑞也聽到了倭寇有可能來犯的風聲，便帶著淳安縣的數百衙役與自告奮勇的鄉民來海鹽助守，與李滄行算是一見如故，今天李滄行在戰前盡撤城中百姓，藏於西山之後，便多虧了海瑞的調度有方。

海瑞翻身下馬，向李滄行拱手道：「海某代海鹽的數千父老鄉親謝過天狼將軍。」

李滄行微微一笑，道：「海知縣，此間事畢，賊首中，那個叫伊東小五郎的，已被我親手斬殺，另一個叫劉爺的大明奸細，也被我軍擊斃，此戰殺賊四百七十六人，俘虜一千六百八十三人，您請清點一下。」

海瑞哈哈一笑：「天狼將軍辛苦了，城中的父老們都已經說好，要為將士們擺酒慶功呢，海某以為這是東南多年來難得一見的大勝啊，值得慶賀。」

李滄行搖搖頭，正色道：「海知縣，你的好意本將心領了，我等還有緊急軍務在身，這會兒就要趕往他處。這些俘虜們，要麻煩海知縣多費點心了。」

海瑞臉色微微一變：「怎麼，難道別處還有倭寇的軍隊？」

李滄行道：「正是，這次倭寇是分兵多路攻掠浙江沿海，這一路，應該是他們想要調開我大軍主力的一路疑兵，正是因此，戚將軍才讓我等武林人士打起大軍的旗號來此埋伏，務求全殲倭寇的同時，也要讓其他各處的倭寇以為戚將軍在此，而大膽地攻擊他處。」

海瑞眉頭舒展開來：「原來如此，這裡的倭寇就有兩千餘人，還只是疑兵，看起來這回倭寇真的是全面出擊了。」

李滄行把海瑞拉到一邊，離人群百步之外，壓低了聲音道：「海知縣，你的人夠看守這些倭寇嗎？」

海瑞點點頭：「海鹽的大牢我已經打掃乾淨了，足可容納四百多人，另外，城中的穀倉也清理一空，關個一千多人沒有問題，這回我有兩縣的義勇五百餘人，看守一千多俘虜，你就放心吧。」

李滄行滿意地道：「一會兒還要請你想辦法放掉十幾個倭寇，讓他們去報信。」

海瑞先是一愣，繼而反應過來，笑道：「是要他們把戚家軍主力在海鹽的消息散布開去，是嗎？」

李滄行道：「不錯，我明明可以很輕鬆地全殲倭寇，但還是要打起旗號，就是做給他們看的，只不過我們的動作太快，沒有放跑一個倭寇，現在如何讓一些倭寇能逃回去向其他的倭寇報信，是個問題。」

海瑞想了想道：「天狼將軍，你放心吧，這事交給我，你現在迅速帶人離去，一會兒我押解倭寇的時候故意放走一些人，讓他們乘船逃跑，應該就行了。」

李滄行微微一笑：「那就全賴海知縣了。對了，你要放人的話，那些山坡上俘虜的真倭寇不要放，這些是日本浪人，死而逃生後未必會去找別的倭寇，有可能會就這麼逃走了，找那些海邊的藍衣俘虜放，他們不是真倭。」

海瑞聞言道：「不是真倭？那就是被倭寇裹脅的百姓吧，這些人只怕更不會再逃回去報信吧。」

李滄行很有信心地道：「海知縣，相信我，這些人一定會去報信的，**因為他們不是普通百姓，而是朝中某個大內奸派和倭寇聯繫的家丁護衛**，放回去後，他們也無路可回，只有到倭寇頭子那裡報信。」

海瑞恍然大悟，咬牙道：「國事如此敗壞，皆是拜這些狗東西所賜。」

李滄行眼中寒芒一閃：「所以這回我們就**將計就計，不僅要消滅倭寇，也要把這個大內鬼給挖出來**，不然，只要他還在，倭亂就不會有平息的那一天。」

海瑞正色道：「一切謹遵天狼將軍的吩咐。」

李滄行與海瑞拱手而別，運起輕功，兩個起落便飛到自己的同伴這裡，看著一臉興奮的歐陽可、鐵震天等人，說道：「今天的大勝，全賴各位兄弟們的殊死奮戰，天狼在此謝過了。」

不憂和尚哈哈一笑：「天狼，今天殺得可真痛快，倭寇們看起來也沒想像中的厲害嘛，真打起來也就那樣。」

裴文淵笑道：「不憂，那是因為天狼一開始就以一人之力擋住了倭寇的衝鋒，只要倭寇氣勢上落了下風，凶不起來，後面就好辦了。」

李滄行笑道：「我知道大家現在都很想慶賀一番，可是仍有大股倭寇在進犯沿海的其他城鎮，我們不能在此停留，現在就得全軍南下，奔赴新河城。」

鐵震天等人臉色微微一變，李滄行這次為了保密，整個作戰計畫沒有對任何人透露，大家還以為打完此戰便了事了呢。

裴文淵問：「新河城？就是戚家軍的總部，軍士們家屬所在的那個地方？」

戚繼光這些年來南征北戰，不僅消滅倭寇，更解救了數以萬計被倭寇們擄掠的百姓，其中許多女子的父兄被倭寇所殺，家園被毀，已經無依無靠，便自願嫁給戚家軍中未曾娶妻的士兵，前後加起來共有兩千多對戰火中的夫妻。

這些女人都跟著戚夫人一起居於新河城，倭寇的作戰計畫，便是想以一支有力的部隊突襲新河，劫持戚家軍的家屬們以為人質。

李滄行沉聲道：「不錯，正是新河城，大家應該明白這回倭寇想做什麼了吧。」

錢廣來爽朗的笑聲從二十餘丈外傳來，他剛和海瑞的手下辦好了交接，把山坡上的那些俘虜交給海瑞所部的民兵。

「我就知道這幫倭寇只會做些綁票的下作之事，天狼，事不宜遲，咱們趕快動身吧，奔行一夜，正好明天可以趕到新河城。」

李滄行神色堅毅地道：「好，大家就再辛苦一下，目標：**新河城**，現在出發！」

當天晚上，已是三更，浙東溫州城東的新河城。

這裡是一處天然的良港，戚家軍在浙南台州作戰所需的糧草軍械多是由這裡補充，戚家軍的家屬也多集中在這裡。

適逢大戰，不僅戚家軍都全部出動，本地的家屬們也四散而出，給前線的將士們運糧送物，本來人滿為患的新河城一下子空曠許多，一座孤零零的城頭矗立在這海岸線上，聽著外面的濤聲依舊。

這會兒站在城頭的，是一個全身戎裝的中年婦人，三十出頭，圓臉大眼，長眉入鬢，左眼角一顆黑痣，青帕包頭，露在外面的頭髮略微有些發黃，眉宇間英氣逼人，正是**戚繼光的夫人，南溪將軍王棟的女兒：王蓮英**。

王蓮英是典型的將門虎女，自小逢南少林的燈禪大師傳授一身武藝，早年嫁給戚繼光之前，也曾經是南少林俗家一名響噹噹的弟子，落月峽之戰中，王蓮英女扮男裝，跟隨南少林的僧兵出陣，靠著一身過人的武藝連殺數十名魔教徒眾衝出重圍，成為江湖上有名的女中豪傑。

王戚兩家自小便定下婚約，王蓮英卻對當時沒見過面的戚繼光心中無底，還扮成山賊強盜襲擊當時奉調入衛京師的戚繼光，結果二人一場打鬥，殺得天昏地暗，三千招後，戚繼光一劍削掉了王蓮英的帽子，露出一頭秀髮，由此二人真正定情，在戚繼光守衛京師，中了武舉之後，這對江湖兒女正式結合，傳為江湖上的一段佳話。

婚後的王蓮英，對戚繼光也是極盡輔助之能，堪稱賢內助，尤其是戚繼光調到東南的這十年以來，王蓮英一直以巾幗的身分從軍，身邊有三百女兵，皆是她親自訓練出來的，就連戚繼光手下的義烏將領們見到王蓮英也是畢恭畢敬。

只不過老天爺可能不願意讓人間情侶太過完美，王蓮英嫁給戚繼光這十多年來，別的都好，就是沒有生下一男半女，眼看戚繼光人到中年卻沒有子嗣，讓他心急如焚，畢竟戚繼光自己也是單傳，沒有兄弟子侄。

於是戚繼光背著王蓮英在外納了兩個妾室，只想為自己傳宗接代，想不到這消息給王蓮英聽到後，大發雷霆，這位戚夫人的性格極為倔強，頗似那白髮魔女屈彩鳳，只追求完美的愛情，容不得有半點塵埃，一聽說戚繼光另娶妾室，二話不說，提著兩把刀就衝到那兩個妾室的住處，幾乎把兩間宅院拆了個精光，那兩個女人也給嚇得孤身逃跑，連金銀細軟都不敢拿了。

戚繼光聽到此事，準備去和王蓮英理論，由於王蓮英有幾百貼身女兵，戚繼光怕自己一個人去會吃虧，於是便集結了義烏兵千餘人，準備拉到王蓮英面前給自己撐場子，沒想到剛剛集結好人馬，王蓮英便帶著幾百女兵怒氣衝天地殺到了。

戚繼光好漢不吃眼前虧，立馬對著王蓮英說道：「請夫人檢閱我的部下！」本來準備大打一場的王蓮英反倒給戚繼光這個舉動給逗笑了，巧妙化解了一場可能的悲劇。只不過經此一鬧，戚繼光和王蓮英的感情從此出了裂痕，此後戚繼光便以軍務繁忙為由，搬進大營裡，只讓王蓮英率領女兵和將士們的家屬看守這新河城。

王蓮英站在城頭，海風吹拂著她的頭巾，一對秀眉緊緊地蹙著，看著城外那星星點點，猶如滿天繁星的火把，而倭寇們粗野的叫喊聲，有如這滔滔的海水，一浪接一浪地傳上城頭。

站在一邊的新河守將李通的臉色有些發白，他並不是戚家軍的義烏兵，不過是一個衛所千戶，由於王蓮英畢竟是女流之身，不便正式指揮城防，所以胡宗憲特地調了此人過來鎮守新河城。

只不過他畢竟只是襲父祖的爵位，沒有實戰經驗，本來還豪情滿天的他，一看到城外那四五千支倭寇的火把，看著他們氣焰沖天的樣子，一下子便萎掉了，這會兒兩腿都在打顫，暗罵自己為什麼非要爭這個上前線掉腦袋的差事。

王蓮英緩緩地開了口，聲音不高，但充滿了磁性，更有一種從容不迫的鎮定：「李將軍，依你所看，城外的倭寇有多少？」

李通仔細地看了一遍，舌頭有點打結：「估摸著……有五千左右吧。」

王蓮英微微一笑，手指遠方：「李將軍，你可要看清楚了，倭寇們不過是虛張聲勢罷了，你看那棵樹下的倭寇，一個人持了兩根火把，再看看那條小水渠邊，看似像有十幾支火把，可全是插在地上，沒有一個人。」

李通瞪大了眼睛，仔細地再看了看，恍然大悟地說道：「哎呀，戚夫人，真是如您所說，倭寇們是**故布疑兵**呢。」

王蓮英粉面一沉，如同罩了層嚴霜：「李將軍，現在乃是在戰場上，不要叫我戚夫人，胡總督給了我一個游擊將軍的職務，你應該叫我王將軍。」

李通一拍自己的腦袋，笑道：「你看我這腦子，真不頂用，王將軍還請恕罪。」

王蓮英冷冷地擺了擺手，她自嫁給戚繼光後，一向不喜歡別人叫她戚夫人，更喜歡別人叫她王將軍，今天上陣殺賊，更是嚴令全城的軍士們叫她王將軍。

王蓮英道：「罷了，敵情重要，李將軍，倭寇們的真實數量也就是一千多人兩千不到的樣子，至少在城外是這麼多人。」

李通的臉上又變得有些憂慮之色：「王將軍，即使倭寇只有兩千人，仍然是占了絕對的上風啊，城中的軍士們多數給戚將軍送補給去了，我現在手下只有兩百老弱軍士，加上您的三百貼身女兵，不足五百人，這新河城又非堅城，城牆只有不到兩丈高，聽說倭寇中有不少武藝高強之人，靠著輕功就能躍上城頭。」

王蓮英突然一轉頭，鳳目中寒芒一現：「李將軍，你想說什麼？」

李通咬咬牙道：「敵強我弱，在這裡硬撐是撐不下去的，您是戚將軍的夫人，關係到我軍前線將士的軍心士氣，也關係著戚將軍的全盤計畫，若是您這裡出了問題，那我李通就是死一百次也難贖其罪。」

王蓮英冷笑一聲：「那依李將軍的意思，我們該怎麼辦？」

李通正色道：「王將軍，我們這小小的新河城外有兩千倭寇，城東、城南、城北都有倭賊，只有城西還沒有動靜，依我看，趁現在倭寇還沒有合圍，咱們趕快打開西門，您帶著三百女兵突圍，還有一線生機。」

王蓮英不動聲色：「那你怎麼辦？」

李通嘆了口氣：「王將軍，我是胡總督派來守新河的，負有使命在身，城在人在，城亡人亡，您可以突圍去找戚將軍，我不可以；再說我守在這裡，還可以迷惑敵軍，讓他們不至於全部去追你，王將軍，事不宜遲，你還是快突圍吧。」

王蓮英突然放聲大笑起來，聲音嘹亮，透著一股豪爽，即使在倭寇一浪高過一浪的叫罵聲中，仍然清晰可聞。

笑畢，王蓮英看著一臉迷茫的李通，說道：「李將軍，你把倭寇想得太簡單了，**他們故布疑兵在這裡，卻不攻城，不是因為別的原因，而是因為他們的主力其實已經繞到西邊的林中，就等著在那裡伏擊我們開城逃跑的部隊呢。**」

李通倒吸一口冷氣：「怎麼可能？」

王蓮英道：「今天初更的時候，倭寇就來了，當時我看得清清楚楚，大批穿著黑衣、蒙面背劍的倭寇忍者，借著夜色的掩護，根本沒有舉火把，全部從北邊的山後繞過去，進了西邊的林子，平時那片林子裡，夜裡到了這時候會有許多鳥兒歸巢，夜梟也會叫，可是你看，那林子裡有半點聲音嗎？」

李通把頭扭向西邊，那片黑暗陰森的樹林透著一絲沉寂和詭異，卻在隱隱中透著一股殺意，間或有一兩隻鳥入林之後，便什麼聲音也沒有，靜得可怕。

王蓮英冷笑一聲：「看到沒有，那些忍者多數是高手，一見有鳥入林，便以飛鏢擊殺，不過這只不過是欲蓋彌彰罷了，他們越是想隱藏自己的行蹤，越是暴露得明顯，**兵法有云**，**圍三缺一**，就是想把守城的對手趕出城池，再簡陋的小城也比平原空地要來得安全，倭寇們既然圍了三個門，又有空在這裡虛張聲勢大聲恫嚇，卻放著西門不管，你覺得這可能嗎？」

李通猛的一拳砸在城牆上，恨恨地說道：「好個歹毒狡猾的倭寇，想不到**他**

們不僅殘忍好殺，居然還會用這些詭計，我以前真的是太小看他們了。」

王蓮英正色道：「李將軍，**永遠不要低估自己的對手**，倭寇能橫行東南幾十年，屢敗官軍，絕不是只靠著悍勇就能做到的，他們中有許多跟隨汪直徐海征戰多年的老賊，還有一些在東洋就打過許多仗，經驗豐富的將領，不可小視。」

李通點點頭：「王將軍，既然如您所說，倭寇們是想誘我們出城殲滅，那我們就不能上他們的當，一定要死死地守住這新河城。」

王蓮英聽了笑道：「李將軍勇氣可嘉，只是不知道勝算有幾何？」

李通一下子說不出話了，囁嚅好久才說：「老實說，新河城小，工事又不堅固，守兵不足五百，卻要抵擋四五千悍匪，想要撐過一天的話，只怕勝算不到十分之一。」

王蓮英反問道：「李將軍，我問你一個問題，**倭寇們折騰了四個時辰，應該也知道我們不可能上當出城了，這時候卻不攻城，只是在這裡鼓噪，是何用意呢？」**

李通微微一呆，搖搖頭：「末將不知，還請將軍賜教。」

王蓮英道：「其實倭寇今天也是打了個突襲，趁著戚將軍的主力北上馳援海鹽城的時候，派四五千悍匪來此地突襲，目的一是想俘虜戚家軍的家屬，二來，新河城一向是戚家軍的後防基地，軍械糧草極多，他們想趁機搶劫一把。」

李通頻頻點頭：「不錯，**想來倭寇在這裡有奸細，在確認了戚將軍不在之後，才敢來此的。**」

王蓮英笑道：「可是他們得到的情報是過時的，平時新河城是有兩千守軍的，加上城中的百姓臨時徵調，也可抽出數百精壯男子上城助守，所以只靠他們這四五千人，一天一夜之間，也未必能拿下新河城，現在天色已晚，他們並不知道城中的虛實，由於倭寇屢次被戚家軍痛擊，所以很害怕我們這回再次設下陷阱，誘他們攻城後殲滅他們，直到現在，也只是虛張聲勢，卻不敢真的攻城。」

李通恍然大悟道：「原來如此，看來這夜色不僅掩護了倭寇們轉移到西門，也讓他們看不清我們城中的虛實啊。」

說到這裡，他的眉頭一皺，「王將軍，只是這樣一來，一到白天，倭寇們便會看清楚我們的虛實，到時候發現我們的人這麼少，他們肯定會進攻的。」

王蓮英道：「倭寇不傻，這裡離海鹽不過一天的路程，他們不會等到白天再攻城的，只怕四更不到，他們就會趁夜發起試探性的攻擊了。」

李通緊張地按住刀柄：「那怎麼辦？跟倭寇們拼了！」

王蓮英沉吟道：「李將軍，城中武庫裡的盔甲目前還有多少套？」

李通連忙道：「還有甲胄三千多套，軍械倒是不用擔心，畢竟是戚家軍的後方總部，只是現在缺人哪，全城加起來也不到四千人，而且多是老弱，根本打不了仗的。」

王蓮英雙眼一亮，笑道：「足夠了，夜裡倭寇看不清虛實，是不敢全面進攻的，最多只是做做樣子，李將軍，還請你趕快調集全城的居民上城，每人都披上盔甲，老弱婦孺們站在軍士們的身後，敲鑼打鼓，舉起火把即可。注意，只有倭寇攻城時再做這事，若是他們離城牆百步以外，則全部熄滅火把，不要有任何行動。」

李通一下子來了精神，一抱拳，中氣十足地說道：「得令！」說完，便轉身飛奔下了城牆。

王蓮英秀眉一皺，呼叫身邊的一個女兵道：「走，我們到西門，東面是灘塗，南面是塊窪地，北邊這裡城牆最高，西門那裡皆是倭寇忍者，可以翻越城牆，應該是最危險的地方。」

城上城下幾百名的女兵齊聲喝道：「是！」

城西的密林裡，一片寂靜。

一隻鳥兒飛進林中，停在樹梢上，突然，這鳥的眼睛轉了一下，似乎發現了什麼，正要展翅起飛，卻聽到一聲破空之聲，一支黑漆漆的忍鏢一下子釘到那鳥的腹部，鳥兒無力地撲騰了兩下，一個倒栽蔥落到地上，瞬間便沒了動靜。

明眼人能看到，林中數里方圓之地，已經橫七豎八地落下了幾百隻各種鳥兒的屍體了，在這些鳥屍上，伏著一千多名黑衣蒙面的忍者，齊刷刷地盯著三里外那座不算高也不算大的城池。

伏在林子邊緣一處草叢中的，正是這幫忍者的頭領，**甲賀半兵衛**。

這回倭寇大舉襲擊浙江沿海，重金聘請了在日本國內大大有名的甲賀忍者，而倭寇首領上泉信之更是許諾，一旦襲擊成功，將全部搶劫所得的三分之一分給這些甲賀忍者，這才激得甲賀忍軍們這回跟著上泉信之的弟弟**上泉信雄**帶領的三千真倭一起行動，目標直指新河城。

戰前，上泉信之就通過自己的管道知道了戚繼光與王蓮英剛剛大吵一場，關係不如以前，而新河城的守軍也不是太多，但為了保險起見，仍然安排了伊東小五郎從海鹽進攻，企圖支開戚家軍的主力，給自己的連夜攻城創造機會。

上泉信之則把倭寇主力分成三路，直插最南邊的台州城，如果這次能攻破大明的一個府城，則會給大明前所未有的震動。

甲賀半兵衛一動不動地伏著，兩隻眼珠子直轉，光芒閃閃，顯然是在思考，他身邊一個副手上忍小聲地說道：「首領，咱們就這樣一直等到天亮嗎？」

甲賀半兵衛擺了擺手：「不，按原計劃，四更左右的時候，上泉信雄就會主動進攻了，到時候城中的防備力量如何，就可以看個一清二楚。」

那個上忍嘟囔了句：「怎麼來中原，咱們忍者還要看他們這些浪人武士的臉色行事。」

甲賀半兵衛冷冷地說道：「你懂什麼，今天攻城的主力是我們甲賀忍軍，那些粗野的浪人又不是真正的武士，多數不過是足輕（日本的農民，戰時被徵召從軍，不是專業軍人，武器也多是竹矛之類）罷了，也配和我們爭嗎？」

上忍眼中閃過一絲喜色，聲音也有些激動得發抖：「真的嗎，首領？今天攻城真的是由我們忍軍為主力？」

甲賀半兵衛「嘿嘿」一笑：「這還會有假？上泉信之肯花大價錢把咱們請來，可不是讓咱們看熱鬥的，你看這新河城的城牆，不過一丈多高，咱們的下忍都可以靠著爪鉤搭著城牆爬上去，而上忍中忍更是可以直接跳進城牆上。」

上忍哈哈一笑：「首領，那咱們還等什麼，現在攻啊。」

甲賀半兵衛冷靜地道：「急什麼，現在城裡的虛實還不知道，這新河城乃是戚繼光所部的家屬和屯糧軍械所在，現在城頭沒有一點動靜，四門緊閉，那戚繼光聽說是深通兵法的名將，沒準就已經布下埋伏了呢。」

上忍「噢」了聲，又道：「可是看這城如此的簡陋，連二之丸和三之丸都沒有，在我們東洋就是個砦的規模，連本丸都算不上，就算裡面有伏兵，又能有多少？」

甲賀半兵衛老神在在地道：「反正先讓那些浪人們進攻，探一下城裡的虛實，打起來不就知道了麼，要是裡面有鐵炮手，那我們損失可就大了，就是打下來，也彌補不了攻城時的損失。」

上忍忙不迭地點著頭：「首領說得對極了。」

甲賀半兵衛眼光看向新河城的北城頭，微微一笑：「上泉信雄也應該開始行動了吧。」

就在此時，城北的一片火光中，一個四十上下，身材中等，穿著一身拉風竹製鎧甲，長相與上泉信之有七分相似，滿臉絡腮鬍子的傢伙，正像熱鍋螞蟻似地走來走去，身後兩個披掛整齊，背上插著兩根小靠旗的侍從正半蹲於地，等著這上泉信雄的命令。

終於，一個侍從忍不住了，開口道：「主公，咱們還不攻擊嗎？弟兄們喊了有兩個時辰啦，不少人的嗓子都啞了。」

那上泉信雄停下了腳步，氣鼓鼓地說道：「笨蛋，你就沒看到這城中的怪異嗎？」

那個侍從站起身，疑惑地又打量了一眼城頭，搖搖頭：「主公，城上沒人啊，是不是守軍已經連夜逃跑了？」

上泉信雄氣得拿起手中的一把指揮采配（倭寇打仗時用的指揮之物，類似我國的摺扇，只不過是木質），在這個侍從的頭上狠狠地敲了一下，罵道：

「你這豬頭，我們這可是突襲，城中的人可是匆忙間才關上了城門的，哪有時間突圍逃跑？」

那個侍從挨了一下，一邊抓著腦袋，一邊嘟囔道：「漢人都不經打，這裡全是老弱殘兵，既然不堪一擊，主公又為什麼不趁他們立足未穩而速攻呢？」

上泉信雄咬了咬牙：「戚繼光畢竟狡猾，說不定在這裡設下了埋伏，我們以前可沒少吃他的虧，而且他的那個老婆聽說凶得很，連戚繼光都怕，我不太相信戚繼光的老婆真的只帶了幾百人守在這城裡，這城雖然小，但埋伏個兩三千精兵還是不成問題的，要是我們貿然攻擊，碰上了戚家軍的主力，那就虧大了。」

另一個侍從年長一些，聽到以後，連忙說：「主公，不是還有忍者嗎，為什麼不讓他們先攻，只要他們一攻，不就試出來了嗎？」

上泉信雄看著毫無動靜的西門，冷冷地「哼」了一聲：「甲賀半兵衛也不傻，他也是要看著我們先動才肯動手呢。」

第一個侍從雙眼一亮，連忙說道：「主公，那咱們可不能給這幫忍者給當槍使，他們不動，我們不動。」

上泉信雄又是一記狠狠地敲在這個侍從的腦袋上，這傢伙委屈地都要哭了，一邊揉著額頭上給敲出來的一個包，一邊嚷道：「主公，我又說錯了嗎？」

上泉信雄罵道：「我們這樣磨來磨去的，只會坐失戰機，戚家軍離這裡也不過一天一夜的路程，難道你想跟戚繼光的部隊打仗嗎？」

第二個侍從陪著笑臉：「主公，那您說咱們該怎麼辦呢？」

上泉信雄抬頭看了看已經開始西沉的月亮，眉頭一皺：「現在四更了嗎？」身後的一個更夫看了眼擺在一邊的沙漏，回道：「主公，馬上就到。」

上泉信雄拔出腰間的太刀，吼道：「傳令全軍，全部攻城，二十挺鐵炮全部集中到北門，對城頭掃射，但不許真的爬城，只能在離城二十步的地方作作樣子！」

兩個侍從現出一副恍然大悟的表情，對上泉信雄行了個禮，轉身跨上兩匹瘦馬，飛奔而去。

火把的光芒照著上泉信雄那張冷酷的臉，冷笑道：「甲賀半兵衛，你不是想要錢和女人嗎，看你有沒有本事取了。」

王蓮英伏在城垛後，三百名女兵跟著她一起靜靜地趴著，在她們身後，六百多名老弱婦女，都穿著剛從武庫裡拿出的皮甲，手裡拿著銅鑼，每個人的身邊放著幾支浸了桐油的火把，只等敵軍一攻城，她們便會站起來大聲鼓噪，以壯聲勢。

城北那裡的鐵炮射擊聲像爆豆似的，此起彼伏，甚至槍子彈丸打中城垛城磚的聲音也清晰可見，城下倭寇們的嚎叫聲一刻也沒有停過，但永遠只限於離城牆二十步外，便再也不進一步了。

王蓮英的貼身婢女，也是她的副將春蘭，看起來是個二十八九歲的婦人，戴著紅巾，一身披掛。

她從小就是王家的婢女，跟著王蓮英一起嫁進戚家，跟王蓮英經歷過不少的戰鬥，緊皺著眉頭道：「小姐，北邊那邊好像倭寇們的動靜不小，你看我們要不要過去支援一下？」

王蓮英搖搖頭：「不用，城東城南的倭寇很少，根本沒上來，城北的倭寇也只不過是虛張聲勢罷了，我們剛從那裡過來，他們若是真的有意攻城，早就在用鐵炮壓制之後就架梯子上了，**可現在他們的喊殺聲只在二十步外，這說明那些倭寇也只不過是佯攻罷了，真正的殺著會在這裡**。對了，春蘭，現在是在戰場，不要叫我小姐，叫我將軍。」

春蘭點了點頭：「只不過將軍，這裡一點動靜也沒有，你說的那些忍者，會不會也沒有攻城的意思，只是想等著我們開城之後跑進樹林後再圍殲呢？」

王蓮英微微一笑：「我們如果不出城，那些忍者最後一定還是會攻的，至少那些北邊的倭寇做出了這副動作了，就是催他們進攻。」

春蘭長出一口氣：「原來如此，可是將軍，我們這裡只有這麼點人，能頂得住嗎？」

王蓮英眼中閃過堅毅的神色：「有我在，夜裡就不會有事。」

春蘭緊接著追問道：「那白天呢？我們城上的虛實就會給倭寇看得一清二楚了。到時候怎麼辦？」

王蓮英自信地道：「放心吧，我夫君一定早就安排好了，前些天從這裡經過的那個天狼的手下，俱是悍勇之士，我想他們白天應該已經把海鹽那裡的倭寇給解決了，這會兒正向這裡趕呢，只要撐過這一夜就不會有事。」

城樓的下面突然傳來幾聲掌聲：「王將軍果然是女中豪傑，膽色過人，天狼佩服之至。」

王蓮英眉頭舒展開來，扭頭向城下看去，五個黑色的身影正從城底的土裡鑽出，**為首一人，一身黃衣勁裝，整個腦袋給罩在一個黃色的布罩中，目光如炬，可不正是李滄行？**

王蓮英在前幾天李滄行率部經過這新河城時，曾經和李滄行有過一面之緣，看到李滄行之後，她一直吊著的一顆心總算放了下來，笑道：「天狼將軍，你是怎麼入城的？」

李滄行哈哈一笑，雙足一頓，直接從城底跳上了城頭，身後的錢廣來、不憂和尚、鐵震天和歐陽可四人也紛紛效仿，一躍而上，讓這些平時很少見識到江湖高手的新河百姓們個個目瞪口呆，有幾個竟然不自覺地叫起好來，話剛出口，馬上意識到不對，連忙以手捂嘴，低下了頭。

王蓮英微微一笑，對蹲到自己身邊的李滄行說道：「你們是走了那條秘道進城的？」

李滄行點點頭：「是的，上次多虧王將軍告訴了我們這條進城的秘道，我們的部隊已經消滅了海鹽的倭寇，奔波一天，這會兒正藏在北邊五里處那處山神廟附近，也就是在那裡，我們從秘道口進城的。」

王蓮英笑道：「想不到當年外子為防萬一秘密開挖的這條通道，今天卻起了作用，天狼將軍，北邊一戰你們損失大嗎？這樣剛經歷了惡戰，又急行軍趕到，是不是要先休息一下再戰？」

李滄行擺擺手：「王將軍，我們在北邊打得很順利，只損失二十多人，消滅了兩千倭寇，大家也是士氣高昂，鬥志沖天，看到倭寇之後都不願休息，若不是我說要先進城看情況，他們現在就會向倭寇攻擊了。畢竟都是江湖漢子，會輕功，體力比尋常的士兵要強出不少。」

王蓮英聽了道：「天狼將軍，你潛入城內，現在外面的大軍由誰來指揮？」

李滄行哈哈一笑：「放心，有我的副將裴將軍在那裡指揮，不會有事，我已經看出來了，敵軍在林中的伏兵才是他們的主力，料想你也會在這裡，果然如此。」

王蓮英道：「天狼將軍，你有沒有見過林中的敵軍？」

李滄行搖搖頭：「沒有，不過那裡有三個敵軍放風的忍者，都給我幹掉了，既然此地有忍者出現，那一定會隱藏不動，這城牆如此低矮，一躍便可跳過，想來敵軍也不會費那力氣再挖地道攻城，所以我帶著幾位兄弟先入城，為的就是確保這西門無虞。」

王蓮英微微一笑，正要開口，聽到城牆外突然響起一陣很輕的腳步聲，她和李滄行的臉色雙雙一變，從垛口看了過去。

只見三里外的密林裡，黑壓壓的人影在不停地向外冒，都是全速在奔跑，而兩三百個衝得最快的，就這會兒功夫已奔出了半里左右，與在其他幾處城門聲勢大作的同伴們不同，他們的動作很輕很快，但從那些餓狼一樣的眼睛裡，卻能看到一種殺意和欲望。

王蓮英笑道：「終於來了。」她對身邊的春蘭說道：「春蘭，傳令，城頭只留下三百女兵，其他的老弱全部撤下城頭。」

春蘭吃驚地睜大了眼睛：「將軍，敵軍大舉攻城了，怎麼還要人離開呢？」

李滄行哈哈一笑：「人少了地方空一點，殺起來才更方便啊。」

西門之外，甲賀半兵衛站在林外，一步步地向著城牆走著，一雙冷厲的眼睛裡寒芒閃閃，身後的那個上忍跟著他一邊走一邊說道：「首領，為什麼先讓下忍們衝擊？他們爬牆還需要用繩鉤，我們上忍和中忍一下子就能跳上去了呀。」

甲賀半兵衛搖搖頭道：「城裡面的虛實不知，上忍修煉不易，要花十幾二十年的時間才能練到現在的本事，我不能讓你們冒險，先讓下忍們試探攻擊一下。」

話音未落，只見兩三百名忍者已經衝到了城牆下面，動作整齊劃一地一拋繩鉤，頓時，幾百個鉤子就搭在了城垛上，第一批的五十多名忍者則雙手拉著繩子，腳在城牆上一下一下地踢蹬著，身子迅速地向城頭上衝去。

甲賀半兵衛的眼角浮出一絲笑意，預料中的城頭木石俱下、弩箭橫飛的情況沒有出現，他心中暗暗嘀咕起來：**「難不成真的是城裡的人已經棄城而逃了嗎？**北邊雖然是佯攻，但城頭也毫無動靜。」

正思索間，十餘個忍者已經爬上了城頭，正要躍起，卻見一道紅色的刀光閃過，如同流星劃過整個夜空，這十幾個人連哼都沒有哼一聲，就像給施了定身法似的，然後上半截身子開始緩緩地從腰間滑落，自由落體式地向城下栽去，接下來是下半截也落下城來，鮮血和內臟把下面的人淋得滿頭都是。

這一下的變故太突然，嚇得正在爬牆的二十多個下忍從城牆上掉了下來，還有十幾個人沒來得及看到這一幕，登上了城頭，便見城頭刀光劍影一陣閃動，這十幾個下忍還沒來得及拔背上的劍，便紛紛慘叫著掉落了城頭，有的身首異處，有人胸口多了幾處血洞，還有兩個人的胸前直接扎了兩支槍矛，紛紛落下。

甲賀半兵衛狠狠地一跺腳，吼道：「果然有埋伏，二十個鐵炮手上前壓制，城牆下的人稍稍退後，以忍鏢和手裡劍攻擊城頭。」

那名上忍連忙大聲把甲賀半兵衛的命令傳達了過去，城下的下忍們也顧不得收集同伴的屍體，紛紛退兵，二十名手持鐵炮的忍者鬼魅般地從後排衝出，拿起鐵炮對著城頭就是一陣轟擊，硝煙頓時瀰漫開來。

請續看《滄狼行》15 制勝之機

滄狼行 卷 14 天理難容

作者：指雲笑天道
發行人：陳曉林
出版所：風雲時代出版股份有限公司
地址：10576台北市民生東路五段178號7樓之3
電話：(02) 2756-0949
傳真：(02) 2765-3799
執行主編：朱墨菲
美術設計：許惠芳
行銷企劃：林安莉
業務總監：張瑋鳳

初版日期：2021年06月
版權授權：閱文集團
ISBN ：978-986-352-994-1
風雲書網：http://www.eastbooks.com.tw
官方部落格：http://eastbooks.pixnet.net/blog
Facebook：http://www.facebook.com/h7560949
E-mail：h7560949@ms15.hinet.net
劃撥帳號：12043291
戶名：風雲時代出版股份有限公司

風雲發行所：33373桃園市龜山區公西村2鄰復興街304巷96號
電話：(03) 318-1378
傳真：(03) 318-1378
法律顧問：永然法律事務所 李永然律師
北辰著作權事務所 蕭雄淋律師

行政院新聞局局版台業字第3595號 營利事業統一編號22759935

定價：270元

國家圖書館出版品預行編目資料

滄狼行 ／ 指雲笑天道 著. -- 初版 -- 臺北市：風雲時代，2021.01- 冊；公分

ISBN 978-986-352-994-1（第 14 冊；平裝）

857.7 109020729